『太平記』をとらえる——第一巻

『太平記』国際研究集会【編】

北村昌幸
森田貴之
長谷川端
山本晋平
ジェレミー・セーザ
小秋元段
兵藤裕己
長坂成行
和田琢磨
阿部亮太

笠間書院刊

はじめに——新たな研究基盤の構築をめざして

◉小秋元段

軍記・説話・お伽草子を中心とした近年の中世散文の研究は、寺院資料や絵画等を活用し、作品成立の背景と享受・流伝の様相を追究する方面に、大きな成果をあげている。作品研究を第一義とした時代には、これらは「周辺領域」と見なされていた。だが、数々の貴重な研究成果により、文学作品を成り立たせ、流布させる背景が徐々に明らかになってきた。

こうした進展がある一方で、作品論であれ、考証的研究であれ、「作品」そのものを対象とする研究が停滞するようであっては、文学研究は貧弱化するだろう。ここにとりあげる『太平記』は、南北朝期の四十年に及ぶ戦乱をともかくも描ききった、文字どおり希有の書である。しかし、四十巻という膨大な分量をもつことや、これに取り組む研究者が少ないことなどから、依然として基本的な部分での研究課題を積み残している。

こうした状況を省みて、私たちは『太平記』研究になお残る課題を少しずつでも解明することをめざし、『『太平記』をとらえる』を全三巻の予定で上梓することとした。例えば『太平記』研究では、表現の基底や挿入説話の典拠に依然不明な問題が多く残されている。また、同時代の争乱を描いた『太平記』は、眼前の情報をどのように収集し、記事化していったのか。これらの問題を明らかにすることは、『太平記』の成立論・作者論に新たな局面をもたらすことになるだろう。諸本研究にも課題は多く残されている。古態とされる伝本を再吟味することによって、私たちの『太平記』のイメージは少なからず修正を迫られるはずだ。加えて、これらとはやや次元を異にする問題であるが、国際化・情報化の進む研究環境のなかで、国内外の研究者がどうネットワークを構築し、課題を共有して解決に導くかについても、考えてゆかなければならない時期にさしかかっている。こうした様々な課題に少しずつ挑むことにより、つぎの時代の研究基盤を準備したいというのが、本シリーズのねらいである。

第一巻にあたる本書では、第一章「『太平記』における知と表現」、第二章「歴史叙述のなかの観応擾乱（かんのうのじょうらん）」、第三章「神田本『太平記』再考」の三章を設け、六篇の論文と四篇のコラムを収録した。

戦後の『太平記』研究では、その文学的評価の問題とかかわり、作者の思想・構想がまず熱く論じられた。それはやがて登場人物論へと展開し、多彩な論考を生みだしていった。これらの論により、『太平記』が全巻を通じて何を、どう描こうとしたのかの輪郭は見えてきた。だが、作品研究の面では特に表現研究において、目立った成果が現れなかった憾みがある。本書巻頭の北村昌幸氏「『太平記』の引歌表現とその出典」は、『太平記』が『定家八代抄（ていかはちだいしょう）』や『歌枕名寄（うたまくらなよせ）』のごときアンソロジーを駆使して、和歌的表現を作りあげていったことを論じるものである。『太平記』と和歌との関係を扱った数少ない論考であり、作者の文学環境と表現の生成を究明する基盤的研究となっている。一方、漢籍を扱う森田貴之氏「『太平記』テクストの両義性―宣房・藤房の出処と四書受容をめぐって―」は、『太平記』における漢籍を典拠とする表現に、宋学の立場と重なる作者の思想が底流していることを説く。『太平記』の拠る儒書は古注本であることから、作者が宋学の影響をどこまで受けていたかは、従来必ずしも明確にはされてこなかった。その意味で森田氏の論は、この問題に正面から取り組んだものといえる。

戦後の『太平記』研究で著しく進展を見せたものに、諸本研究があげられる。長谷川端氏・鈴木登美恵氏の優れた基礎研究は、後進を裨益してきた。近年では、後出の伝本に関する専論も揃いつつある状況だが、置き去りにされた問題も少なくない。その一つが神田本である。神田本は一九七二年に、久曾神昇氏・長谷川端氏による解説を付して影印として刊行され（汲古書院・古典研究会叢書）、以来、その本文を安心して研究の俎上にのせることができる状況となった。だが、それにもかかわらず、神田本の研究は書誌のうえでも本文のうえでも、部分的なものに止まるものがほとんどで、本格的な考察がなされないまま今日にいたっている。したがって、本書が長坂成行氏・和田琢磨氏による二篇の神田本の論考を収載できたことは、大きな特色をなす。長坂氏「神田本『太平記』に関する基礎的問題」は書誌的な考察で、神田本の伝来を明らかにしたうえで、本文中の符号類の意味等について新見を提示する。和田氏「神田本『太平記』本文考序説—巻二を中心に—」は本文研究を中心とするもので、神田本の本文が後出本と一致する面をもつことを指摘するほか、切り継ぎ部分の本文の精査を行い、神田本を扱う際に顧慮しなければならない様々な点を指摘する。なお、小秋元「『太平記』巻二十七「雲景未来記事」の編入過程について」も神田本を中心に巻二十七の本文の考察を行ったものだが、つぎに述べるジュレミー・セーザ氏「下剋上への道—『太平記』に見る観応擾乱と足利権力の神話—」とともに観応擾乱期を描く本文を対象とすることから、第二章にこれを配した。

歓迎すべきことに、近年、海外においても、『太平記』研究を志す若手研究者が現れている。本書では米国ミドルテネシー州立大学のジェレミー・セーザ氏の寄稿を得た。セーザ氏の論はフーコーやジラールの理論を用いて『太平記』を読み解くもので、日本の研究者から見るといささか理論に偏重していると映る面があるかもしれない。しかし、欧米の先端的な研究者が『太平記』をどう読むのかについて、我々は無関心であってよいはずはない。ともに語りあうことを通じて、新たな課題を発見する可能性があるからだ。例えば、セーザ氏の論では、『太平記』は王権分裂や下剋上による急速な社会変動に対する絶望と不安感の「伝達装置」として、その文学的意義が注目されている。こうしたとらえ方には我々も学ぶべきものがあるとともに、「王権」や「鎮魂」といった概念をめぐっては、双方の議論をさらに尽くし、その内実を厳密にとらえることによって、新たに見えてくるものもあるのではないかと感じるのだ。

本書に収められた六篇の論考は、二〇一三年八月十八日（日）・十九日（月）に東京の法政大学で開催された「二〇一三年度『太平記』研究国際集会」での研究発表をもとにしている。二〇一三年度より三年間、私ども（小秋元〈研究代表者〉・長坂・北村・和田・森田）は科学研究費補助金に採択され、年一回の研究集会を開催することとしたのである。その際、海外の若手研究者を発表者やコメンテーターとして招き、国内外の研究者の交流を図ることを心がけた。いうまでもなく、セーザ氏はそのときの発表者である。

また、本書には長谷川端氏、兵藤裕己氏、山本晋平氏、阿部亮太氏に寄稿していただいたコラムを収載することができた。四氏にはこの研究集会に参加し、二日間にわたる熱心な議論に加わっていただいた。ご多忙のなか、本書のために執筆の労をおとりくださったことに、衷心より感謝申しあげたい。

加えて、本書の巻末には六篇の論文の英語・中国語・韓国語の要旨を収めている。これにより、海外の研究者が『太平記』研究に少しでも関心を抱いてくだされば、望外の幸せである。英語版はジェレミー・セーザ氏、中国語版は鄧力氏、韓国語版は李章姫氏のお手を煩わせた。鄧氏と李氏は現在、法政大学大学院博士後期課程に所属している。記して御礼申しあげる。

本書が世に送りだされ、多くの方々を『太平記』研究にいざなうことができれば、これほど嬉しいことはない。

【目次】

『太平記』をどうとらえるか　第一巻

2●歴史叙述のなかの観応擾乱 99

●外国語要旨　234

※本書は科学研究費補助金（研究課題番号25370234）の成果の一部である。

1

『太平記』における知と表現

1

『太平記』の引歌表現とその出典

●北村昌幸

きたむら　まさゆき

現職○関西学院大学文学部教授

研究分野○中世文学・軍記物語

著書等○『太平記世界の形象』（塙書房、二〇一〇年）、「等持院百首雑歌考」（『人文論究』六〇―一、二〇一〇年）など。

◉要旨

『太平記』の文章には、しばしば古歌の一部が取り入れられている。注釈書が指摘するそれらの古歌は、勅撰和歌集に載るものが大半である。とくに『古今和歌集』と『新古今和歌集』の入集歌が占める割合は高い。『後撰和歌集』から『千載和歌集』に至る六つの歌集や、『新勅撰和歌集』以降の十三代集が利用される頻度とは、明らかな違いが認められる。この差異からは、太平記作者の和歌的素養を育んだ文献がいかなるものであったのか、作品生成の内情が透けて見える。

第一に、『古今和歌集』と『新古今和歌集』が太平記作者の手近なところにあったという仮説が成り立つ。しかし実際のところ、『新古今和歌集』を利用していたはずの記事には不審な点があり、太平記作者が原典をじかに参照していたかどうかは疑わしい。そこで第二の仮説として、偏った採録方針をとる八代集秀歌撰に拠ったのではないか、という案が浮かび上がってくる。興味深いことに、藤原定家の編んだ『定家八代抄』は、『古今和歌集』『新古今和歌集』からそれぞれ五百首以上を採録する一方、他の六つの歌集からは二百首ないし二十首程度しか採択していない。この様相は『太平記』の引歌傾向と符合する。『定家八代抄』そのものが『太平記』執筆時に利用されたと即断することはできないが、同種の資料が『太平記』の引歌表現を誘導したことは十分に考えられる。

また、八代集の抄出本以外に、名所歌集も参照されていたと推定される。なぜなら、『歌枕名寄』の中で近接している二首が、同時に『太平記』の一連の記述に反映している場合があるからである。類書の多い『歌枕名寄』は、『定家八代抄』と同様、現時点では確実な依拠資料であると断定できないのだが、詳細な分析によってその是非を見極めることができれば、太平記作者を取り巻いていた文学環境の一端が明らかになるだろう。

1 はじめに

文学作品の冒頭部分は暗唱されることが多く、しばしばその作品全体を象徴するものとして評価されてきた。「ゆく河の流れは絶えずして」然り、「祇園精舎の鐘の声」然りである。漢文体の序をもつ『太平記』の場合も、儒教の君臣論、大量の中国故事引用、硬質な文体など、全体を貫く特徴が巻一冒頭の「蒙竊」以下にすでに表れている。漢文的なものがこの作品の基調として選び取られたことは疑いない。

しかしその一方で、和文色の濃い七五調の語り口も作中には散見している。多くは古歌の一節を借用したものであるが、それらの引歌表現はいかなる資料から、どのようにして紡ぎ出されたのだろうか。本稿では引歌表現の出典研究に取り組むことにより、『太平記』の生成環境を探るための手がかりを見出すこととしたい。

以下、『太平記』本文の引用は『神宮徴古館本太平記』（和泉書院刊）によるものとし、和歌の本文および番号は新編国歌大観に依拠する。ただし、読みやすさを考慮して、表記を改めたところがある。勅撰和歌集については略称で表記する。

2 引歌表現の概観

まずは作中に見られる引歌表現（出典研究の必要上、単純な引用も含むものとする）を整理しよう。日本古典文学大系の頭注および補注、新潮日本古典集成の頭注、新編日本古典文学全集の頭注でそれぞれ指摘されている和歌、そのほか管見に入った参考歌、すべて数え上げると、のべ四百首を超える。未発見のものも残っているであろうから、実際はもっと多いはずである。だが、ひとくちに引歌表現といっても、古歌からの影響は用例ごとに程度の差がある。右の総数のなかには、換骨奪胎が明白であるものもあれば、本当に『太平記』本文に影響を与えているかどうか疑わしいものも混じっている。論を進めるうえで、それらを分類することが必要だろう。

A群　素材歌の三句以上を借用するもの、およびそれに準ずるもの。

例…【太平記】本の滴、末の露、後先つ道をこそ、悲(き)物と聞つるに、（巻十一「越中守護自害事付同怨霊見人事」）

【新古今集】末の露もとの雫や世の中の後れ先立つためしなるらん（哀傷・七五七・遍昭(へんじょう)）

例…【太平記】落花の雪に道迷ふ、片野の春の桜狩、紅葉の錦を着て帰る、嵐山の秋の暮、（巻二「俊基朝臣(としもとあそん)関東下向事」）

【新古今集】またや見む交野のみ野の桜がり花の雪散る春のあけぼの（春下・一一四・藤原俊成(しゅんぜい)）

【拾遺集】朝まだき嵐の山の寒ければ紅葉の錦着ぬ人ぞなき（秋・二一〇・藤原公任(きんとう)）

B群　素材歌の二句を借用するもの、およびそれに準ずるもの。

例…【太平記】卯月十六日は中の申(さる)なりしかども、日吉の祭礼もなければ国津御神も浦閑て、御贄(ミニヘ)の錦鱗(キンリン)徒に湖水の浪に潑剌(ハツラツ)たり。（巻九「六波羅要害事」）

【万葉集】さざ波の国つ御神のうらさびてあれたる都見れば悲しも（巻一・三三・高市古人(たけちのふるひと)）

例…【太平記】柳は風をとゞむる緑の糸、露の玉ぬく枝異(なれ)ども、匂もなく花もなし。（巻二十一「塩冶判官讒死(えんやはんがんざんし)事」）

【古今集】あさみどり糸よりかけて白露を玉にもぬける春の柳か（春上・二七・遍昭）

C群　素材歌の一句（七音節、二文節）を借用するもの、およびそれに準ずるもの。

例…【太平記】憑陰なく成終て、身を萍(ウキクサ)の寄辺とは、此竹沢をこそ憑給しに、（巻三十三「新田左兵衛佐義興(さひょうえのすけよしおき)自害事」）

【古今集】わびぬれば身をうき草の根をたえて誘ふ水あらばいなむとぞ思ふ（雑下・九三八・小野小町）

例…【太平記】主大臣小動の忩ありて、土器持て参たれば、（巻十八「一宮御息所御事」）

【拾遺集】こゆるぎのいそぎて来つるかひもなくまたこそ立てれ沖つ白波（雑恋・一二二四・読人しらず）

D群 素材歌の一句（五音節）程度を借用するもの、およびそれに準ずるもの。

例…【太平記】浜の真砂の数よりも、思ゑば多き歎かな、七在神を伏拝み、身の行末を祈りても、（巻二十七「上杉畠山死罪事」）

【続後拾遺集】数数に祈る頼みをかけてけり七ます神の七のゆふしで（神祇・一三四一・祝部成久）

X群 古歌の全体を引用する例。

例…【太平記】漸く故大納言殿に似たまへる御顔調を見たまふに、「形見こそ今は怨なれ是なくは忘時も有まし者を」と、古人の詠たりしも、涙の故と成にけり。（巻十三「西園寺公宗隠謀露顕事付玉樹三女序事」）

【古今集】形見こそ今はあたなれこれなくは忘るる時もあらましものを（恋四・七四六・読人しらず）

Y群 詠作者名などとともに古歌の一部を引用する例。

例…【太平記】吾朝ノ哥仙小野篁は隠岐国に被流て、「大海のはら八十嶋かけて漕出ぬ」と旅泊の思を述告し、（巻四「囚人配流事」）

【古今集】わたの原八十島かけて漕ぎいでぬと人には告げよ海人の釣舟（羇旅・四〇七・小野篁）

D群に分類される事例については、わずか一語の一致であるため、念頭に置かれていた古歌を具体的に絞り込むことは困難である。右の例でいえば、本節の冒頭で触れた三つの注釈書はいずれも参考歌として成久詠を挙げているが、

「七ます神」という語を用いた歌は、『続後拾遺集』にもう一首見えており、また、『拾玉集』に三首、『夫木和歌抄』にも三首（うち一首は『拾玉集』と共通）が見出される。それらすべてが典拠であったとさえ言い得るだろう。あるいは逆に、単語だけが一人歩きをしていて、三十一文字の歌は想起されていなかったという見方も成り立つ。したがって以下の本稿では、そもそも引歌表現であるかどうか自体が疑われるD群を、考察の対象から外すこととする。

一方、B群やC群にも典拠を特定できない事例が含まれる。掲出したB群例の場合、「国つ御神のうらさびて」というフレーズを有する作はもう一首存在する。古人（黒人とも伝えられる）の万葉歌を本歌取りした藤原忠通の詠「さざ浪や国つ御神のうらさびて古き都に月ひとりすむ」（千載集・雑上・九八一）がそれである。古人詠は『袖中抄』『五代集歌枕』『夫木和歌抄』『歌枕名寄』に採られており、忠通詠は『時代不同歌合』『愚見抄』『定家八代抄』『歌枕名寄』に採られている。ともに有名だったようであり、太平記作者がどちらを下敷きにしたかは知るよしもない。よって、このような場合は一対多の影響関係が生じていると見なし、注釈書の指摘する歌の数々をひとしなみに計上する方針をとった。

ただし、新編日本古典文学全集の注記のうち、天正本系（丙類）独自異文に対して施されたものは対象外とした。これは論の焦点を古態本文に絞るためである。同じ理由から、乙類本のみに見られるものも割愛した。また、作中人物の詠作として載せられているもののうち、太平記作者の創作でないことが明らかな歌については、古歌の本歌取りであったとしてもそれを計上しなかった。例えば、『増鏡』『新葉集』にも載る源具行詠「帰るべき時（道）しなければこれやこの行くを限りの逢坂の関」（『太平記』巻四「囚人配流事」にあり）の本歌であるところの、「これやこの行くも帰るも別れつつ知るも知らぬも逢坂の関」（後撰集・雑一・一〇八九・蝉丸）などが除外対象に該当する。本稿末尾に掲載したのは、そのようにして篩い分けた引歌表現の一覧表である。なお、いずれの群に分類すべきか判断に迷うような一部の和歌については、稿者の主観によって仕分けしたことを付言しておく。

では、集計の結果を見ていこう。概して引歌表現が多く表れるのは、俊基関東下向（巻二）、大塔宮熊野落ち（巻五）、

『太平記』に利用されているとおぼしき和歌の種別

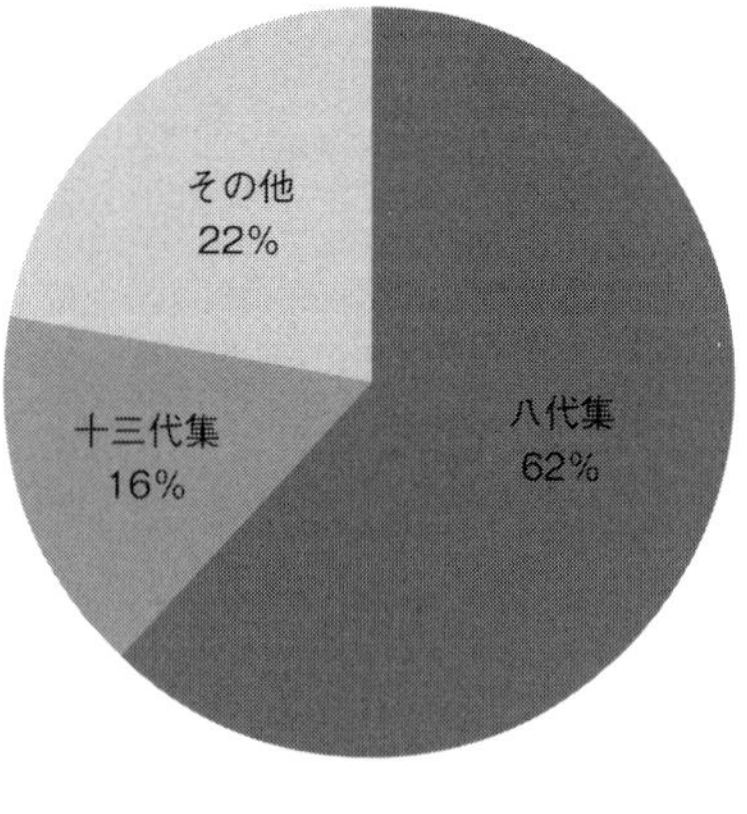

越中守護自害（巻十一）、北野天神縁起（巻十二）、賀茂神主改補（巻十五）、一宮と御息所（巻十八）、義貞と勾当内侍（巻二十）、塩冶判官讒死（巻二十一）、上杉畠山流罪（巻二十七）などの、道行文や恋愛譚の叙述である。典拠とおぼしき和歌を逐一調べていくと、のべ二百六十二首のうち、勅撰入集歌がのべ二百八首、そのうちの約八割が八代集に採られている。ときには兼好や後醍醐天皇といった南北朝内乱期の人物が詠んだものも借用されており、最新の和歌に対する太平記作者の関心の高さが窺えるわけだが、▼注(1)全体的な傾向としては、引歌表現の多くは八代集以前の古歌に拠っていることになる。内訳の実数を確かめると、『古今集』六十二首、『後撰集』二首、『拾遺集』十三首、『後拾遺集』六首、『金葉集』五首、『詞花集』三首、『千載集』十首、『新古今集』四十四首であり、明らかに『古今集』と『新古今集』の比率が高い。総歌数が比較的少ない『金葉集』や『詞花集』はともかくとして、『後撰集』や『後拾遺集』は『古今集』よりも規模が大きいにもかかわらず、それほど利用されてはいないようである。この偏りは何に由来するのだろうか。

3　『古今集』および『新古今集』との関係

まず考えられるのは、太平記作者がこれら二つの歌集に格別に慣れ親しんでいた可能性である。古来、『古今集』はとくに重んじられてきた勅撰集であり、『古来風躰抄』の説く「歌の本体には、ただ古今集を仰ぎ信ずべき事なり」という教えは、そのことを端的に物語っている。かかる風潮ゆえであろうか、写本の数は圧倒的に多く、古注も充実していた。興味深いことに、『太平記』巻十六「将軍入洛事付日本開闢并藤原千方事」の記事は『毘沙門堂本古今集注』の説と重なり合うのである。▼注(2) 蓋し、太平記作者は古今集注釈を所持していたのではなかったか。少なくとも『古今集』伝本を閲覧できる環境にあったか、諳んじるほどに愛読した経験を有していたことは間違いない。現に、『太平記』に二箇所存在する仮名序の引用は、どちらもきわめて正確である。

・力をも不入して天地をうごかし、目に見えぬ鬼神を哀と思はせ、男女の中をもやはらげ、猛武(たけきもののふ)の心をもなぐさむるは哥なりと、紀貫之が古今序に書たりしも理なりと覚たり。（巻二「三人僧徒六波羅捕事 付為明詠哥事」）

・「我ながら無墓の心迷や。（中略）遍昭僧正の哥を貫之が難じて、『哥様は得たれども実少、喩ば絵にかける女を見て、徒に心をうごかすが如し』といひし、其類にも成ぬる者哉」と思捨させ給へど、（巻十八「一宮御息所御事」）

前者に引かれているのは仮名序の最初の部分であり、多くの人々が暗唱していた文言であろうが、後者の破線部は六歌仙評の一節であって、これも同じく暗唱できていたとするならば、太平記作者の『古今集』に対する習熟ぶりは相当なものであったことになる。あるいは遍昭評の方は、仮名序本文をじかに参照したものと捉えるべきであろうか。

そして右の波線部同様、『新古今集』についても書名を記して言及する一節がある。高師直(こうのもろなお)からの艶書を受け取った塩冶高貞(たかさだ)室が使者にむかって言い捨てた言葉「重が上の小夜衣」を、薬師寺公義(やくしじきんよし)が伝え聞いて読み解く場面である。

公義、「いや是は其様の意にては候はず。新古今の十戒の歌に、

さなきだに重がうへの小夜衣我妻ならぬ妻なかさねそ

といふ歌の意をもて、人目計をはゞかる者ぞとこそ覚て候へ」と、歌の意を尽しければ、師直大に悦て、

（巻二十一「塩冶判官讒死事」）

この歌は『新古今集』巻二十「釈教歌」に収められているもので、寂然(じゃくぜん)が詠んだ「十戒歌」の第三首「不邪婬戒(ふじゃいんかい)」

の作である。ただし、『新古今集』および寂然の家集『唯心房集』では、「さらぬだに重きが上に」となっている。歌人たちの間では「さらぬだに」の方が一般的な表現だったらしく、同じ初句を有する和歌は『千載集』に三首、『新古今集』に二首という具合に、勅撰集だけでも二十三首にのぼる。新古今時代前後には広く好まれたようであり、俊恵、俊成、実定、定家、雅経、式子内親王など、「さらぬだに」を自作に用いた歌人は多い。とりわけ『山家集』の六首、『拾玉集』の五首という数は目をひく。それとは対照的に、南北朝時代以前に「さなきだに」を初句に据えて詠まれた和歌は、新編国歌大観で検索したところ、わずか一首（金沢文庫蔵詠五十首和歌・四）しか拾い出せなかった。

この「新古今の十戒の歌」に関しては、『太平記』諸本に異同が見られないため、当初から「さなきだに」であったと考えてよいだろう。とすれば、太平記作者が間違えて引用したという可能性が浮かび上がってくる。『太平記』が『平家物語』や『源氏物語』の記事を誤って記載していることは、すでに別稿で論じたところであり、▼注(3)和歌の引用においても同様の現象が生じていたわけである。「さなき」は「重き」と同音で終わることから、いかにも詩的な調べをもたらす語として太平記作者の記憶のなかに紛れ込んできたのだろうが、ことによると、この初句の差し替えはアクシデントではなく、韻律を生かすための確信犯的な改変であったのかもしれない。

続いてもうひとつ、出典たる『新古今集』とは微妙に相違する引用例を取り上げよう。巻四「囚人配流事」における八歳宮の逸話である。後醍醐天皇が白河で拘禁されていた折、一人の幼い皇子が会いに行くことを望むが、身柄を預かっていた中御門宣明は道のりの遠さを理由に諦めさせようとした。有名な能因詠「都をば霞と共に立ちしかど秋風ぞ吹く白河の関」を口実とするその弁明に対し、皇子は次のように反論する。

「さては宣明我を具足して不参とおもへる故に、彼様には申者なり。能因法師が白川関と詠ずるは、今の洛陽渭水の白川には非ず。（中略）又最勝寺の檻の桜の枯たりしを桓替とて、藤原雅経朝臣が哥に、

なれ〳〵てみしは名残の春ぞともなど白川の花の下陰

と、是皆名は同して所は替れる証哥なり。宜や今は心にこめて云出さじ」と宣明を恨欲て、其後よりは掻絶て恋しとだにも仰られず。

右の引用歌を『新古今集』から詞書ともども掲出する。

最勝寺の桜は、鞠のかかりにて久しくなりにしを、その木年ふりて、風にたうれたるよし聞き侍りしかば、男どもに仰せて、こと木をその跡に移し植ゑさせし時、まづまかりて見侍りければ、あまたの年々暮れにし春まで、立ち馴れけることなど思ひ出でて詠み侍りける　藤原雅経朝臣

なれなれて見しは名残の春ぞともなどしら河の花の下かげ（雑上・一四五六）

『太平記』は「桜の枯たりし」と記しているが、じつはこの樹は風になぎ倒されたのだった。『明日香井和歌集』と『続歌仙落書』における当該歌の詞書も『新古今集』同様「風にたふれて」「風にたふれたる」である。太平記作者が仮に『新古今集』を机上に置いて引き写していたとするならば、わざわざ書き換えたということになるだろう。しかし、幼い皇子の聡明さを強調するためには、その記憶力の確かさを示すべく、なるべく原典どおりにしておくのが得策ではないか。▼注(4) 当該場面の趣旨に反してまで、「風にたうれたる」を「枯たりし」に書き換える必然性は認めがたい。よって、作者は少なくともこの場面を創出するにあたり、『新古今集』をじかに見てはいなかったと推測されるのである。

では、八歳宮の逸話における雅経詠の引用は、『新古今集』を諳んじていた太平記作者の記憶に基づくものなのだろうか。そして、問題の箇所が「枯たりし」にすり替わってしまったのは、その記憶の隙間を埋めた結果であったのか。じつは本文中には、そう断定するのを躊躇わせる要素が存在する。「最勝寺」「藤原雅経朝臣」という固有名詞の

一致である。洛東白河の地には、ほかにも法勝寺（ほっしょうじ）や尊勝寺、歓喜光院（かんぎこういん）、得長寿院といった多くの寺院があったにもかかわらず、『太平記』はそれらと混同することなく、正しい情報を伝えている。もちろん、これだけでは証拠として不十分だろう。「最勝寺」の名がたまたま作者の記憶に刻まれていた可能性は否定できないからである。しかし、「藤原雅経朝臣」という六文字が『新古今集』と完全に一致する点は看過し得ない。もとより『太平記』が歴史上の人名を挙げる際には、「重衡中将」「光親卿」「業平中将」（以上、巻二「俊基朝臣関東下向事」）や「小野篁」（巻四「囚人配流事」）のごとく、しばしば姓を略したり、称号を略したりするようである。よって、それらとは異なり、「藤原」と「朝臣」の両方をことさらに添えて雅経の名を記す当該記事は、作者の記憶から紡ぎ出されたものではなく、何らかの文献からの書承である可能性が高いと言えよう。

ところで、実際にさまざまな歌集を確認すると、「藤原」と「朝臣」の両方を添えて雅経の名を掲げる文献は、意外に少ないことが知られる。『新勅撰集』以降の十三代集では「参議雅経」とされ、『夫木和歌抄』では「参議雅経」ないし「雅経卿」とされる。また、『歌枕名寄』では単に「雅経」とされている。『新古今集』においても「藤原雅経朝臣」という表記は稀であり、「藤原雅経」が七四番歌ほか全九回、「雅経朝臣」が九五八番歌ほか全二回、「雅経」が九五五番歌ほか全八回使用される。かろうじて一八四番歌と、問題の一四五六番歌「なれなれて」の二首のみに「藤原雅経朝臣」の六字が現れるのである。[注(5)] この結果をみる限り、やはり『新古今集』そのものが参照されていたのではないかと疑われてくる。ならば、「風にたうれたる」と「枯たりし」をめぐっての前述の推定は覆されてしまうのだろうか。

右の矛盾を解消する仮説が一つだけある。すなわち、『太平記』が依拠したのは、「桜の枯たりし」と「藤原雅経朝臣」とを同時に備えている別資料だったということである。残念ながら、そうした条件を満たす文献は現存しないようだが、かつて存在していたとしてもけっして不思議ではない。勅撰集からの抜き書きで、詠者の位置をそのまま転記する例はもちろんのこと、逆に、詞書を書きかえてしまう例も珍しくないからである。[注(6)]

実際のところ、太平記作者は勅撰集ばかりを見ていたわけではない。『新古今集』に依拠しているように見える引歌表現のなかには、私撰集や歌学書の類いに依拠しているものが相当数含まれているようである。本当の意味での受容例は、一覧表に挙げた数を幾分下回るだろう。たとえば次のY群例は、『新古今集』ではなく、『伊勢物語』を典拠と考えるべきである。

宇津の山辺を越行ば、足も緩(ユル)める蔦楓、最茂て道もなし。昔業平中将の、「夢にも人は(ママ)不逢なりけり」と、詠し時の東路も角哉と思知れたり。（巻二「俊基朝臣関東下向事」）

傍線部の情報は『新古今集』九〇四番歌「駿河なる宇津の山辺のうつつにも……」（羇旅・在原業平(ありわらのなりひら)）の詞書には見られない。『伊勢物語』第九段の一節「わが入らむとする道はいと暗う細きに、蔦楓は茂り」を踏まえていることは明白である。このほか、A群の例として掲出した『新古今集』七五七番歌「末の露もとの雫や」や、『太平記』巻十一「先帝船上御立事」で想起されている『新古今集』七〇七番歌「高き屋に上りて見れば煙立つ民の竈はにぎはひにけり」（賀・仁徳天皇）などは、むしろ『和漢朗詠集』を通じて学び取られたものではなかったか。

もっとも、他書にはほとんど見られない『新古今集』入集歌も確かに利用されている。一七三六番歌「ながらへむとしも思はぬ露の身のさすがに消えんことをこそ思へ」（雑下・読人しらず）は、新編国歌大観で検索する限り、『新古今集』と『小馬命婦集(こまのみょうぶしゅう)』にのみ収録されている歌であるが、『太平記』は二度にわたってこれを借用している。

・思のうへに悲をそへて、明日までの命も宜(ヨシ)や何為と歎給しかども、遉(さすが)に消ぬ露の身なれば、明暮袖を干佗て、二年余に成にけり。（巻二十「義貞首掛獄門事付勾当内侍事」）

・角ては一日片時も在存(ありながらふ)べき心地も無けれども、遉に露の命あらば（玄玖本(げんきゅうぼん)「サスガニ消ヌ露ノ身ノ命アラバ」、西源院(せいげんいん)

本も同様）と思ふ世に憑を懸てや残らむ。（巻二十七「賀名生皇居事」）

また、巻十一「越中守護自害事付同怨霊見人事」の一節「語ライ得て纔に昨今の程なれば、逢にかへむと歎来し、命も今は被惜けるに」の下敷きとなっている、一一五二番歌「昨日まで逢ふにしかへばと思ひしを今日は命の惜しくもあるかな」（恋三・藤原頼忠）も、他出資料を見出せない。このように秀歌撰や歌学書に採られることが少なかった歌については、やはり『新古今集』自体が典拠であったとみるべきだろう。ただし、書承であったという確証はなく、諳んじていた古歌を自在に利用したと考える方が理に適っている。『平家物語』の利用の仕方が、まさにそうしたものであった。▼注(7) 太平記作者の座右につねに『古今集』や『新古今集』の伝本があったかどうかは定かでないが、仮に存在していたのだとしても、詞書も含めて本文を引き写す必要に迫られた場合は、先に論じたとおり別の抜書類を参照することもあった、というのが生成現場の実態だったようだ。

4 八代集抄出本利用の可能性

八代集のうち、残りの六つの勅撰集と『太平記』との間には、どのような関係が想定されるだろうか。まずは『後撰集』入集歌の利用例について検討しよう。D群を省いた場合、俎上にのぼるのは次の二首である。

人の親の心は闇にあらねども子を思ふ道にまどひぬるかな（雑一・一一〇二・藤原兼輔）

↓ A群〔巻六―本間人見討死〕およびB群〔巻三十八―元宋合戦記事〕

いとどしく過ぎゆく方の恋しきにうらやましくも帰る浪かな（羇旅・一三五二・業平）

↓ C群〔巻二十七―上杉畠山流罪〕

この僅少さは太平記作者が『後撰集』に親しんでいなかったことを如実に示している。ならば、例外ともいえる右の二首については、どうやって学び知ったのか。兼輔詠由来の「親の心の闇」は慣用句であるから、自然と身についた語彙であるという見方も成り立ちそうだが、『太平記』本文には「人の親の子をおもふ情、誰も心の暗にまよふ習にて候ふ間」（巻六「赤坂城合戦事付人見本間抜懸事」）とあって、やはり整った形の一首が念頭に置かれていたように思われる。もう一方の業平詠は『伊勢物語』第七段から摂取したのだろうか。いずれにせよ数が少なすぎるため、『後撰集』入集歌から何らかの推論を引き出すのは難しい。

続いて『拾遺集』入集歌の場合をみてみよう。対象となるのは次の十三首である。それぞれの他出資料名（南北朝時代以降のものは除く）とともに掲出する。

①朝まだき嵐の山の寒ければ紅葉の錦着ぬ人ぞなき（秋・二一〇・藤原公任）

↓　A群〔巻二―俊基関東下向〕

後六々撰・新時代不同歌合・十訓抄・古今著聞集・五代集歌枕・歌枕名寄

②君が住む宿の梢のゆくゆくと隠るるまでにかへり見しはや（別・三五一・菅原道真）

↓　B群〔巻二―山門脱出〕

定家八代抄・金玉集・和歌十体・和歌童蒙抄・奥儀抄・古来風躰抄・六百番陳状・奥入・紫明抄・大鏡

③み熊野の浦の浜木綿百重なる心は思へどただに逢はぬかも（恋一・六六八・柿本人麻呂）

↓　C群〔巻五―大塔宮熊野落ち〕

定家八代抄・万葉集・古今六帖・綺語抄・夫木和歌抄・袖中抄・五代集歌枕・歌枕名寄

④さしながら人の心をみ熊野の浦の浜木綿いくへなるらん（恋四・八九〇・平兼盛）

↓　B群〔巻五―大塔宮熊野落ち〕
定家八代抄・五代集歌枕・歌枕名寄

⑤東風吹かば匂ひおこせよ梅の花あるじなしとて春を忘るな（雑春・一〇〇六・道真）
↓　A群〔巻六―民部卿三位局〕　X群〔巻十二―北野天神縁起〕
定家八代抄・大鏡・延慶本平家物語・源平盛衰記・宝物集・十訓抄・古今著聞集

⑥君が代は天の羽衣まれにきてなづとも尽きぬ巌ならなん（賀・二九九・読人しらず）
↓　B群〔巻十一―越中守護自害〕
定家八代抄・是則集・天徳四年内裏歌合・奥儀抄・和歌色葉・宝物集

⑦天の下のがるる人のなければや着てし濡れ衣ひるよしもなし（雑恋・一二一六・道真）
↓　C群〔巻十二―北野天神縁起〕
大鏡・延慶本平家物語

⑧たらちねの親の諫めしうたたねは物思ふ時のわざにぞありける（恋四・八九七・読人しらず）
↓　C群〔巻十五―賀茂神主改補〕
定家八代抄・古今六帖・夫木和歌抄・奥儀抄・和歌色葉・色葉和難集・奥入・紫明抄

⑨三千年になるてふ桃の今年より花咲く春にあひにけるかな（賀・二八八・凡河内躬恒）
↓　C群〔巻十五―賀茂神主改補〕
古今六帖・亭子院歌合・是則集・忠岑集・俊頼髄脳・奥儀抄・袋草紙・和歌色葉・和歌童蒙抄

⑩こゆるぎのいそぎて来つるかひもなくまたこそ立てれ沖つ白波（雑恋・一二二四・読人しらず）
↓　C群〔巻十八―一宮御息所〕
歌枕名寄

⑪霊山の釈迦のみ前に契りてし真如朽ちせずあひ見つるかな〈哀傷・一三四八・行基〉
⑫かびらゑにともに契りしかひありて文殊のみ顔あひ見つるかな〈哀傷・一三四九・婆羅門僧正〉
↓ともにX群〈巻二十五―大仏供養〉
ともに定家八代抄・三宝絵・俊頼髄脳・袋草紙・古来風躰抄・今昔物語集・古事談・沙石集・為兼卿和歌抄・源平盛衰記　ほか
⑬さばへなす荒ぶる神もおしなべて今日はなごしの祓なりけり〈夏・一三四・藤原長能〉
↓X群〈巻二十六―三種神器解説〉
長能集・俊頼髄脳・綺語抄・和歌童蒙抄・奥儀抄・和歌色葉・八雲御抄・宝物集・色葉和難集

天神縁起説話の一部として入ってきた⑦や、中世日本紀の一部として入ってきた⑬は、ほかとは位相を異にしているため除外するとして、残りはいかなる文献から摂取されたのだろうか。『古今集』の五分の一程度しか借用されていない点からいって、『拾遺集』もまた太平記作者の自家薬籠中の物ではなかったようだ。やはり歌学書や説話集の類いに目を向けるべきだろう。

では、他出資料のなかで最も目立つものは何かといえば、四角で囲ったように、『定家八代抄』ということになる。試みに、この秀歌撰を依拠資料の第一候補と考えてみたい。他出資料の少ない⑩に関しては、『拾遺集』自体に典拠を求めるべきかとも思われるが、そもそも『太平記』本文と一致するのは、第二節で例示したとおり、「こゆるぎのいそぎ」という語句のみである。『定家八代抄』には歌枕「小余綾の磯」を詠んだ歌が二首存在しているので（一四五八・一七四〇）、それらから「こゆるぎのいそぎ」という表現をひねり出すことも十分に可能だっただろう。なお、先に掲出した二首の『後撰集』入集歌も『定家八代抄』には採られている。

『後拾遺集』以下の勅撰入集歌については、概要を摘記するにとどめておく。[注(8)] 尊良親王の詠んだ「関留る柵ぞなき涙川いかにながる、浮身なるらん」（巻四「囚人配流事」）の本歌「せきかぬる涙の川の早き瀬は逢ふよりほかのしがらみぞなき」（千載集・恋二・七二三・源頼政）や、折れた松に書かれた落首「君が代の短かるべき例にや末は折けん住吉のまつ」（巻三十「南帝羽林偽御和睦事付住吉御幸事」）のもとになった「君が代の久しかるべきためしにや神も植ゑけむ住吉の松」（詞花集・賀・一七〇・読人しらず）などは、そもそも太平記作者自身が創出したものとは言い切れないため、ひとまず検討の対象からは外しておく。そのうえで、引歌の素材とおぼしき和歌の中から、他書にはあまり採られていないものを抽出する。

【後拾遺集】天の川と渡る船のかぢの葉に思ふことをも書きつくるかな（秋上・二四二・上総乳母）
→A群〔巻十八―一宮御息所〕
【千載集】人知れず思ひそめてし心こそ今は涙の色となりけれ（恋一・六八七・源季貞）
→A群〔巻四―藤房流罪〕

『太平記』本文と一致する箇所には傍線を付した。これらの歌が典拠になったのだとすれば、『後拾遺集』および『千載集』は直接参照されていたことになりそうである。だが、実情は⑩と同じで、「七夕のと渡る船の梶のはにいく秋書きつ露の玉づさ」（新古今集・秋上・三二〇・藤原俊成）や、「恋すてふ我が名はまだき立ちにけり人知れずこそ思ひそめしか」（拾遺集・恋一・六二一・壬生忠見）および「忍ぶれど色に出でにけり我が恋はものや思ふと人の問ふまで」（拾遺集・恋一・六二二・平兼盛）が『定家八代抄』に採られている以上、右に挙げた上総乳母詠や季貞詠は必ずしも用をなさない。作者が『後拾遺集』や『千載集』を見ていなかったとしても、『定家八代抄』によって歌を学んでいれば、傍線部を髣髴とさせる表現を生み出すことは可能だったと言えよう。

　では、太平記作者が依拠したかもしれないこの秀歌撰について、基礎的情報を確認しておきたい。『定家八代抄』

『太平記』に利用されているとおぼしき八代集和歌
（濃色部分は『伊勢物語』にも収載されているもの）

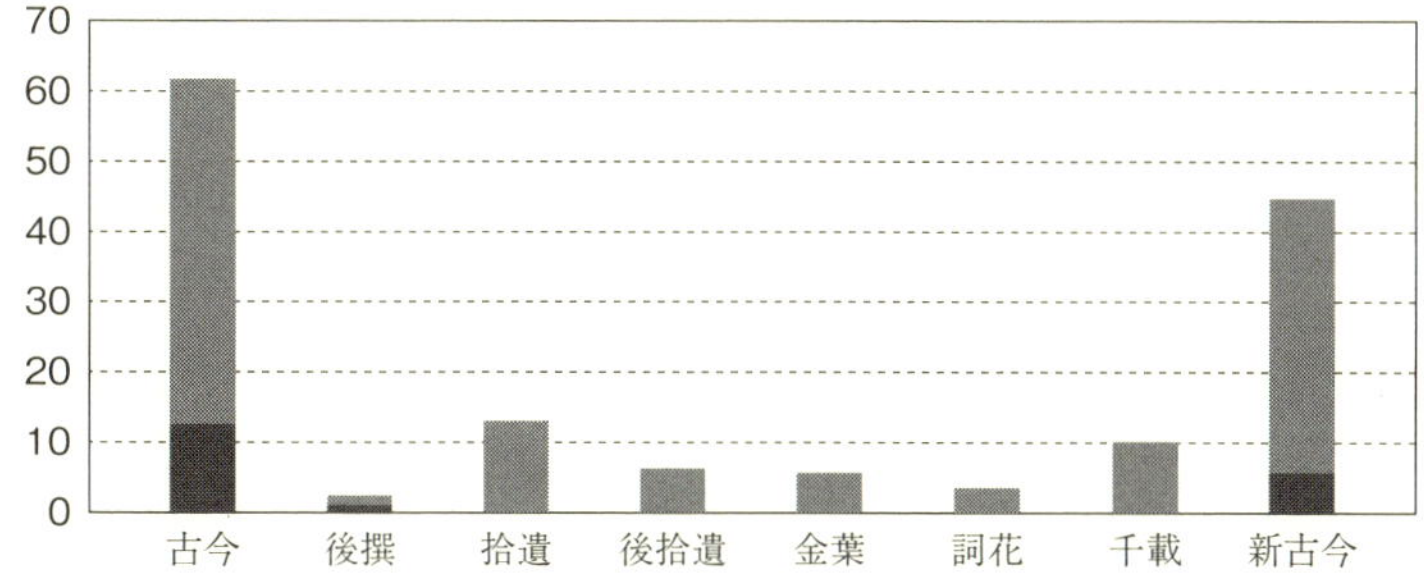

『定家八代抄』に採られている和歌

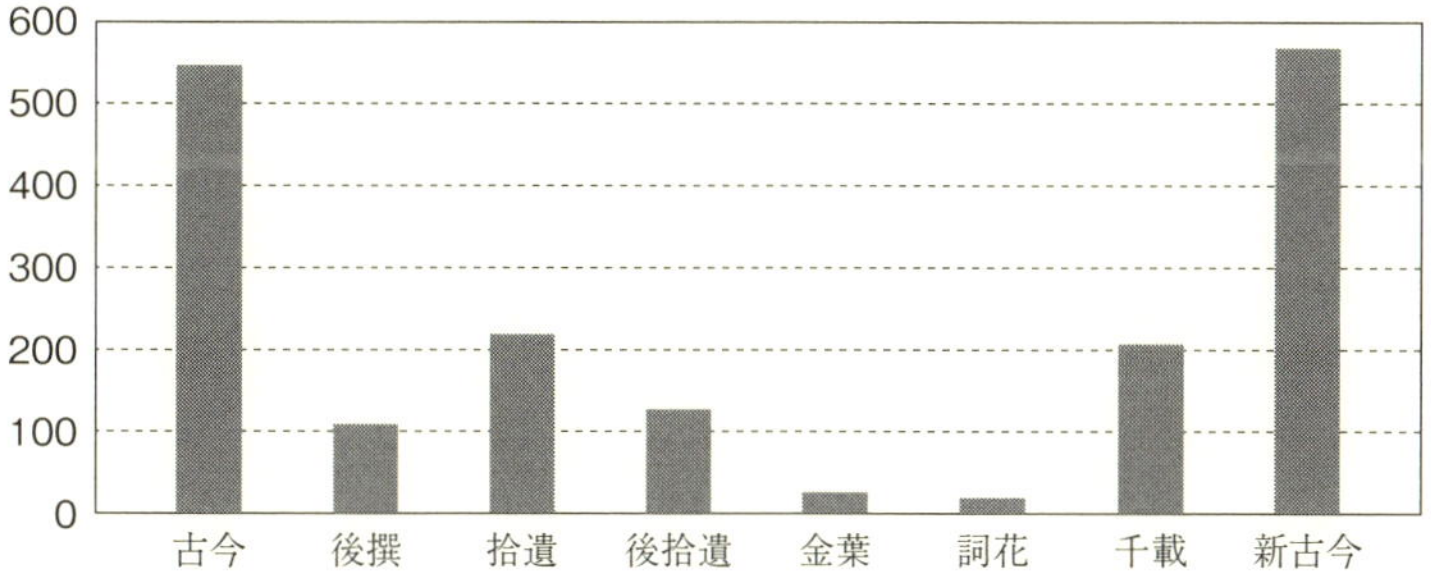

は藤原定家によって建保三年（一二一五）頃に編まれたものであり、本来の題は不明。『二四代集（にしだいしゅう）』『八代知顕抄（はちだいちけんしょう）』とも呼ばれていた。八代集から一八〇九首を抄出した歌集であるが、その撰歌傾向にはある偏りが見られる。

『古今集』より五四四首
『後撰集』より一〇五首
『拾遺集』より二一七首
『後拾遺集』より一二四首
『金葉集』より二六首
『詞花集』より二〇首
『千載集』より二〇六首
『新古今集』より五六七首

『古今集』『新古今集』入集歌が明らかに多く、『金葉集』『詞花集』入集歌が著しく少ないことがわかるだろう。参考までに『古来風躰抄』下巻の勅撰集抄出数を示す。

『古今集』より八二首　『後撰集』より三七首　『拾遺集』より五二首　『後拾遺集』より八一首
『金葉集』より三八首　『詞花集』より三四首　『千載集』より四五首

『古今集』の歌が多いことは確かだが、『後拾遺集』がそれに匹敵する。残りの撰集からの採録数も『古今集』に比して少なすぎるとまでは言えない。このほか、後鳥羽院・定家・家隆(いえたか)が八代集それぞれから十首ずつを集めた『八代集秀逸』のような資料も存在する。こういった類書と比べることによって、『定家八代抄』内訳の特殊性はいよいよ際立ってくるのである。

じつは、この割合は第二節で示した『太平記』の引歌傾向と似通っている。仮に両者に影響関係があったとするならば、『後撰集』以下の六撰集の利用が『太平記』ではあまり目立たないことも自ずと説明がつくのである。思うに、太平記作者が『古今集』『新古今集』の歌を多く引いたのは、本来それらに慣れ親しんでいたことに加えて、二大勅撰入集歌を大量に載せる『定家八代抄』を通じて、ますます暗唱の精度を高めていたからではなかったか。

その反面、『定家八代抄』にはない歌も『太平記』では少なからず利用されている。これは作者が別の類書——例えば、前述の「藤原雅経朝臣」と「枯れたりし」の条件を満たすもの——に拠っていた結果とみるべきか、あるいは概して『定家八代抄』に拠っていたのだとしても、さらに第二の依拠資料を参照していた結果とみるべきか。そこであらためて素材歌の他出文献を見渡してみると、『歌枕名寄』が多いことに気づかされる。以下、『太平記』と名所歌集との関係を探ることとする。

5　名所歌集利用の可能性

道行文を生み出すにあたっては、地名を叙情的に織り込む必要があるわけであるから、歌枕を詠み込んだ和歌を利用するのが常であった。その際、一つの地名につき複数の歌が並べられ、しかも、それが国ごとに順を追って整理されている名所歌集は、きわめて便利な資料だったと想像される。『太平記』巻二「俊基朝臣関東下向事」の「落花の雪に道迷ふ」で始まる一節などは、『宴曲集（えんきょくしゅう）』巻四「海道上」や『平家物語』巻十「海道下」の影響下にあるだけでなく、そのような名所歌集から拾い集められた和歌によっても成り立っているのではないか。現に素材歌として指摘されているもののうち、十一首が『歌枕名寄』に採られている。なかには『古今集』『新古今集』との共通歌も含まれており、一概に『歌枕名寄』由来の表現とばかりも言い切れないのだが、しかし一方で、『新後撰集』に入集した「清見潟浦風寒き夜夜は夢も許さぬ浪の関守」（五九〇・院大納言典侍為子（ためこ））が「清見潟とて過行ば、都にかへる夢をさへ、通さぬ浪の関守に」のごとく借用されている点に関しては、やはり『歌枕名寄』あたりからの摂取とみるべきだろう。▼注(9)『新後撰集』入集歌を素材とする引歌表現がきわめて稀（ほかには一件のみ）であることを思えば、太平記作者がこの鎌倉後期勅撰集に親しんでいなかったことは明白である。

次に挙げる記事についても、名所歌集がもとになっているように思われる。ただし道行文ではなく、若き日の後醍醐天皇が恋する女の父親に妨害されて想いを遂げられなかったという逸話、巻十五「主上還幸事付賀茂神主改補事」のなかの引歌表現である。

> 帥宮は此る事とは露も思食玉はず、(a)其耳（サノミ）やと今日の御頼に昨日の憂さを思替て、度々御使ありける。「思の外の事候て、伏見院宮の御方へ被召ぬ」と申ければ、(b)親し去（サケ）ずは(c)東路の佐野の舟橋(d)其耳（サノミ）やは堪ては人を恋渡すべき（る）と、思沈ませ玉ふにも、

傍線部(a)は『玉葉集』の「さのみやと今日の頼みに思ひなせば昨日のうさぞ今はうれしき」（一三八九・伏見院）を、(b)(c)は『万葉集』三四九九番の東歌（後掲）を、(c)(d)は『続古今集』一一二九番の家隆詠（後掲）と『続拾遺集』八七

一番の津守国助（つもりのくにすけ）詠（後掲）をそれぞれ踏まえている。太平記作者は(b)(c)(d)を構成するにあたり、素材となるこれらの歌をいかにして八代集以外から掻き集めてきたのだろうか。もとより『万葉集』三四九九番歌は『五代集歌枕』『夫木和歌抄』『井蛙抄（せいあしょう）』にも採られていて、それなりに知られていたはずであり、『続拾遺集』八七一番歌は津守家関連資料からの摂取であるのかもしれない。▼注(10) よって、素材歌が別々に寄せ集められたという見方も成り立つが、あるいは、歌枕ごとに秀歌を一括掲載した資料に基づいているのではないか。有力な候補となる『歌枕名寄』の「佐野の船橋」一覧を掲出しよう。

万十四
かみつけの佐野の船橋取りはなし親はさくれどわはさかるがへ（六七六九）→(b)(c)

後十　　　　　　　　　　　　源等朝臣
東路の佐野の船橋かけてのみ思ひわたるを知る人のなき（六七七〇）

詞九　霧　駒　　　　　　　　左大弁俊雅母
夕霧に佐野の船橋おとすなりたなれの駒のかへり来るかも（六七七一）

一字抄　雪　　　　　　　　　権大納言公実
あまぎりあひ雪ふりたえぬ東路の佐野の船橋誰にとはまし（六七七二）

建保百首　　　　　　　　　　家隆
もらさばや波のよそにも三輪が崎佐野の船橋かけし心を（六七七三）

堀百　　　　　　　　　　　　師頼
今さらに恋路に迷ふ身をもちてなに渡りけん佐野の船橋（六七七四）

同　　　　　　　　　　　　　顕季

東路の佐野の船橋朽ちぬらん妹しさだめば通はざらめや（六七七五）

続古三　五月雨　祐成朝臣

五月雨に水かさまさりて浮きぬればさしてぞ渡る佐野の船橋（六七七六）

同十三　家隆

東路の佐野の船橋さのみやはつらき心をかけて頼まん（六七七七）→(c)(d)

続拾十二　津守国助

さのみやは佐野の船橋同じ世に命をかけて恋ひ渡るべき（六七七八）→(c)(d)

(a)の「さのみや」をきっかけにして歌枕「佐野（の船橋）」が意識されたのだとしたら、[注11] まずは六七六九番の万葉歌が見出されることとなる。《親に引き裂かれる恋》をうたう当該歌は、『太平記』の後醍醐天皇が置かれた状況を表現するのに恰好の素材である。続く六七七〇番歌には(c)と同じ「東路の佐野の船橋」という定型句が表れており、これに着目して波線部を目で追っていくと、六七七二番歌と六七七五番歌を経て、やがて端緒となった「さのみや」に辿り着く。そうして浮上してきた国助詠の「さのみやは……恋ひ渡るべき」という反語表現が、《叶わぬ恋》に絶望する後醍醐の心境を描くのにふさわしいものとして、(d)に結実したとは考えられないだろうか。

じつは『歌枕名寄』は伝本によって総歌数が異なっており、九千七百首を超える刊本の場合、「佐野の船橋」の歌は前掲のとおり全十首だが、七千四百首余りからなる宮内庁書陵部本では最初の五首しか採録されていない。後半の五首が室町時代以降の増補だとすると、右の想像は成り立たないことになる。しかしながら、一つの歌枕をめぐって相異なる素材歌が重層的に用いられた例は『太平記』の他の箇所にもあり、それらすべてが偶発的な古歌の寄せ集めだったとは思われない。名所歌を一覧できる資料が下敷きになっていたからこそ、モザイク風の表現が誘発されたのではないか。巻十「新田義貞謀叛之事付天狗催越後勢事」の引歌表現を見てみよう。

其れば四方八里に余れる武蔵野に、人馬身を崎（ソバダツ）る程に打囲たれば、天を飛（ぶ）鳥も翔（カケル）事を不得、地を走る獣も隠る、に処なし。草の原より出し月も、銀（馬）鞍の上に若干（ホノメキ）、尾花が末を過る風も、旌旗の陰に留まれり。

歌枕でもある「武蔵野」を描写するにあたり、『太平記』は実見叶わぬ土地の趣きを鮮やかに表現すべく、以下の和歌に頼ったようだ。

【新古今集】行く末は空もひとつの武蔵野に草の原より出づる月かげ（秋上・四二二・藤原良経（よしつね））
【続古今集】武蔵野は月の入るべき峰もなし尾花が末にかかる白雲（秋・四二五・源通方（みちかた））
【公賢集（きんかたしゅう）】武蔵野の尾花が末を吹く風に月のかげさへうちなびきつつ（秋・一四〇）

三首目の公賢詠は他書には見られないため、広く知られていたとは考え難く、本当に素材歌であったかどうかは疑わしい。それに対し、良経詠と通方詠はともに『歌枕名寄』の「武蔵野篇」に収められている。仮にこの「武蔵野篇」が参照されていたと仮定した場合、あいだに八首（宮内庁書陵部本や細川本では二首）が挟まれてはいるものの、両者は月の出入りという共通項を持つがゆえに、連想的に手繰り寄せられたのではないか。

そもそも当該場面は新田義貞が鎌倉幕府を攻め滅ぼす盛夏五月の情景であり、秋の景物たる「尾花」は明らかに作中の時節に反している。歌枕「武蔵野」は確かに順徳院歌壇の頃から「尾花」と併用されるようになっていたが、ふつうに考えて、『太平記』のこの夏の場面では引歌の素材になりにくかったはずである。むしろ頻出の「行く末遠き」という語の方が引き出されて然るべきところだろう。にもかかわらず、季節感を無視するかのような形で「尾花が末」が持ち出されているのは、名所歌集という誘発要因に自ずと引きずられてしまったためだと推測される。通方詠の方が他書にほとんど採られていないことを思えば、『歌枕名寄』の中で良経詠とともに見出された素材歌である蓋然性は比較的高いと言えよう。

6 おわりに

本稿では、『太平記』の引歌表現を支えた資料として、『定家八代抄』と『歌枕名寄』が有力視されることを論じてきた。前者は有名な古歌を簡便に学ぶことのできる文献として、初学者にはとくに尊ばれていたのではないだろうか。一方、後者は鎌倉時代後期に成立した、全国三十六巻および未勘国一巻からなる大部の書である。文安三年(一四四六)成立の『壒嚢鈔(あいのうしょう)』や、文明四年(一四七二)成立の『花鳥余情(かちょうよじょう)』は書名を挙げてこれを参照しているが、はたして南北朝時代の太平記作者にとっても閲覧可能な文献だったのかどうか、さらなる検討が必要だろう。[注(12)]

実際のところ、八代集抄出本にせよ名所歌集にせよ、類書は数多く生み出されているのであるから、[注(13)]『定家八代抄』『歌枕名寄』そのものが依拠資料ではなかったかもしれない。しかしながら、『古今集』『新古今集』偏重の秀歌撰や、歌枕集成が利用されていたことは、おおよそ認めてもよいと思われる。中世における歌書の流布状況はいまだ解明されていない部分が多く、謎に包まれているのだが、ともあれ『太平記』生成の場はその一隅にあったようだ。『難太平記』の証言から推定される作者圏の内実を少しでも具体化させるためには、こうした推定作業の積み重ねにより、『太平記』を取り巻いていた文学環境を徐々に浮き彫りにしていくことが必要だろう。

【注】

(1)長坂成行「天正本『太平記』の成立――和歌的表現をめぐって――」(軍記文学研究叢書、長谷川端編『太平記の世界』所収、汲古書院、二〇〇九年)参照。

(2)片桐洋一「中世古今集注釈書と説話――『毘沙門堂本古今集注』を中心に――」(『説話論集 第三集』所収、清文堂出版、一九九三年)参照。

（3）拙著『太平記世界の形象』第一編第一章「故事としての『平家物語』」（塙書房、初出は二〇〇一年）、および拙稿「修辞のなかの光源氏――『太平記』の誤謬と創造――」（『日本文学』六三―三、二〇一四年三月）参照。
（4）八歳宮は雅経詠以外にも「白川の関までこえぬ東路も日数へぬれば秋風ぞ吹」（続拾遺集・羇旅・六七三・津守国助）を引いているが、これを津守国夏の詠んだものとしている。清水眞澄「軍神と歌神の中世――『太平記』と住吉神主家資料をめぐって――」（磯水絵編『論集 文学と音楽史 詩歌管絃の世界』所収、和泉書院、二〇一三年）はこの問題をめぐって、「当該歌を国夏の詠作と改変して皇子もが諳んじるという虚構を生み出した」と読み解いている。八歳宮の記憶力を保証することは、絶対的な命題ではなかったとみるべきか。
（5）『新古今集』諸本間で雅経の位署には異同が見られる。当該歌の詠作者表記を「藤原雅経朝臣」としない伝本も存在する。
（6）例えば『定家八代抄』の詞書改変については、後藤重郎「『定家八代抄』と藤原定家」（『中世文学』三六、一九九一年）が考察対象としている。
（7）注（3）拙著『太平記世界の形象』所収論文参照。
（8）本論には盛り込めなかったが、『定家八代抄』から漏れている『後拾遺集』『金葉集』『詞花集』入集歌の利用例が、巻二十一「塩冶判官讒死事」に集中的に見られるという点には、注意が必要だと思われる。
（9）管見の限り、「清見潟」の為子詠は『新後撰集』と『歌枕名寄』にしか見出せない。ただし、細川本および宮内庁書陵部本『歌枕名寄』には採られていないことから、のちに増補されたものと考えられる。太平記作者は増補後のものを見ていたのではないか。
（10）『太平記』と津守家歌人との関わりについては、大島龍彦「太平記の和歌をめぐって」（長谷川端編『太平記とその周辺』所収、新典社、一九九四年）、および注（4）論文参照。
（11）長坂成行「「賀茂神主改補の事」覚え書――『太平記』注解補考（二）――」（『奈良大学紀要』三〇、二〇〇二年）は、伏見院詠を用いて後伏見の恋敵たる後醍醐の心境を表現するという手法に、作為的な意味を見出している。この説に従えば、まずは(a)が太平記作者の念頭にあったことになりそうである。
（12）『歌枕名寄』の諸問題に関しては、近年、樋口百合子『『歌枕名寄』伝本の研究』（和泉書院、二〇一三年）が詳しく論じている。
（13）例えば、宗尊親王や真観が「八代抄」を編んでいたことが知られており（注（6）論文参照）、名所歌集に関しては、井上宗雄「名所歌集（歌枕書）伝本書目稿」（『立教大学日本文学』一六・一九・二三、一九六六～七〇年）が多くの書名を挙げて概要を紹介している。

・◆は『歌枕名寄』刊本・細川本・宮内庁書陵部本すべてに採られているもの、▲は上記のうち二写本ともに欠いているもの、▼は二写本のどちらか一方が欠いているものをさす。
・000-00（数値）は、『神宮徴古館本太平記』（和泉書院）の000頁00行目に引歌がみられることをさす。
・カッコで示した他出資料は、出典の詞書による。

歌集・番号				おもな他出資料	太平記の頁行・章段		
古今集	387	●		和漢朗詠集・大和物語・大鏡・十訓抄	361-16	北山殿謀反	1
	411	●	◆	伊勢物語・古今六帖・業平集・新撰和歌	607-05	顕家軍渡河	2
	469	●		俊頼髄脳・奥儀抄・和歌色葉	665-05	菖蒲前	3
	616	●		伊勢物語・古今六帖・業平集・河海抄	640-08	勾当内侍	4
	785			伊勢物語・業平集	868-08	光明寺合戦	5
	889		▼	新撰和歌・紫明抄・河海抄	353-03	藤房遁世	6
	992	●		奥入・紫明抄・河海抄	576-15	一宮御息所	7
	1006			古今六帖・伊勢集・俊頼髄脳・撰集抄	134-07	三位局夢想	8
	1006			古今六帖・伊勢集・俊頼髄脳・撰集抄	1001-09	義興自害	9
	1071	●	◆		31-10	俊基関東下向	10
	1083	●	◆	古今六帖・袖中抄・五代集歌枕	94-03	後醍醐遷幸	11
	1092	●	◆	俊頼髄脳・奥儀抄・袖中抄・五代集歌枕	577-07	一宮御息所	12
後撰集	1102	●		古今六帖・大和物語・宝物集・沙石集	151-15	本間人見討死	13
拾遺集	210		◆	後六々集・五代集歌枕・十訓抄・古今著聞集	31-05	俊基関東下向	14
	1006	●		大鏡・宝物集・十訓抄・源平盛衰記	135-08	三位局夢想	15
後拾遺集	82			宝物集・三百六十首和歌・奥入・紫明抄・河海抄	667-09	塩冶判官讒死	16
	242	○		三百六十首和歌	587-13	一宮御息所	17
	324	●		和歌一字抄・八雲御抄	676-14	塩冶判官讒死	18
詞花集	170		◆	愚見抄・栄花物語・古今和歌集灌頂口伝	906-01	住吉松折	19
千載集	66	●	◆	古来風体抄・平家物語・盛衰記・月詣和歌集	1106-05	後光厳還幸	20
	652	●	◆	久安百首・近代秀歌	94-02	後醍醐遷幸	21
	687	○			87-02	藤房流罪	22
	723			続詞花集・頼政集・治承三十六人歌合・愚秘抄	89-16	一宮流罪	23
新古今集	114	●	▼	近代秀歌・詠歌大概・三五記	31-05	俊基関東下向	24
	320	●		俊成五社百首	587-13	一宮御息所	25
	422		◆	秋篠月清集・仙洞句題五十首	252-03	新田義貞挙兵	26
	585	●	▼	宮河歌合・玄玉集・西行法師家集	142-12	楠天王寺出陣	27
	757	●		和漢朗詠集・近代秀歌・紫明抄・河海抄	301-08	越中守護自害	28
	757	●		和漢朗詠集・近代秀歌・紫明抄・河海抄	974-06	河村討死	29
	851			伊勢物語・袖中抄・宝物集	703-05	大森彦七	30
	965			平治物語・別本和漢兼作集	31-12	俊基関東下向	31
	990	●	◆	定家十体・和漢朗詠集・俊頼髄脳	168-08	千剣破合戦	32
	1132	●	◆	壬二集・六百番歌合・時代不同歌合	33-05	俊基関東下向	33
	1138			六百番歌合・三十六人歌合	640-05	勾当内侍	34
	1149	●		前十五番歌合・時代不同歌合・百人一首	135-01	三位局夢想	35
	1959	●	▼	法門百首	321-10	天神縁起	36
続古今集	1129		▲	壬二集・雲葉集	453-02	賀茂神主改補	37
	1157			伊勢物語・万代集	92-13	中宮御嘆	38
続拾遺集	871		▲	津守集	453-02	賀茂神主改補	39

『太平記』の引歌典拠一覧

【凡例】

・X 群には、『新千載集』に載る足利義詮詠（巻三十三「将軍御他界事」にあり）など、『太平記』作中人物の詠作を含めなかった。
・●は、『定家八代抄』に採られているものをさす。
・○は、『定家八代抄』の歌を想起することで不要となるものをさす。

	A 群　和歌本文	作者
1	命だに心にかなふ物ならば何か別れの悲しからまし	しろめ
2	名にし負はばいざこと問はん都鳥わが思ふ人はありやなしやと	業平
3	ほととぎす鳴くや五月のあやめ草あやめもしらぬ恋もするかな	読人しらず
4	起きもせず寝もせで夜を明かしては春の物とてながめ暮らしつ	業平
5	行き帰り空にのみしてふることは我が居る山の風はやみなり	業平
6	今こそあれ我も昔は男山さかゆく時もありこしものを	読人しらず
7	飽かざりし袖の中にや入りにけむわが魂のなき心地する	陸奥
8	沖つ波荒れのみまさる宮のうちは年経て住みし伊勢の海士も舟流したる心地して……	伊勢
9	沖つ波荒れのみまさる宮のうちは年経て住みし伊勢の海士も舟流したる心地して……	伊勢
10	近江より朝立ちくればうねののに鶴ぞ鳴くなる明けぬこの夜は	（大歌所御歌）
11	美作や久米のさら山さらさらにわが名は立てじよろづよまでに	（神遊歌）
12	もがみ河のぼればくだる稲舟のいなにはあらずこの月ばかり	（東歌）
13	人の親の心は闇にあらねども子を思ふ道にまどひぬるかな	兼輔
14	朝まだき嵐の山の寒ければ紅葉の錦着ぬ人ぞなき	公任
15	東風吹かば匂ひおこせよ梅の花あるじなしとて春を忘るな	道真
16	梅が香を桜の花に匂はせて柳が枝に咲かせてしかな	中原致時
17	天の川と渡る舟のかぢの葉に思ふことをも書きつくるかな	上総乳母
18	明けぬるか川瀬の霧の絶え間より遠方人の袖の見ゆるは	経信母
19	君が代の久しかるべきためしにや神も植ゑけむ住吉の松	読人しらず
20	さざ波や志賀の都は荒れにしを昔ながらの山桜かな	（忠度）
21	高砂の尾上の松に吹く風の音にのみやは聞き渡るべき	顕輔
22	人知れず思ひそめてし心こそ今は涙の色となりけれ	源季貞
23	せきかぬる涙の川の早き瀬は逢ふよりほかのしがらみぞなき	頼政
24	またや見む交野のみ野の桜がり花の雪散る春のあけぼの	俊成
25	七夕のと渡る舟のかぢの葉にいく秋書きつ露の玉づさ	俊成
26	行く末は空もひとつの武蔵野に草の原より出づる月かげ	良経
27	秋篠や外山の里やしぐるらん生駒のたけに雲のかかれる	西行
28	末の露もとの雫や世の中の後れ先立つためしなるらん	僧正遍昭
29	末の露もとの雫や世の中の後れ先立つためしなるらん	僧正遍昭
30	白玉か何ぞと人の問ひし時つゆと答へて消なましものを	業平
31	道の辺の草の青葉に駒とめてなほ故郷をかへりみるかな	成範
32	よそにのみ見てややみなん葛城や高間の山の峰の白雲	読人しらず
33	富士のねの煙も猶ぞ立ちのぼる上なき物は思ひなりけり	家隆
34	つれなさのたぐひまでやはつらからぬ月をもめでじ有明の空	有家
35	忘れじの行く末まではかたければ今日を限りの命ともがな	儀同三司母
36	音に聞く君がりいつかいきの松待つらむものを心づくしに	寂然
37	東路の佐野の船橋さのみやはつらき心をかけて頼まん	家隆
38	秋の夜の千夜をひと夜になせりとも言葉残りて鳥や鳴きなん	読人しらず
39	さのみやは佐野の船橋同じ世に命をかけて恋ひ渡るべき	津守国助

新後撰集	590		▲		33-04	俊基関東下向	40
玉葉集	1389				452-16	賀茂神主改補	41
続後拾遺集	1098			続現葉集	110-14	隠岐御所	42
万葉集	896				119-12	大塔宮熊野落	43
古今六帖	1521		▲	夫木抄 （歌枕名寄 9635 に類似）	669-04	塩冶判官讒死	44
永久百首	273			夫木抄	869-02	光明寺合戦	45
如願集	598				669-04	塩冶判官讒死	46
平家物語	19			源平盛衰記	700-09	義助予州下向	47
	99			月詣集では恵円法師詠「おく網の」「涙なりけり」	822-09	上杉畠山流罪	48
師兼千首	186				23-07	南都北嶺行幸	49

以上 A 群

歌集・番号				おもな他出資料	太平記の頁行・章段		
古今集	27			新撰和歌・和歌一字抄・続歌仙落書	667-08	塩冶判官讒死	1
	260	●		時代不同歌合・近代秀歌・詠歌大概・桐火桶	31-10	俊基関東下向	2
	292	●	◆	遍昭集・河海抄	235-06	仲時北方別離	3
	313	○		新撰和歌・色葉和難集	822-06	上杉畠山流罪	4
	409	●	◆	和漢朗詠集・俊頼髄脳・奥儀抄・五代集歌枕	94-01	後醍醐遷幸	5
	420	●	◆	古今六帖・古来風躰抄・五代集歌枕	822-06	上杉畠山流罪	6
	476	●		伊勢物語・業平集・俊頼髄脳・和歌色葉・十訓抄	671-06	塩冶判官讒死	7
	482			古今六帖・貫之集・紫明抄	1060-04	北野通夜物語	8
	492		▼	古今六帖・奥儀抄・五代集歌枕	131-15	大塔宮熊野落	9
	554	●		古今六帖・小町集・俊頼髄脳・和歌色葉	792-07	賀名生皇居	10
	616	●		伊勢物語・古今六帖・業平集・河海抄	576-11	一宮御息所	11
	625	●		古今六帖・忠岑集・時代不同歌合・奥儀抄	92-15	中宮御嘆	12
	632	●		伊勢物語・古今六帖・業平集・河海抄	696-13	佐々木信胤	13
	701	●		古今六帖・奥入・紫明抄・河海抄	1060-04	北野通夜物語	14
	708	●	◆	伊勢物語・八雲御抄・奥入・紫明抄・河海抄	578-04	一宮御息所	15
	761	●		古今六帖・奥儀抄・袖中抄・和歌色葉	577-16	一宮御息所	16
	797	●		小町集・和歌初学抄・宝物集・時代不同歌合	343-03	驪姫	17
	797	●		小町集・和歌初学抄・宝物集・時代不同歌合	955-16	獅子国	18
	867	●	◆	和歌初学抄・河海抄	869-03	光明寺合戦	19
	871	●		伊勢物語・古来風躰抄・五代集歌枕	1170-08	大原野花会	20
	875			古今六帖・河海抄	452-12	賀茂神主改補	21
	934	●		古今六帖・定家十躰・河海抄	577-16	一宮御息所	22
	938	●		小町集・十訓抄・古今著聞集・無名草子	793-10	執事兄弟奢侈	23
	940	●		小町集・新撰和歌・新撰朗詠集	1113-01	一角仙人	24
	961	●		俊頼髄脳・和歌童蒙抄・奥儀抄・和歌色葉	704-01	大森彦七	25
後撰集	1102	●		古今六帖・大和物語・宝物集・沙石集	1154-12	太元軍	26
拾遺集	288			俊頼髄脳・和歌童蒙抄・袋草紙・奥儀抄	452-13	賀茂神主改補	27
	299	●		新撰朗詠集・奥儀抄・和歌色葉・宝物集	301-06	越中守護自害	28
	351	●		大鏡・和歌童蒙抄・奥儀抄・古来風体抄・宝物集	53-11	叡山脱出	29
	890	●	▲	五代集歌枕	121-14	大塔宮熊野落	30
後拾遺集	821	●		俊頼髄脳・和歌色葉	830-16	三角入道謀反	31
金葉集(二度本)	129		◆	袋草紙・袖中抄・三百六十首和歌・色葉和難集	665-08	菖蒲前	32
	130		▼	承暦二年内裏後番歌合	665-15	菖蒲前	33
	135			堀河百首・源平盛衰記	665-14	菖蒲前	34
	469	●	◆	堀河院艶書合・近代秀歌・八代集秀逸	669-11	塩冶判官讒死	35
	714	○	▼	八代集抄巻末付載異本歌	321-10	天神縁起	36

40	清見潟浦風寒き夜夜は夢も許さぬ浪の関守	為子
41	さのみやと今日の頼みに思ひなせば昨日のうさぞ今はうれしき	伏見院
42	露よりも猶ことしげし萩の戸の明くれば急ぐ朝まつりごと	後醍醐
43	……天地は広しといへど吾がためは狭くやなりぬる月日は……	憶良
44	逢ふことをあときの島にひくたひの度重ならば人も知りなむ	読人しらず
45	吉野山峰の嵐の激しさにささの庵は露もたまらず	六条院大進
46	人目もるあこぎが浦に引く網の夜とばかりはなに契りけむ	秀能
47	故郷の軒の板間に苔むして思ひしほどは漏らぬ月かな	康頼
48	帰り来むことは堅田に引く網の目にもたまらぬ我が涙かな	時忠
49	春日山北の藤波代代かけてかはらぬ春の色に咲かなん	師兼

	B群　和歌本文	作者
1	あさみどり糸よりかけて白露を玉にもぬける春の柳か	僧正遍昭
2	白露も時雨もいたくもる山は下葉残らず色づきにけり	貫之
3	わび人のわきて立ち寄る木のもとは頼むかげなく紅葉散りけり	僧正遍昭
4	道知らば尋ねもゆかむ紅葉葉を幣と手向けて秋はいにけり	躬恒
5	ほのぼのと明石の浦の朝霧に島がくれゆく舟をしぞ思ふ	読人しらず
6	このたびは幣も取りあへず手向山紅葉の錦神のまにまに	道真
7	見ずもあらず見もせぬ人の恋しくはあやなく今日やながめくらさん	業平
8	逢ふことは雲居はるかになる神の音に聞きつつ恋ひ渡るかな	貫之
9	吉野川岩切り通し行く水の音には立てじ恋ひは死ぬとも	読人しらず
10	いとせめて恋しき時はむばたまの夜の衣を返してぞ着る	小町
11	起きもせず寝もせで夜を明かしては春の物とてながめ暮らしつ	業平
12	有明のつれなく見えし別れより暁ばかり憂き物はなし	忠岑
13	人知れぬ我が通ひ路の関守は宵宵ごとにうちも寝ななん	業平
14	天の原踏みとどろかし鳴る神も思ふ仲をばさくるものかは	読人しらず
15	須磨のあまの塩焼く煙風をいたみ思はぬ方にたなびきにけり	読人しらず
16	暁の鴫の羽がき百羽がき君が来ぬ夜は我ぞ数かく	読人しらず
17	色見えでうつろふ物は世の中の人の心の花にぞありける	小町
18	色見えでうつろふ物は世の中の人の心の花にぞありける	小町
19	紫のひともとゆゑに武蔵野の草はみながらあはれとぞ見る	読人しらず
20	大原や小塩の山も今日こそは神世のことも思ひ出づらめ	業平
21	かたちこそ深山隠れの朽木なれ心は花になさばなりなむ	兼芸法師
22	いく世しもあらじ我が身をなぞもかくあまの苅藻に思ひ乱るる	読人しらず
23	わびぬれば身をうき草の根をたえて誘ふ水あらばいなむとぞ思ふ	小町
24	あはれてふ言の葉ごとに置く露は昔を恋ふる涙なりけり	読人しらず
25	思ひきや鄙の別れにおとろへて海人の縄たき漁りせむとは	篁
26	人の親の心は闇にあらねども子を思ふ道にまどひぬるかな	兼輔
27	三千年になるてふ桃の今年より花咲く春にあひにけるかな	躬恒
28	君が代は天の羽衣まれにきてなづとも尽きぬ巌ならなん	読人しらず
29	君が住む宿の梢のゆくゆくと隠るるまでにかへり見しはや	道真
30	さしながら人の心をみ熊野の浦の浜木綿いくへなるらん	兼盛
31	苅藻かき臥す猪の床のいをやすみさこそ寝ざらめかからずもがな	和泉式部
32	菖蒲草引く手もたゆく長き根のいかで浅香の沼に生ひけん	孝善
33	玉江にや今日の菖蒲を引きつらんみがける宿のつまに見ゆるは	公実
34	五月雨に沼の岩垣水こえて真薦刈るべき方も知られず	師頼
35	音に聞く高師の浦のあだ波はかけじや袖の濡れもこそすれ	紀伊
36	恋ひしなで心づくしに今までも頼むればこそいきの松原	親隆

詞花集	282		▼	古来風体抄・袖中抄	23-07	南都北嶺行幸	37
千載集	526		◆	林葉集・中古六歌仙・住吉歌合・時代不同歌合	142-13	楠天王寺出陣	38
	981	●	▼	時代不同歌合・愚見抄・六華集	224-14	六波羅行幸	39
	1049		▼		481-09	正成兵庫下向	40
新古今集	393	●		詠歌大概・秋篠月清集	667-04	塩冶判官讒死	41
	648		◆	千五百番歌合	31-14	俊基関東下向	42
	654		◆	万葉集・古今六帖・和歌初学抄・五代集歌枕	158-02	吉野城	43
	657	●	◆	万葉集・詠歌大概・和歌初学抄・五代集歌枕	822-14	上杉畠山流罪	44
	707	●		和漢朗詠集・俊頼髄脳・水鏡・延慶本・盛衰記	289-02	後醍醐還幸	45
	768			重家集・時代不同歌合	667-06	塩冶判官讒死	46
	1071	●	◆	好忠集・近代秀歌・百人一首	121-13	大塔宮熊野落	47
	1152				301-06	越中守護自害	48
	1220		◆		362-06	北山殿謀反	49
	1374			万葉集・人丸集・綺語抄・色葉和難集	106-02	呉越合戦	50
	1374			万葉集・人丸集・綺語抄・色葉和難集	1112-16	一角仙人	51
	1736			小馬命婦集	641-14	勾当内侍	52
	1736			小馬命婦集	792-10	賀名生皇居	53
	1905		▲		135-12	三位局夢想	54
新勅撰集	340		▼		793-07	執事兄弟奢侈	55
	579				735-13	宗論	56
続古今集	425		◆	三百六十首和歌	252-03	新田義貞挙兵	57
続拾遺集	1028		▲	壬二集	743-05	大仏供養	58
新後撰集	763			千五百番歌合	1168-13	春日神木入洛	59
	933	○	▲		452-06	賀茂神主改補	60
玉葉集	1172				792-07	賀名生皇居	61
続千載集	1551	○		(弘安百首)	452-06	賀茂神主改補	62
続後拾遺集	707			万代集	574-10	一宮御息所	63
風雅集	2202		▲	兼盛集・万代集・夫木抄	31-09	俊基関東下向	64
新千載集	1067				452-03	賀茂神主改補	65
新拾遺集	1866				366-11	護良親王死去	66
万葉集	33	○	▼	夫木抄・袖中抄・五代集歌枕	224-14	六波羅行幸	67
	3439		◆	夫木抄・五代集歌枕	453-02	賀茂神主改補	68
古今六帖	1935	○	◆	和歌童蒙抄・和歌色葉	121-14	大塔宮熊野落	69
四条宮下野集	34	○			321-10	天神縁起	70
源氏物語	5			物語二百番歌合	361-06	北山殿謀反	71
	52				641-02	勾当内侍	72
	109			物語二百番歌合	574-15	一宮御息所	73
	115			物語二百番歌合・色葉和難集	33-06	俊基関東下向	74
狭衣物語	45			風葉集・物語二百番歌合・千五百番歌合判詞	702-13	大森彦七	75
	146			物語二百番歌合	792-07	賀名生皇居	76
堀河百首	864				31-05	俊基関東下向	77
六百番歌合	653	○			321-10	天神縁起	78
千五百番歌合	917			夫木抄	393-08	箱根竹下合戦	79
	2082			夫木抄	33-07	俊基関東下向	80
寂蓮法師集	298				120-01	大塔宮熊野落	81
拾玉集	792			夫木抄	142-13	楠天王寺出陣	82
為家集	1382			夫木抄	33-02	俊基関東下向	83
建長三年影供歌合	247				1054-12	北野通夜物語	84
伏見院御集	252				1099-14	清氏京攻	85

37	春日山北の藤波咲きしよりさかゆべしとはかねて知りにき	師頼
38	藻塩草敷津の浦の寝覚めには時雨にのみや袖は濡れける	俊恵
39	さざ波や国つ御神の浦さびて古き都に月ひとりすむ	忠通
40	難波潟潮路はるかに見渡せば霞に浮かぶ沖の釣舟	円玄法師
41	故郷のもとあらの小萩咲きしより夜な夜な庭の月ぞうつろふ	良経
42	小夜千鳥声こそ近くなるみ潟傾く月に潮やみつらむ	季能
43	吉野なるなつみの河の川淀に鴨ぞ鳴くなる山陰にして	湯原王
44	やたの野に浅茅色づくあらち山峰の泡雪寒くあるらし	人麿
45	高き屋に上りて見れば煙立つ民の竈はにぎはひにけり	仁徳天皇
46	形見とて見れば歎きのふかみ草なになかなかの匂ひなるらん	重家
47	由良の門を渡る舟人楫をたえ行方も知らぬ恋の道かも	好忠
48	昨日まで逢ふにしかへばと思ひしを今日は命の惜しくもあるかな	頼忠
49	いつはりを糺の森の木綿だすきかけつつ誓へ我を思はば	平定文
50	夏野行く牡鹿の角のつかの間も忘れず思へ妹が心を	人麿
51	夏野行く牡鹿の角のつかの間も忘れず思へ妹が心を	人麿
52	ながらへむとしも思はぬ露の身のさすがに消えんことをこそ思へ	読人しらず
53	ながらへむとしも思はぬ露の身のさすがに消えんことをこそ思へ	読人しらず
54	覚めぬれば思ひ合はせて音をぞ泣く心づくしのいにしへの夢	慈円
55	紅のやしほの岡の紅葉葉をいかに染めよと猶しぐるらむ	伊光
56	草木まで仏の種と聞きつればこのみちならむことも頼もし	深観
57	武蔵野は月の入るべき峰もなし尾花が末にかかる白雲	通方
58	はかなしな御津の浜松おのづから見えこし夢の波の通ひ路	家隆
59	榊葉に霜のしらゆふかけてけり神なび山のあけぼのの空	公継
60	恋ひ死なぬ美濃のを山のつれなくもいつまで人にまつと聞かれむ	遊義門院大蔵卿
61	草枕苔のむしろに片敷きて都恋しみ明かす夜半かな	実泰
62	忘らるる美濃のを山のつれなくもまつと聞かれん名こそ惜しけれ	為氏
63	思ひ川逢ふ瀬も知らぬ水の泡の消え返りてもいつと頼まん	式乾門院御匣
64	みつぎ物たえずそなふる東路の瀬田の長橋音もとどろに	兼盛
65	恋しさをげにいかさまに言ひ出でん涙ならでは言の葉もなし	通重
66	夢ならば覚むるうつつもあるべきをうつつながらの夢ぞはかなき	雲雅
67	ささなみの国つ御神のうらさびて荒れたる都見れば悲しも	高市古人
68	かみつけの佐野の船橋取りはなし親はさくれどわはさかるがへ	（東歌）
69	み熊野の浦の浜木綿いくかさね我より人を思ひますらん	人麿
70	くるしきに思ひながらぞはるかなる心つくしにいきの松原	下野
71	荒き風防ぎしかげの枯れしより小萩が上ぞしづ心なき	更衣母
72	優曇華の花待ち得たる心地して深山桜に目こそうつらね	北山僧都
73	影をのみみたらし川のつれなきに身のうきほどぞいとど知らるる	六条御息所
74	袖ぬるるこひぢとかつは知りながら下り立つ田子の自らぞ憂き	六条御息所
75	尋ぬべき草の原さへ霜枯れて誰に問はまし道芝の露	狭衣
76	このごろは苔のさむしろ片敷きて巌の枕臥しよからまし	狭衣
77	秋山をこえつる今日のしるしには紅葉の錦着てや帰らん	河内
78	たづねても逢はずはうさやまさりなん心づくしにいきの松原	顕昭
79	夏山のともしのかげに星見えて麓にたれかさつを待つらむ	越前
80	ややわかめかりそめぶしの袖の上にけふとしなみもこゆるぎの磯	宮内卿
81	たれとなく人をとがむる里の犬の声すむほどに夜は更けにけり	寂連
82	藻塩草敷津の浦に船とめてしばしは聞かむ磯の松風	慈円
83	かへり来る程はなけれど朝霜の岡辺の真葛うらがれにけり	為家
84	難波潟潮干や遠くなりぬらんやどらですめる秋の夜の月	隆祐
85	いかばかり後にしのばむなれ見つる雲井の花の年々の春	伏見院

洞院摂政家百首	1696			夫木抄	31-14	俊基関東下向	86
他阿上人集	100				119-14	大塔宮熊野落	87
兼好法師家集	242	○			452-06	賀茂神主改補	88
公賢集	140				252-03	新田義貞挙兵	89
延文百首	3129				453-08	賀茂神主改補	90
新葉集	840			（住吉社三百六十番歌合）	1112-16	一角仙人	91
	1217				792-07	賀名生皇居	92
続草庵集	14				393-08	箱根竹下合戦	93
保元物語	9				776-05	正行吉野参向	94

以上Ｂ群

歌集・番号				おもな他出資料	太平記の頁行・章段		
	序		◆	和漢朗詠集・俊頼髄脳・奥儀抄・古来風体抄	743-06	大仏供養	1
	序			奥儀抄・和歌色葉・八雲御抄・河海抄	823-05	上杉畠山流罪	2
	113	●		小町集・時代不同歌合・西行上人談抄	451-05	賀茂神主改補	3
	139	●		伊勢物語・和漢朗詠集・奥儀抄・和歌色葉	316-01	大内裏再建	4
	193	●		古今六帖・古来風躰抄・時代不同歌合	321-12	天神縁起	5
	212			俊頼髄脳・奥儀抄・和歌色葉・八雲御抄	40-16	阿新	6
	469	●		俊頼髄脳・奥儀抄・和歌色葉	702-14	大森彦七	7
	473	●	▲	時代不同歌合・西行上人談抄・五代集歌枕	237-05	光厳帝都落	8
	609	●		古今六帖・忠岑集	577-03	一宮御息所	9
	615	●		千五百番歌合判詞	301-06	越中守護自害	10
	647	●		古今六帖・金玉集・袖中抄・源氏釈・深窓秘抄	87-04	藤房流罪	11
	705	●		伊勢物語・業平集・奥儀抄・河海抄	882-05	師直殺害	12
	706	●		伊勢物語・奥儀抄・和歌色葉・紫明抄・河海抄	696-08	佐々木信胤	13
	707	●		伊勢物語・奥儀抄・業平集	696-08	佐々木信胤	14
古今集	797	●		小町集・和歌初学抄・宝物集・時代不同歌合	698-08	佐々木信胤	15
	853	●		古来風体抄・紫明抄・河海抄・続歌仙落書	692-05	土岐頼遠狼藉	16
	860	●		新撰和歌・和歌初学抄	1113-01	一角仙人	17
	867	●	◆	和歌初学抄・河海抄	1162-14	芳賀禅可謀反	18
	901	●		伊勢物語・紫明抄・業平集	299-03	越前地頭自害	19
	901	●		伊勢物語・紫明抄・業平集	588-05	一宮御息所	20
	901	●		伊勢物語・紫明抄・業平集	988-10	尊氏死去	21
	910	●		新撰和歌	302-07	越中守護自害	22
	917		◆	五代集歌枕・河海抄	640-08	勾当内侍	23
	938	●		小町集・十訓抄・古今著聞集・無名草子	640-16	勾当内侍	24
	938	●		小町集・十訓抄・古今著聞集・無名草子	697-12	佐々木信胤	25
	938	●		小町集・十訓抄・古今著聞集・無名草子	1001-10	義興自害	26
	1016			古今六帖・俊頼髄脳・和歌童蒙抄・和歌色葉	224-07	六波羅行幸	27
	1095	●	◆	五代集歌枕・和歌初学抄・袖中抄	658-14	後醍醐崩御	28
	1111		▼	古今六帖	640-08	勾当内侍	29
後撰集	1352	●		伊勢物語・奥入・紫明抄・河海抄	822-07	上杉畠山流罪	30
	668	●	◆	万葉集・古今六帖・五代集歌枕	121-14	大塔宮熊野落	31
拾遺集	897	●		古今六帖・奥儀抄・和歌色葉・紫明抄	451-14	賀茂神主改補	32
	1216				321-13	天神縁起	33
	1224	○	◆		576-07	一宮御息所	34
後拾遺集	706	●	◆	実方集・古来風体抄	451-11	賀茂神主改補	35
詞花集	190			後葉集・堀河百首・袖中抄	669-07	塩冶判官讒死	36

86	うち渡す今や潮干になるみ潟とをよる舟の声も通はず	実氏
87	深草の露にふしみの秋更けて鶉の床の月やさびしき	他阿
88	数ならぬ美濃のを山のひとつ松一人さめても甲斐やなからん	兼好
89	武蔵野の尾花が末を吹く風に月のかげさへうちなびきつつ	公賢
90	うたたねの夢よりもなほほどなくて見はてぬ月のあくるころかな	為遠
91	しきしのぶとふの菅薦みふにだに君が来ぬ夜は我や寝らるる	読人しらず
92	山里は岩ねの枕苔むしろかたしく袖のかわく間もなし	紀淑俊
93	消えあへぬ雪の下草うちはらひ誰みよしのの若菜摘むらむ	頓阿
94	あづさ弓はづるべしとも思はぬはなき人数にかねているかな	為義

	C群　和歌本文	作者
1	難波津に咲くやこの花冬ごもり今を春べと咲くやこの花	読人しらず
2	この殿はむべも富みけりさきくさの三つ葉四つ葉に殿造りせり	(いはひ歌)
3	花の色はうつりにけりないたづらに我が身世にふるながめせしまに	小町
4	五月待つ花橘の香をかげば昔の人の袖の香ぞする	読人しらず
5	月見ればちぢに物こそ悲しけれ我が身ひとつの秋にはあらねど	大江千里
6	秋風に声を帆にあげて来る舟はあまのと渡る雁にぞありける	菅根
7	ほととぎす鳴くや五月のあやめ草あやめもしらぬ恋もするかな	読人しらず
8	音羽山音に聞きつつ逢坂の関のこなたに年をふるかな	元方
9	命にもまさりて惜しくある物は見果てぬ夢のさむるなりけり	忠岑
10	命やは何ぞは露のあだものを逢ふにしかへば惜しからなくに	友則
11	むば玉の闇のうつつは定かなる夢にいくらもまさらざりけり	読人しらず
12	かずかずに思ひ思はず問ひがたみ身をしる雨は降りぞまされる	業平
13	大幣の引く手あまたになりぬれば思へどえこそ頼まざりけれ	読人しらず
14	大幣と名にこそ立てれ流れてもつひに寄る瀬はありてふものを	業平
15	色見えでうつろふ物は世の中の人の心の花にぞありける	小町
16	君が植ゑしひとむら薄虫の音のしげき野辺ともなりにけるかな	御春有助
17	露をなどあだなる物と思ひけむ我が身も草に置かぬばかりを	藤原惟幹
18	紫のひともとゆゑに武蔵野の草はみながらあはれとぞ見る	読人しらず
19	世の中にさらぬ別れのなくもがな千代もと歎く人の子のため	業平
20	世の中にさらぬ別れのなくもがな千代もと歎く人の子のため	業平
21	世の中にさらぬ別れのなくもがな千代もと歎く人の子のため	業平
22	わたつ海の沖つ潮合に浮かぶ泡の消えぬものから寄る方もなし	読人しらず
23	すみよしと海人は告ぐとも長居すな人忘れ草生ふといふなり	忠岑
24	わびぬれば身をうき草の根をたえて誘ふ水あらばいなむとぞ思ふ	小町
25	わびぬれば身をうき草の根をたえて誘ふ水あらばいなむとぞ思ふ	小町
26	わびぬれば身をうき草の根をたえて誘ふ水あらばいなむとぞ思ふ	小町
27	秋の野になまめきたてる女郎花あなかしかまし花も一時	僧正遍昭
28	筑波嶺のこのもかのもにかげはあれど君が御かげにますかげはなし	(東歌)
29	道知らば摘みにもゆかむ住の江の岸に生ふてふ恋忘れ草	貫之
30	いとどしく過ぎゆく方の恋しきにうらやましくも帰る浪かな	業平
31	み熊野の浦の浜木綿百重なる心は思へどただに逢はぬかも	人麿
32	たらちねの親の諫めしうたたねは物思ふ時のわざにぞありける	読人しらず
33	天の下のがるる人のなければや着てし濡れ衣ひるよしもなき	道真
34	こゆるぎのいそぎて来つるかひもなくまたこそ立てれ沖つ白波	読人しらず
35	浦風になびきにけりな里の海人のたく藻の煙心よわさは	実方
36	思ひかね今日立てそむる錦木の千束も待たで逢ふよしもがな	匡房

千載集	526		◆	林葉集・中古六歌仙・住吉歌合・時代不同歌合	585-16	一宮御息所	37
	684			言葉集	667-06	塩冶判官讒死	38
	818			百人一首・釈教三十六人歌合	578-13	一宮御息所	39
	1087				32-06	俊基関東下向	40
新古今集	174	●	◆	詠歌大概・秋篠月清集	1113-10	京極御息所	41
	585	●	▼	宮河歌合・玄玉集・西行法師家集	777-01	四條畷合戦	42
	588		▼	玄玉集・中古六歌仙・無名抄	540-03	義貞北国下向	43
	898	●	▼	万葉集・夫木抄・古来風体抄・五代集歌枕	1187-05	光厳院行脚	44
	961				135-15	三位局夢想	45
	961				669-05	塩冶判官讒死	46
	1071	●	◆	好忠集・近代秀歌・百人一首	640-06	勾当内侍	47
	1297			西行法師家集・西行物語	44-04	俊基処刑	48
	1366	●		伊勢物語・古今六帖・業平集	1001-09	義興自害	49
	1408	●	◆	伊勢集	452-06	賀茂神主改補	50
	1563			御室五十首・三百六十番歌合・守覚法親王集	135-15	三位局夢想	51
	1590	●	◆	伊勢物語・古今六帖・河海抄	1187-13	光厳院行脚	52
	1591	●	◆	伊勢物語・業平集・河海抄	142-13	楠天王寺出陣	53
	1601		◆	秋篠月清集・桐火桶・三五記	31-13	俊基関東下向	54
続後撰集	837		▼	伊勢物語	578-09	一宮御息所	55
続古今集	1210			伊勢物語・袖中抄・万代集	451-12	賀茂神主改補	56
続拾遺集	1267				1034-15	吉野御廟霊夢	57
玉葉集	304				121-15	大塔宮熊野落	58
続千載集	1990				1191-03	光厳院行脚	59
続後拾遺集	88	○		拾遺愚草・建保名所百首	1106-05	後光厳還幸	60
	88			拾遺愚草・建保名所百首	1113-10	京極御息所	61
	942				585-08	一宮御息所	62
風雅集	917				120-01	大塔宮熊野落	63
	963				451-02	賀茂神主改補	64
	1881	○		堀河百首・散木奇歌集	882-05	師直殺害	65
	2008				642-13	勾当内侍	66
新千載集	1214			伊勢物語	301-04	越中守護自害	67
	1214			伊勢物語	574-09	一宮御息所	68
	1214			伊勢物語	696-10	佐々木信胤	69
新拾遺集	1398		▲	閑月和歌集	353-03	藤房遁世	70
	1793		▲	（弘安百首）	359-09	北山殿謀反	71
	1840				1191-03	光厳院行脚	72
新後拾遺集	396				792-08	賀名生皇居	73
新続古今集	964				792-08	賀名生皇居	74
	1504			小町集	1009-05	義詮将軍補任	75
兼盛集	7				222-16	足利離反	76
長久二年源大納言家歌合	4				667-05	塩冶判官讒死	77
好忠集	81				1121-05	楊貴妃	78
能宣集	424				481-08	正成兵庫下向	79
源氏物語	39			物語二百番歌合・風葉集・千五百番歌合判	451-09	賀茂神主改補	80
	749	○			882-05	師直殺害	81
俊頼髄脳	224			奥儀抄・和歌色葉	669-07	塩冶判官讒死	82
後鳥羽院御集	176			正治後度百首	481-09	正成兵庫下向	83
金槐和歌集	688				585-13	一宮御息所	84
光経集	555				743-05	大仏供養	85

37	藻塩草敷津の浦の寝覚めには時雨にのみや袖は濡れける	俊恵
38	人知れず思ふ心はふかみ草花咲きてこそ色に出でけれ	重保
39	思ひわびさても命はあるものを憂きに堪へぬは涙なりけり	道因法師
40	いかで我ひまゆく駒を引きとめて昔にかへる道を尋ねん	参河
41	明日よりは志賀の花園まれにだにたれかは問はん春の故郷	良経
42	秋篠や外山の里やしぐるらん生駒のたけに雲のかかれる	西行
43	み吉野の山かき曇り雪降れば麓の里はうちしぐれつつ	俊恵
44	いざ子どもはや日の本へ大伴の御津の浜松待ち恋ひぬらん	憶良
45	ふしわびぬ篠の小笹の仮枕はかなの露やひと夜ばかりに	有家
46	ふしわびぬ篠の小笹の仮枕はかなの露やひと夜ばかりに	有家
47	由良の門を渡る舟人楫をたえ行方も知らぬ恋の道かも	好忠
48	うとくなる人をなにとて恨むらん知られず知らぬ折もありしに	西行
49	今までに忘れぬ人は世にもあらじおのがさまざま年の経ぬれば	読人しらず
50	思ひいづや美濃のを山のひとつ松契りしことはいつも忘れず	伊勢
51	風そよぐ篠の小笹の仮の世を思ふ寝覚めに露ぞこぼるる	守覚
52	蘆の屋の灘の塩焼きいとまなみつげの小櫛もささず来にけり	業平
53	晴るる夜の星か川辺の蛍かもわが住む方の海人の焚く火か	業平
54	人住まぬ不破の関屋の板庇荒れにし後はただ秋の風	良経
55	あひ見ては心ひとつをかはしまの水の流れて絶えじとぞ思ふ	業平
56	あらたまの年の三年を待ちわびてただ今宵こそ新枕すれ	読人しらず
57	思ひ寝の身のあらましに見る夢を生ける限りのうつつともがな	隆博
58	卯の花の露に光をさしそへて月にみがける玉川の里	為教
59	憂き世をばいとひぞはてぬあらましの心は山の奥にすめども	源隆泰
60	さざ波や志賀の花園かすむ日のあかぬ匂ひに浦風ぞ吹く	定家
61	さざ波や志賀の花園かすむ日のあかぬ匂ひに浦風ぞ吹く	定家
62	恨みても身を捨て舟のいつまでとよるべも波に袖濡らすらん	行朝
63	行き暮れて宿とふ末の里の犬とがむる声をしるべにぞする	和気仲成
64	我が恋は初元結の濃紫いつしか深き色に見えつつ	後醍醐
65	つくづくと思へば悲し数ならぬ身をしる雨よをやみだにせよ	俊頼
66	さもこそはあらずなりぬる世にしあらめ都も旅の心地さへする	全性法師
67	吹く風に我が身をなさば玉すだれひま求めつつ入るべきものを	業平
68	吹く風に我が身をなさば玉すだれひま求めつつ入るべきものを	業平
69	吹く風に我が身をなさば玉すだれひま求めつつ入るべきものを	業平
70	神垣や影ものどかに石清水すまむ千歳の末ぞ久しき	為家
71	和歌の浦に沈みはてにし捨船もいま人なみの世に引かれつつ	為顕
72	つひに行く道はありともしばしだに老をとどむる関守もがな	成藤
73	小笹しく猪名野の月のふくる夜にふしはら寒き露の手枕	宣子
74	いかに寝て都の夢もみしま野の浅茅かりしく露の手枕	前大僧正杲守
75	心にもかなはざりける世の中に憂き目は見じと思ひけるかな	小町
76	天の原曇れば悲し人しれず頼む木の下雨降りしより	兼盛
77	波のよるかげさへ花と見ゆるかなさかりに咲ける井手の山吹	親範
78	わがために霞は花を隠せども荒き風にはしたがひにけり	好忠
79	いさりする海人の小舟もさしはへてこぎは来つれど寄るかたもなし	能宣
80	ほのかにも軒端の荻を結ばずは露のかごとを何にかけまし	光源氏
81	つれづれと身をしる雨のをやまねば袖さへいとどみかさまさりて	浮舟
82	錦木は千束になりぬ今こそは人に知られぬねやのうち見め	読人しらず
83	ながむれば淡路のせとの夕霧にむらぎえわたる海人の釣舟	後鳥羽院
84	難波潟うき節しげきあしの葉に置きたる露のあはれ世の中	実朝
85	おほともの御津の浜松あらはれて降れどたまらぬ春の淡雪	光経

洞院摂政家百首	907	○		夫木抄	302-07	越中守護自害	86
平家物語	29			源平盛衰記	1061-14	北野通夜物語	87
題林愚抄	6354			（元徳二年十五夜内御会）	640-12	勾当内侍	88

以上 C 群

歌集・番号				おもな他出資料	太平記の頁行・章段		
古今集	序			俊頼髄脳・和歌童蒙抄・奥儀抄・和歌色葉	762-09	伊勢宝剣	1
	746	●		伊勢物語・小町集・平家物語	361-08	北山殿謀反	2
拾遺集	134			俊頼髄脳・和歌童蒙抄・奥儀抄・八雲御抄・宝物集	760-15	伊勢宝剣	3
	351	●		大鏡・和歌童蒙抄・奥儀抄・古来風体抄・宝物集	321-08	天神縁起	4
	1006	●		大鏡・源平盛衰記・宝物集・十訓抄・河海抄	320-11	天神縁起	5
	1348	●		俊頼髄脳・袋草紙・古来風躰抄・三宝絵	743-10	大仏供養	6
	1349	●		俊頼髄脳・袋草紙・古来風躰抄・三宝絵	743-08	大仏供養	7
後拾遺集	518		◆	古来風体抄・宝物集・盛衰記・十訓抄・五代集歌枕	88-13	八歳宮御歌	8
新古今集	708	●		万葉集・俊頼髄脳・袖中抄・八雲御抄・宝物集	1114-08	京極御息所	9
	1456		▼	明日香井和歌集・自讃歌・続歌仙落書・撰集抄	89-04	八歳宮御歌	10
	1782	●		定家十体・拾玉集・三五記・自讃歌	755-09	伊勢宝剣	11
	1963	●		唯心房集	670-13	塩冶判官讒死	12
続拾遺集	673		▲	六華集・津守集	89-02	八歳宮御歌	13
新続古今集	822			仏国禅師集	698-07	佐々木信胤	14
大鏡	14			河海抄	320-03	天神縁起	15
	23			続詞花集・袋草紙・宝物集	326-02	天神縁起	16
和漢朗詠集	697			俊頼髄脳・今鏡・奥儀抄・袖中抄	759-02	伊勢宝剣	17
堀河百首	706		◆	堀河百首・和歌色葉・和歌童蒙抄・匡房集	759-15	伊勢宝剣	18
延慶本平家物語	91			小侍従集・源平盛衰記	461-15	高師茂引例	19
	203			源平盛衰記	32-02	俊基関東下向	20

以上 X 群

歌集・番号				おもな他出資料	太平記の頁行・章段		
古今集	序・226			古今六帖・河海抄	667-05	塩冶判官讒死	1
	407	●		和漢朗詠集・定家十体・百人一首・和歌色葉	86-04	師賢流罪	2
	501	●	◆	伊勢物語・俊頼髄脳・古来風体抄・袖中抄	574-14	一宮御息所	3
	689	●	▼	古今六帖・奥儀抄・袖中抄・古来風躰抄	302-15	越中守護自害	4
	1007	●		新撰髄脳・俊頼髄脳・八雲御抄・紫明抄	667-06	塩冶判官讒死	5
新古今集	55	●		俊頼髄脳・今物語・紫明抄・河海抄	316-03	大内裏再建	6
	625		▼	定家十体・三五記・御裳濯河歌合・桐火桶	793-08	執事兄弟奢侈	7
	904	●	◆	伊勢物語・古今六帖・今昔物語集	33-03	俊基関東下向	8
	904	●	◆	伊勢物語・古今六帖・今昔物語集	793-09	執事兄弟奢侈	9
	987		◆	定家十体・自讃歌・西行法師家集	32-05	俊基関東下向	10
	1853			沙石集・延慶本平家物語	320-14	天神縁起	11

以上 Y 群

86	和歌の浦や波間の松をたよりにて沖つ潮合に降れる白雪	基家
87	埋もれ木の花咲くこともなかりしに身のなるはてぞ悲しかりける	頼政
88	たれゆゑに涙と人に語らずは月のやどりや袖にゆるさん	隆朝

	X群　和歌本文	作者
1	八雲立つ出雲八重垣妻ごめに八重垣つくるその八重垣を	(素戔嗚尊)
2	形見こそ今はあたなれこれなくは忘るる時もあらましものを	読人しらず
3	さばへなす荒ぶる神もおしなべて今日はなごしの祓なりけり	長能
4	君が住む宿の梢のゆくゆくとかくるるまでにかへり見しはや	道真
5	東風吹かば匂ひおこせよ梅の花主なしとて春を忘るな	道真
6	霊山の釈迦のみ前に契りてし真如朽ちせずあひ見つるかな	行基
7	かびらゑにともに契りしかひありて文殊のみ顔あひ見つるかな	婆羅門僧正
8	都をば霞とともに立ちしかど秋風ぞ吹く白河の関	能因
9	初春の初音の今日の玉帚手にとるからにゆらぐ玉の緒	読人しらず
10	なれなれて見しは名残の春ぞともなどしら河の花の下かげ	雅経
11	思ふ事をなど問ふ人のなかるらむあふげば空に月ぞさやけき	慈円
12	さらぬだに重きが上に小夜衣わがつまならぬつまな重ねそ	寂然
13	白河の関まで行かぬ東路も日数経ぬれば秋風ぞふく	国助
14	折得ても心許すな山桜さそふ嵐のありもこそすれ	仏国禅師
15	流れゆく我は水屑となりはてぬ君しがらみとなりてとどめよ	道真
16	つくるともまたも焼けなん菅原や棟の板間のあはぬ限りは	(天神)
17	かぞいろはいかにあはれと思ふらん三年になりぬ足立たずして	朝綱
18	香具山のははかが下に占とけてかたぬく鹿は妻恋ひなせそ	匡房
19	君が代は二万の里人数そひて今もそなふる貢ぎ物かな	小侍従
20	東路や半臥の小屋のいぶせさにいかに故郷恋しかるらん	侍従

	Y群　和歌本文	作者
1	名にめでて折れるばかりぞ女郎花我落ちにきと人に語るな	僧正遍昭
2	わたの原八十島かけて漕ぎいでぬと人には告げよあまの釣り舟	篁
3	恋せじと御手洗河にせしみそぎ神はうけずぞなりにけらしも	読人しらず
4	さむしろに衣かたしき今宵もや我を待つらむ宇治の橋姫	読人しらず
5	うち渡す遠方人に物申す我そのそこに白く咲けるは何の花ぞも	読人しらず
6	照りもせず曇りもはてぬ春の夜のおぼろ月夜にしく物ぞなき	大江千里
7	津の国の難波の春は夢なれや葦の枯葉に風渡るなり	西行
8	駿河なる宇津の山辺のうつつにも夢にも人に逢はぬなりけり	業平
9	駿河なる宇津の山辺のうつつにも夢にも人に逢はぬなりけり	業平
10	年たけて又越ゆべしと思ひきや命なりけり佐夜の中山	西行
11	情けなく折る人つらしわが宿のあるじ忘れぬ梅の立ち枝を	(天神)

2

『太平記』テクストの両義性

――宣房・藤房の出処と四書受容をめぐって――

◉森田貴之

もりた　たかゆき

現職○南山大学人文学部准教授

研究分野○和漢比較文学

著書等○「『太平記』と元詩―成立環境の一隅―」『國語國文』第七六巻第二号（京都大学文学部国語学国文学研究室、二〇〇七年二月）、「『太平記』の漢詩利用法―司馬光の漢詩から―」、『國語國文』第七九巻第三号（京都大学文学部国語学国文学研究室、二〇一〇年三月）、「『唐鏡』考―法琳の著作の受容―」『台大日本語文研究』第二〇期（國立臺灣大學日本語文學系、二〇一〇年一二月）など。

◉要旨

『太平記』テクストの両義性　―宣房・藤房の出処と四書受容をめぐって―

『太平記』の二人の公家の出処進退をめぐる記事について、四書受容の観点から検討し、『太平記』というテクストの持つ両義性を論じた。

軍記物語には理想的忠臣像をあらわす言葉として「忠臣は二君に仕へず」という決まり文句がある。ところが、『太平記』巻五「宣房卿の事」では、異なる議論が展開されている。そこでは後醍醐隠岐配流後の万里小路宣房の進退をめぐって、中国故事を引用しながら議論がなされ、伯夷・叔斉のような隠者的態度は否定され、斉の桓公および秦の穆公に再出仕し、その覇道を助けた管仲や百里奚のような態度が肯定される。そして、宣房の光厳朝への再出仕、すなわち「忠臣は必ずしも主を択ばず」という結論が導かれる。

その一方で、伯夷・叔斉に代表される隠者的態度を称賛する箇所もある。それは巻十三「藤房卿遁世の事」であり、宣房の子・藤房が、諫言を聞き入れない後醍醐に失望して隠遁する姿が描かれ、宣房をめぐる議論では否定されていた伯夷・叔斉の行動とともに藤房を称賛している。万里小路親子の行動は、その論理の上では相反するはずだが、『太平記』はその両者をともに好意的に評価しているのである。

こうした議論の中に取り上げられる伯夷や管仲らは、四書に多くの言及がある人物であり、上述の二章段は『太平記』の四書理解とも関わる。特に『孟子』には、「覇道」を否定する王道思想が見られ、そのことは『太平記』にも強く影響を及ぼしている。具体的には、巻一「後醍醐天皇の御事」において、後醍醐の「覇道」が批判される例があげられる。こうした『太平記』の『孟子』理解を前提にすれば、宣房の行動の論理的根拠とされた管仲や百里奚の行動は覇道を支持するものとして否定されるべきものとなってしまう。つまり、巻五の記事においては、表面上、宣房を支持していながら、物語全体の文脈の中では、宣房の行動を全面的に支持しているわけではないと読めてしまうのである。

はじめに ～「忠臣不事二君」の論理

「忠臣不事二君、貞女不更両夫」という句がある。この句は、「忠臣、二君に事（仕）へず。貞女、両夫（二夫）を更へず（に見えず）」と訓まれ、日本の『明文抄』『玉函秘抄』その他の金言集に収録されてよく知られていた。▼注(1)また、軍記物語中においても、「忠臣」「貞女」両方の文脈において、この句が利用され、ある種の常套句となっていた。

『保元物語』巻上「左大臣殿上洛の事」▼注(2)

此紀信と申は、天下にすぐれたる兵なりければ、項羽是を害せん事を惜み、「汝われにしたがへ。助べし。」といふ。紀信あざわらつていふ。「忠臣とは二君につかへず。なんぞ項羽が奴とならんや。」といふ。項羽いかりをなして紀信をころせりといへり。

『曽我物語』巻五「巣父・許由が事」▼注(3)

昔、さる例あり。大国に、潁川といふ川あり。巣父といふ者、黄なる牛をひきてきたる所に、許由といふ賢人、此川の端にて、左の耳をあらひゐたり。巣父、これを見て、「なんぢ、何によりて、左の耳計をあらふにや」ととひければ、許由こたへていはく、「われは、此国にかくれなき賢人なり。わが父、九十余にして、老耄きはなし。われいまだ幼少なり。されば、神拝・政事みだりにして、あるかひなき身なれば、都をいでぬ。此程、きゝつる事、みな左の耳なれば、よごれたるなり。それをあらふにや」といひけり。巣父きゝて、「さては、此川、七日にごるべし。よごれたる水かひて、益なし」とて、牛をひきてかへりしが、又たちかへり、「さては、なんぢは、いづくの国にゆき、いかなる賢王をかたのむべき」ととふ。「賢臣二君につかへず、貞女両夫にまみえず」と也。

されば、首陽山に蕨をりてすぎけるとぞ申つたへたる。

『平家物語』（覚一本）巻九「小宰相身投」▼注(4)

昔より男にをくる、たぐひおほしといへども、さまをかふるはつねのならひ、身をなぐるまでは有がたきためし也。『忠臣は二君につかへず、貞女は二夫にまみえず』とも、かやうの事をや申べき。

『義経記』巻二「義経鬼一法眼が所へ御出の事」▼注(5)

「（前略）かく申せば、女のこゝろの中却りて景迹せさせ給ふべきなれども、『賢臣二君に仕へず。貞女両夫に見えず』と申す事の候へば、知らせ奉るなり」とて、袖を顔に押当てて、忍びも敢へず泣き居たり。

この句は、次の『史記』田単列伝末尾の王蠋の言葉を出典とする。▼注(6) 王蠋は、旧君が諫言を聞き入れずに滅亡した後、新君からの出仕要請に対して、「義」を理由に出仕を断って自死する。その義こそが、「忠臣は二君に事へず」の論理である。

王蠋曰く、「忠臣は二君に事へず。貞女は二夫を更へず。斉王、吾が諫めを聴かず、故に退きて野に耕す。国既に破亡し、吾、存すること能はず。今又之を劫かすに兵を以てす。君の将と為るは、是れ桀を助けて暴を為すなり。其の生きて義無きよりは、固より烹られんに如かず」と。遂に其の頚を樹枝に経け、自ら奮い脰を絶ちて死す。

先に挙げた軍記物語の諸例のうち、『保元物語』や『曽我物語』では、漢故事引用中にこの言葉が出てきていたが、それらは王燭とは無関係の故事であった。実際、『保元物語』の紀信も、『曽我物語』の許由も、それぞれの原典（『史記』項羽本紀や『荘子』逍遙篇）では、「忠臣は二君に仕へず」などとは、全く発言していない。▼注(7) それにもかかわらず、この句が用いられるということは、日本の軍記物語において、「忠臣は二君に仕へず」という句が、王燭の場合に限らず、忠臣を描き出す際の定型となって、王燭以外の故事にも頻繁に援用されていたことを示している。

ところで、『太平記』は、しばしば宋学的な思想の影響が想定されてきた。学問的な大系として宋学が学ばれるようになるのは江戸時代以降ではあるが、『太平記』の時代である南北朝時代は、禅僧たちの学問の場に宋学が流入し、彼らと公家・武家の交流によって、徐々に社会に宋学が紹介されていた時代にあたる。▼注(8) 後醍醐天皇の倒幕行動や、北畠親房の著作等に宋学の影響が指摘され、また『太平記』作者伝説のある玄恵が宋学を講じたとする逸話（一条兼良『尺素往来』）があるなど、これらひとつひとつの事例の当否はともかくとしても、『太平記』周辺には〝宋学的なもの〟がすでにあったと想定されている。しかし、『太平記』という作品において、そうした宋学の知識がどのように作品に生かされていたのか、その具体的な影響やその濃淡はわからないことも多い。

『太平記』と宋学的要素との接点を考えるに際し、第一に思い浮かぶのは、『太平記』に様々に描かれる君臣論であろう。宋学は、必ずしも君臣関係のみに限定されるべきものではないが、『太平記』という長大な作品を扱うには、とりあえず君臣論に限定し、その論理がどのように機能しているのかを追ってみることも必要ではないか。その意味では、上述の「忠臣は二君に仕へず」という句が、朱子学の初学者テキストともいうべき『小学』にも、「王燭曰く、忠臣は二君に事へず、烈女は二夫を更へず」▼注(9)（明倫篇）として引かれ、忠臣を論じる基本的定型の一つであったらしいことは注目される。本稿では、『太平記』の君臣論の一端として、この「忠臣は二君に仕へず」という句をめぐる忠臣論を取り上げ、宋学、とくに朱熹（朱子）によって四書の一つに加えられた『孟子』の受容なども視野に入れながら考えてみたい。

1　『太平記』における忠臣論　〜万里小路宣房の場合〜

1・1　万里小路宣房の主張

『太平記』には、「忠臣は二君に仕へず」という定型から外れ、「二君に仕える」行動を取る臣下が描かれる箇所がある。それは、巻五「持明院殿御即位の事　付　宣房卿の事」における万里小路宣房の出処進退をめぐる挿話である。▼注(10)

万里小路宣房は、▼注(11)大覚寺統の後醍醐天皇のもとで活動していたが、後醍醐が鎌倉幕府に対して挙兵した元弘の変（元弘元年（一三三一））に際して、子の藤房・季房が、その討幕活動に関与していたことによって六波羅探題に拘束された。しかし、後醍醐に代わる持明院統の光厳天皇のもとに再出仕するように命じられる。つまり、「二君に仕える」ことを求められるのである。

『太平記』は、この章段で、持明院側から使者として遣わされた日野資明▼注(12)と宣房との間で交わされた問答を詳述する。そこでは、使者の資明が「二君に仕える」ことを擁護する意見を述べた結果、宣房は、その資明の言に従い、持明院側へ再出仕することを選択したと描かれている。つまり、軍記物語が定型としてきた「忠臣は二君に仕へず」という原理に反する結論に至るわけであるが、その宣房の行動に対し、『太平記』は何の批評も行ってはいない。その意味で、この章段は軍記物語において異例であり、『太平記』がどのような君臣観を持っているのかを考える上で注目すべき章段といえよう。

そこで、本章段で交わされる議論の流れを順に追ってみることにしたい。まず、使者として訪れた資明に対する宣房の返答は以下の通りである。

宣房、勅使に対して被申けるは、「臣、不肖の身たりといへども、多年奉公の身をもて君の恩寵をかふり、官禄共に進て、剰政道輔佐の名をけがせり。（ア）「事君之礼、値其有罪、則犯厳顔以道諫諍、三諫不納奉身以退、有匡正之忠、無阿順之従、良臣之節也。若乃見可諫而不諫、謂之尸位。見可退而不退、謂之懐寵。懐寵尸位国之姦人也。」といへり。君、今、不義の行御座て、武臣のために被辱たまへり。是臣が所不知によりて、諫言を不献といへども、世人、豈其罪なき事を許むや。就中長子二人遠流の罪に処せられて、我已七旬の齢にかたぶけり。後栄誰が為にか期せん。先非何ぞ耻ざらむや。（イ）不如、二君の朝につかへて耻を衰老の後に懐むよりは、伯夷の行をまなむで飢を首陽の下に忍むには。」と、

涙をながして宣ければ、

まず、宣房は、傍線部（ア）において、『古文孝経』孔安国注（古文孝経孔伝）の文を引く。ほぼその原文通りで、臣下の避けるべき態度として、諫めるべきを諫めない「尸位」と、退くべき時に退かない「懐寵」とを挙げている。▼注(13) そして宣房は、後醍醐の二度の謀叛を諫められなかったことは「尸位」にあたり、また、老齢で後栄を求める必要も無く、このまま引退しなければ「懐寵」になってしまうため、持明院側へ出仕することはできない、と主張している。また、傍線部（イ）以下で、「二君の朝」への出仕を「耻」として退け、周に仕えず首陽山に餓えた殷の伯夷の姿勢を理想として掲げる。この伯夷とは、言うまでもなく、『史記』伯夷列伝でよく知られ、『論語』『孟子』などでも称賛される人物である。

伯夷・叔斉、馬を叩へて諫めて曰く「父死して葬らず、爰に干戈に及ぶは孝と謂ふべきか。臣を以て君を弑する

は、仁と謂ふべきか」と。左右、之を兵たんと欲す。太公曰く「此れ義人なり」と。扶けて之を去しむ。武王、已に殷の乱を平らげ、天下、周を宗とす。而るに、伯夷・叔斉、之を恥ぢ、義もて周の粟を食はず。首陽山に隠れ、薇を采りて之を食ふ。（中略）遂に首陽山に餓死す。

（『史記』伯夷列伝）▼注(14)

伯夷・叔斉、首陽の下に餓う。民、今に到るまでこれを称す。

（『論語』季子）▼注(15)

孟子曰く、伯夷は目に悪色を視ず、耳に悪声を聴かず。其の君にあらざれば事えず、其の民にあらざれば使わず。治まれば則ち進み、乱るれば則ち退く。横政の出ずる所、横民の止まる所、居るに忍びざるなり。（中略）故に伯夷の風を聞く者は、頑夫も廉に、懦夫も志を立つるあり。

（『孟子』万章章句）▼注(16)

宣房は、この伯夷を理想とする立場から持明院統への出仕を拒否しているが、『史記』を読む限り、伯夷・叔斉の二人が恥じたのは義を失った周に仕えることであり、「二君に仕える」ことの是非以上に、「義を欠いた王朝に仕える」ことの是非が問題となっているようだ。『太平記』は、その「恥」を「二君に仕える恥」に転換して扱っていることになる。▼注(17) 先に見た『保元物語』の紀信や『曽我物語』の巣父・許由の故事と同様に、ここでも原典の読み替えが行われており、やはり、軍記物語の「不仕二君」の原理への高い関心がうかがえる。

加えて、『太平記』の場合には、次に示したように、宣房ら後醍醐朝の旧臣の立場を〝首陽山の伯夷〟に重ねる発想が、既に巻四「囚人配流の事」で用いられていたことも、伯夷の故事が「不仕二君」に関連する故事として読み替えられた理由の一つとしてあげられよう。

万里小路大納言宣房卿をば、子息藤房・季房二人の科によつて、武家に召捕れ、是も囚人の如にて召人にてぞ被レ居ける。（中略）罪科有も非も、先朝拝趨の月卿雲客は、或は出仕を被レ停て、桃源の跡をたづね、或は官職を被レ解て、首陽の愁をいだく、運の通塞、時の否泰、夢とやせん覚とやせん、時移、事去て、哀楽互変する浮世の中の分野、楽でも何かせん、歎ても無レ由べし。

つまり『太平記』は、巻五においても、この巻四と同様の構図に宣房を載せ、その上で宣房に軍記物語の定型である「忠臣は二君に仕へず」の論理を主張させているということになろう。

1・2　日野資明の主張

こうした宣房の主張に対し、新帝（持明院）からの使者である日野資明は、以下のように反論し、強く出仕を求める。

資明卿感涙を押傾て且は物も宣はず。良有て宣けるは、「（ウ）『忠臣必不レ択レ主、見レ仕而可レ治耳』といへり。（エ）されば、百里奚は二び秦穆公につかへて永く覇業を致しめ、管夷吾は翻て斉桓公をたすけ、九び諸侯を朝せしむ。（オ）『主無三以道二射レ鉤之罪一、世不三皆誇二鬻レ皮之恥一』といへり。就中、武家此のごとく挙し申す上は、賢息二人の流罪をも何か赦免の御沙汰なからむ、（カ）伯夷・叔斉飢て何益かありし。許由・巣父遁て用に足ず。抑、身をかくして永く末葉の一跡をたたむと、朝につかへて遠く前祖の無窮をかがやかさむと、是非徳失何処にか有むや、（キ）鳥獣と群を同するをば孔子も取ざる所なり」と、資明卿理をつくして被レ責ければ、

まず、資明は、傍線部（ウ）「忠臣必不レ択レ主、見レ仕而可レ治耳」という新たな金言を示す。忠臣は、その主を選択す

ることはせずに仕えるべきで、もし悪王であれば改めさせ、良政に導くべきだ、という意味だろう。典拠がありそうにも思われるが、この金言の直接の出典は未詳である。しかし、次の通り、漢籍に類似表現は数多く見られる。

退きて駕を命じて行らんとして曰く「鳥は則ち木を択ぶ、木豈に能く鳥を択ばんや」。（『春秋左氏伝』哀公十一年▼注(18)）

君は臣を択んでこれに任じ、臣も亦た君を択んでこれに事ふ。（『孔子家語』弟子行▼注(19)）

当今の世、独り君の臣を択ぶのみに非ざるなり、臣も亦た君を択ぶ。（『後漢書』馬援列伝▼注(20)）

これらの例は、たしかに表現は類似するものの、その内容はいずれも〝忠臣は主を択ぶ〟という主旨のものであり、日野資明の示す金言とは正反対である。『太平記』は、こうした標準的な言い回しを逆転させ、「不仕二君」の論理への反論として用いているのである。

次に「主を択ばなかった」、すなわち「二君に仕えた」例として、傍線部（エ）以下に百里奚と管夷吾（管仲）の二人が挙げられる。

百里奚は、『史記』「秦本紀」に見える人物で、虞の旧臣であったが自身の諫言が受け入れられず、秦に敗北して捉えられた後、百里奚が賢人であることを知った秦の穆公によって、その身を買い取られ、穆公に仕えることとなった人物である。一方の管仲は、『史記』「斉太公世家」に見え、かつては公子糾の下で敵対する斉の桓公の帯鉤を射るなどしたが、捕らえられて後、桓公に仕えた人物である。資明は彼ら二人について述べた対句（傍線部（オ））を引用しているが、▼注(21)百里奚と管仲の事績は、次に示すように、諸書に引用されて広く知られ、しばしば併記された。

萬章問いて曰く、或ひと曰く、百里奚は自ら秦の牲を養う者に五羊の皮を鬻ぎ、牛を食ひて以て秦の繆公に要む、と、信なるか。

（『孟子』万章章句▼注(22)）

昔、斉境の難に、夷吾、鉤を射るの罪有り。蒲城の役に、勃鞮、袂を斬るの仇たり。而るに小白（注：桓公）、以て疑と為さず、重耳、之を待つこと旧の若し。

（『貞観政要』納諫▼注(23)）

孟子曰く、舜は畎畝の中より発り、傅説は版築の間より挙げられ、膠鬲は魚塩の中より挙げられ、管夷吾は士より挙げられ、孫叔敖は海より挙げられ、百里奚は市より挙げらる。

（『孟子』告子章句）

資明は、この百里奚・管仲を例として、通常ならば理想化されるはずの、伯夷・叔斉、許由・巣父らを批判する主張（傍線部（カ））を行っていく。その裏付けとして用いられるのが、以下の『論語』微子の引用（傍線部（キ））である。

桀溺が曰わく「子は誰とか為す」と。曰わく「仲由と為す」と。曰く「是れ魯の孔丘の徒か」と。対えて曰く「然り」と。曰く「滔滔たる者、天下皆是れなり。而して誰か以てこれを易えん。且つ而其の人を辟くるの士に従わんよりは、豈に世を辟くるの士に従うに若かんや」と。憂して輟まず。子路以て告す。夫子憮然として曰く「鳥獣は与に群を同じくすべからず。吾れ斯の人の徒と与にするに非ずして誰と与にかせん。天下道あらば、丘は与に易えざるなり」と。

ここは隠者の桀溺と子路・孔子らとのやりとりを記す箇所である。資明の引用した傍線部は、「隠遁して鳥獣と交わるのではなく、人間と交わるのでなければ意味がない」といった意味である。資明は、この言葉を伯夷らの隠者的態度への批判として用いているのである。実際、以下の通り『論語』微子にも、伯夷・叔斉の隠者的態度についてやや否定的に述べる箇所がある。

まず「微子はこれを去り、箕子はこれが奴と為り、比干は諌めて死す、孔子の曰く、殷に三仁有り」（『論語』微子）と、微子（逃亡）・箕子（幽閉）・比干（諫死）が「仁」にあたるとされる。これを前提として、その「仁」とは異なる例として、伯夷・叔斉などにも言及がなされる。

子路が曰わく「仕えざれば義なし。長幼の節は廃すべからざるなり。君臣の義はこれを如何ぞ其れ廃すべけんや。其の身を潔くせんと欲して大倫を乱る。君子の仕うるや、其の義を行なわんとなり。道の行なわれざるや、已にこれを知れり」と。逸民は、伯夷・叔斉・虞仲・夷逸・朱張・柳下恵・少連。子の曰く「其の志を降さず、其の身を辱めざるは、伯夷・叔斉か。柳下恵・少連を謂わく、志を降し身を辱しむ。言は倫に中り、行は慮に中る、其れ斯のみ。虞仲・夷逸を謂わく、隠居して放言し、身は清に中り、廃は権に中る。我は則ち是れに異なり、可も無く不可も無し」と。

資明の反論は、こうした『論語』微子に見られる、必ずしも伯夷・叔斉を肯定せず、むしろ隠者の代表としてやや否定的に言及する思想を承けての発言と考えられよう。

こうした資明の反論に対して、宣房は、

宣房卿、顔色誠に屈伏して、「『以罪棄生、則違古賢夕改之勧、忍垢全命、則犯詩人胡顔之譏』と、魏の曹子建が詩を献ぜし表に書たりしも、理とこそ存候へ」とて、遂に参仕の勅答をぞ被レ申ける。

と、『文選』献詩にみえる、曹植『躬を責め詔に応ずる詩を上る表』を引用し、再出仕を決意する。▼注(24)

結局のところ、宣房は、資明の主張に「顔色誠に屈伏」し、この一連の議論は、軍記物語が定型としてきた「二君に仕へず」の論理とは異なった結論に一気に帰着してしまうのである。

1・3 資明の主張の類例

この一連の問答については、「資明と宣房との問答を通して、固定した儒教倫理を越える、乱世に処する論理を構築していく」▼注(25)とも評されている。しかし、一見新しい論点に立つと思われる資明の議論も、上述の通り、『論語』等の理解に基づくものであり、軍記物語の定型からは外れていたとしても、儒教倫理の範疇に留まるものでしかない。そして、以下に述べるように、「不仕二君」の論理を覆す資明の主張と類似の論点を持つものも、決して少なくはない。

まず、『和漢朗詠集』述懐部▼注(26)の橘倚平の次の句が注目される。

楚三閭醒終何益　楚の三閭が醒めたるも終に何の益かある

周伯夷飢未必賢　周の伯夷が飢ゑたるも未だ必ずしも賢ならず

楚の三閭とは、すなわち屈原のことである。『楚辞』「漁父」に見える、「世を挙げて皆濁り我独り清む、衆人皆酔ふて我独り醒む、是を以て放たる」▼注(27)と言ったという屈原の隠者的態度を批判する句であろう。それに併せて、周に仕えず、首陽山に飢えた伯夷の態度もまた、「賢ならず」と批判的に詠ぜられている。

この『和漢朗詠集』の句は、『十訓抄』二ノ三▼注(28)にも利用され、そこでは、『太平記』において万里小路宣房が引用していた、『孝経』由来の「懐寵尸位」という語と、伯夷らが関連付けられていることが注目される。

昔、人の心の曲れるを恨みて、つひに滄浪の水に沈み、世の政のただしからぬをいとひて、首陽の雲に入りし人あり。これ、諫むべきを見て諫め、退くべきを見て、退けるたぐひなり。その性、寒氷よりも潔くして、懐寵尸位のたとへを離れたり。〈孝経諫論章云、三諫不納則奉身以退、有匡正之忠、無阿順之従、此良臣節也。若乃見可諫而不諫、謂之尸位。見可退而不退、謂之懐寵。〉たれ、これを諂へる臣といひし。

しかるに、橘倚平が詩に「楚三閭醒終何益　周伯夷飢未必賢」といひて、なほ時にしたがはぬ振舞をそしれり。いはんや、賢才にあらずして、もし人として世にたちてまじはらむ輩、かたくおそれ慎むべきものをや。すべて高くともあやぶみ、盈てりともこぼさざれとなり。

ここでは、「首陽の雲に入りし人」、すなわち伯夷が「諫むべきを見て諫め、退くべきを見て、退けるたぐひ」であるとし、その行動を『孝経』のいう「懐寵尸位」を避けることができたものとして、いったんは肯定的に提示している。しかし、その後に付された評では、『和歌朗詠集』の句を引く形で、その隠者的態度を批判している。この『十訓抄』の内容は、『太平記』の宣房と資明の議論の構成と、その結論にかなり近いことがわかるだろう。

このように、『太平記』の宣房章段における資明の主張は、『和漢朗詠集』所収句周辺にも見られるような伯夷批判と共通するものであり、決して全く新しい価値観を示したというようなものではなく、あくまでも中世に存在した君臣論の一形態である。『太平記』は、その論理を援用することで資明に再出仕を主張させているのである。

さらにいえば、伯夷・叔斉らの隠者的態度を批判するものも、実は少なくない。例えば、日本の説話集を見れば、次の『続古事談』や『唐物語』が目に留まる。『続古事談』では、伯夷・叔斉の死がやや批判的に捉えられていると読めるし、『唐物語』では、隠遁した許由・巣父は、勅命に従った四皓や太公望に比して劣るという評価がなされていることがわかる。

『続古事談』第六漢朝・第十三話[注(29)]

漢土の隠者は、みなことごとく、一旦は君のめしにしたがひて、出つかまつるなり。巣父・許由なども、皆いでて、又かへりかくれたるものなり。まめやかに世をのがれむの心ふかきものは、めしいでてつかはるれども、けうもなく、物の要にもかなはねば、君の御心ゆきて、返しもつかはし、しばしありてひきいるを、又もめさぬなり。すこし世にある心あるものは、やがてつかまつりつきて、官職をも帯するなり。あさく思には、なにしに一旦もいづるやらんとをぼゆれども、よく思へば、いはれたる事也。いでずは、すべからくしぬべきにあるなり。伯夷・叔斉が首陽の蕨(わらび)をくはずして死にたるがごとし。

『唐物語』第十七話「商山(しょうざん)の四皓(しこう)、呂后(りょごう)の子の東宮を護り立つる語」[注(30)]

尭(ぎょう)と申みかど、許由にくらひをゆずらんとてみたびまでめしけるを、「きたなき事をききつ」といひて、穎水(えいすい)といふかはにみみをあらひけるも、「いかなる事にか」と、おかしきやうにきこゆ。又、巣父といふひと、牛を、ひてこの河をわたらんとするに、「きたなき事ききて、みみあらひたるながれにしも、けがるべきかは」とて、はるかによけてとをりけんも、おこがましくこそ覚れ。又、みづくむひさごを一、たけのあみどにうちかけたりけんが、風のふくたびにとにあたりつつなりけるをさへ「うるさし」といひて、たちまちにわりすててけり。これをきくにも「げに」ともおぼえぬに、この商山の四皓はなさけあり、人をたすくる心もふかくてたれよりもこのもしき様にこそおぼゆれ。

　いさぎよくみみをあらひし川水をけがらはしとはたれかいひけん

このように、一般に聖人として位置づけられる伯夷・叔斉や許由・巣父ではあるが、彼らに対して批判的な姿勢をとる文献が全くないというわけではない。『太平記』の資明の主張のみが新しい倫理を示しているというわけではなく、一立場の代弁者であることがわかるだろう。

ただし、先にあげた『十訓抄』も含め、これらの作品は、基本的に「隠遁か出仕か」のみを問題としていることは重要である。本来、伯夷・叔斉の場合には、そこに殷から周への王朝の交替が介在（かいざい）しているはずなのだが、それは前面に押し出されてはいない。それに対し、『太平記』宣房章段の議論では、伯夷らに対置するものとして、百里奚や管夷吾が例としてあげられ、明らかに「二君に仕える」ことの是非が議論の俎上（そじょう）に載せられている。その意味では、宣房章段の議論は前掲の諸作品とは異なる論点に立っているといえる。

しかし、詳しくは次々節にて後述するが、隠者的態度を問題にするのではなく、「二君に仕える」ことの是非に議論を焦点化し、伯夷に対置するものとして、百里奚や管仲の例を持ち込んだことによって、この宣房章段の議論と結論は、『太平記』の文脈の中で、にわかに両義性を帯び、日野資明の主張の説得性が脅（おびや）かされることになってしまっている。

2　『太平記』の忠臣論　～万里小路藤房の場合～

さて、『太平記』の漢籍受容について膨大な研究の蓄積を残された増田欣氏は、上述の万里小路宣房の出処進退をめぐる議論について、子の藤房（ふじふさ）の人物造型と関連させながら、次のように述べている。▼注(31)

> 隠遁も出仕もかなわぬという窮地に立った苦渋の表明ではあるのだが、そこから一挙に「参仕之勅答ヲゾ申レケル」という択一へと飛躍するのである。結局は資明の説得に従ったままのことであり、ただその説得に従うこと

へのこだわりが、曹子建の詞句を借りて表白されているだけのことである。換言すれば、『太平記』作者は、大覚寺統の天皇に抜擢され恩寵を被ることの厚かった宣房が、後醍醐帝の隠岐遷幸後、致仕もせず隠遁もせずに幕府の命ずるまま持明院の朝廷に出仕したことを、きわめて好意的に弁護してやっているのである。作者の万里小路家に対するなみなみならぬ同情をそこに見いだすことができるわけであるが、同時に、この『古文孝経』と『論語』と『文選』、および史記等に見える百里奚や管仲の事績によって形づくられた宣房像が、さきに見た藤房の造型と一連のものであることを認めることもできるのである。

増田氏は、『太平記』作者は、資明との議論を詳述することで、やむ得ぬ事情によって「二君」に仕えることとなった宣房を弁護しているとし、万里小路家への同情を読み取られている。加えて、種々の漢籍引用によって象られた宣房像が、子の藤房の人物造型と一連のものであることを指摘している。

増田氏の触れられている「藤房の造型」とは、巻十三「竜馬進奏の事 付 藤房卿遁世の事」における藤房の造型である。そこでは、後醍醐新政権下で諫言を行うも帝に受け入れられず、やむなく隠遁する藤房の姿が描かれている。『太平記』のなかで、この藤房の隠遁は、後醍醐新政権が中先代の乱（建武二年（一三三五））を契機に崩壊へと向かう、その結節点に位置づけられる重要章段である。

増田氏は、ここでの藤房について「漢籍における表現と思想、特に白居易の諷諭詩、『貞観政要』の「論納諫第五」、『古文孝経』の「諫諍章第二十」といった、いうなれば、正諫の文章における表現と思想とによって構成され、時代状況に対する的確な判断に裏付けられたところの虚構であるといえる。」と述べている。上述の宣房章段同様に種々の漢籍が引用されるのみならず、『孝経』「諫諍章」がここでも用いられているなど、たしかに『太平記』が、意図的に宣房章段と「一連のもの」として藤房章段を描き、その人物を造型しようとしていると認めることができる。そこで、以下に藤房の主張を具体的に見てみたい。

> 是より後も藤房卿連々に諫言を奉けれども、君、御許容無かりけるにや、大内造営の事も止られず、蘭籍桂筵の御遊も尚頻なりければ、藤房これを諫め煩て、「(ク)臣たる道、我におゐて尽せり、能や今は身を奉じて退には不如」と、思定てぞ御座ける。（中略）御神拝一日あつて、還幸事散ければ、藤房致仕のために参内せられたり。竜顔に近まひらせん事も、今ならでは何事にかと被思ければ、其事となく御前に祗候して、(ケ)龍逢・比干が諫に死せし恨、伯夷・叔斉が潔をふみし跡、終夜申出て、未明に退出したまへば、大内山の月影も涙にくもりて幽なり。陣頭より車を宿所に返遣し、侍一人を召具して、北山岩倉といふ所へぞ被上ける。

まず、藤房は、宣房の発言と同じ『古文孝経』「諫諍章」孔安国注から「君に事るの礼、其の罪有るに値ふては、必ず厳顔を犯して、道を以て諫争す。三たび諫るに納れざれば、身を奉じて以て退く。」という句を用いて発言している（傍線部(ク)）。これは、先に宣房が引用していた箇所と全く同じである。また、隠遁するに際して、後醍醐帝に「龍逢・比干が諫に死せし恨、伯夷・叔斉が潔をふみし跡」を語って退出している（傍線部(ケ)）。ここでもやはり、宣房同様に「伯夷・叔斉」に言及がなされていることが興味深い。藤房の主張の根拠そのものは、基本的に宣房の主張と大きくは変わらないといえよう。

ただし、藤房章段の場合には、その隠遁を留めようとする、宣房章段での日野資明のような人物は配されていない。そのため、藤房はそのまま隠遁してしまう結果となる。したがって、二つの章段での、宣房と藤房のそれぞれ主張は、たしかに「一連のもの」でありながら、その結果は相反している。つまり、『太平記』というテクスト内において、宣房章段に見られる隠者的態度の否定と、藤房章段におけるその肯定という、二つの対立する君臣観が併存しているわけである。

この分裂した君臣観を、どう理解すれば良いのだろうか。上述の二つの章段での議論とその経過を、そのまま文面通りに受け取るならば、動乱期を生きた貴族の乱世における身の処し方が様々に描かれ、一貫した論理など通用しないことが示されていると解すべきだろうか。あるいは、万里小路家に関しては、宣房にせよ、藤房にせよ、どのような選択を行っても必ず擁護しようとするため、結果的にこのような相反する結論を用意することになってしまったのだろうか。

先にも少し触れたが、『太平記』第一部の他の箇所の記述や、宋学、『孟子』受容などを考慮して、あらためて資明の主張や、それに従う宣房の態度を考えたとき、その結論には看過できない問題が生じてくる。次節で詳しく検討していきたい。

3 『孟子』の王道理想観と『太平記』

宣房・藤房の二人の出処進退についてもう一度考えるにあたり、繰り返しになるが、宣房章段では「二君への出仕」を容認せしめる論理として、百里奚と管夷吾の例に言及されていたことを確認しておく。

されば百里奚は二び秦穆公につかへて永く覇業を致しめ、管夷吾は翻て斉桓公をたすけ、九び諸侯を朝せしむ。

この二つの先例に従って、宣房は再出仕の勅答を行った。しかし、以下に述べるように、『孟子』や、それを受容したと思われる『太平記』の記述に基づく限り、資明の言葉に出現する「覇業」や「斉桓公」という語は、決して肯定的に捉えることはできないものである。

例えば、『太平記』には巻一冒頭「先代草創の事 付 後醍醐天皇の御事」において、後醍醐天皇批判の文脈の中で〝斉の桓公の覇業〟に言及するところがある。

> 誠に治世安民の政、若機巧について是を見ば、命世亜聖の才とも称じつべし。惟恨らくは、斉桓覇をおこなひ、楚人弓を忘給ひしに、叡慮少き似たる事を。是則所以に草創は一天を并といへども守文は三載を不レ越なり。

ここでは、後醍醐天皇を、世に名高く（命世）聖人に次ぐ（亜聖）と、いったん称揚しつつも、斉の桓公の覇業や楚王の度量の狭さに似ているとして厳しく批判し、後醍醐天皇新政の短期間での崩壊を予告している。〝斉の桓公の覇業〟が、否定されるべきものとして挙げられていることに注意したい。

また、巻四「備後三郎高徳の事付呉越の事」の呉越合戦の故事引用中にも、「覇業」を「王道」に比して劣るとして、否定的に捉える記述を見ることができる。

> 抑此詩の意は、異国に呉越とて双べる二の国あり。此両国の諸侯、みな王道を不レ行して、覇業を為レ務ける間、呉は越をうちて取むとし、越は呉をほろぼして并むとす。如レ此相争こと已に累年におよんで、呉越互に勝負を易しかば、親敵となり、子讎となりて共に天をいただく事を恥づ。

こうした、巻一から巻四にかけての「覇業」「斉桓」批判のあとに配置されているのが、上述の宣房章段である。したがって、『太平記』の文脈の中で日野資明の発言に登場する「覇業」や「斉の桓公」という語を解したとき、「二君に仕へず」の論理に対する反例であったはずの百里奚および管仲は、ともに否定的に捉えられてしまう危うさを持ってしまっているのである。そして、こうした問題を含む資明の言葉に従った宣房の再出仕は、「きわめて好意的に弁護している」どころか、「覇業」や「斉桓」を助けた人物を先例とした、誤った行動とも読めてしまうことになる。

この『太平記』巻一においての「斉の桓公」の否定や、巻四に見られる「覇業」と「王道」を対比させての「覇業」否定は、いずれも『孟子』の記述を承けたものである。『孟子』においては、その王道理想観に基づき、「覇者」が「王者」に対して批判され、さらにその「覇者」の代表として「斉の桓公」が批判されている。

> 斉の宣王問いて曰く、斉桓・晋文の事、聞くことを得べきか。孟子対えて曰く、仲尼の徒、桓・文の事を道う者無し。是の以に後世伝うる無く、臣、未だ之を聞かざるなり。
> （『孟子』梁恵王章句）
>
> 孟子曰く、力を以て仁を仮る者は霸たり。霸は必ず大国を有つ。徳を以て仁を行う者は王たり。王は大を待たず。湯は七十里を以てし、文王は百里を以てせり。力を以て人を服する者は、心服せしむるに非ざるなり、力贍らざればなり。徳を以て人を服せしむる者は、中心より悦びて誠に服せしむるなり、七十子の孔子に服せるが如し。
> （『孟子』公孫丑章句）

こうした「覇者」が「王者」には劣るという思想は、王道政治を理想とする『孟子』の根幹をなすものである。したがって、「覇者」の代表たる桓公の「覇道」を助けたことになる管仲もまた、『孟子』においては厳しく批判されることになる。

> 公孫丑問いて曰く「夫子斉に当路らば、管仲・晏子が功、復許すべきか。」孟子曰く、「子は誠に斉人なり、管仲・晏子を知れるのみ。（中略）然らば則ち吾子と管仲と孰れか賢れると曰えば、曾西艴然として悦ばずして爾何ぞ曾ち予を管仲に比する、管仲は君を得ること彼の如く其れ専らにして、国政を行なえること彼の如く其れ久しかりしも、功烈は彼の如く其れ卑し。爾何ぞ曾ち予を是に比するやと曰えり。曰ち管仲は曾西すら為わざりし所

なり、而るに子は我が為に之を願うか。」

（『孟子』公孫丑章句）

故に湯の伊尹に於ける、学びて後に之を臣とす、故に労せずして王たり。桓公の管仲に於ける、学びて後に之を臣とす、故に労せずして覇たり。今天下地は醜し徳は斉しくして、能く相尚るなきは他なし、その教うる所を臣とするを好みて、その教を受くる所を臣とするを好まざればなり。湯の伊尹に於ける、桓公の管仲に於けるは、則ち敢て召さず。管仲且猶召すべからず、而るを況や管仲たらざる者をや。

（『孟子』公孫丑章句）

上掲の『太平記』巻一や巻四の記述は、こうした『孟子』の王道理想観を背景とするものと見ることができよう。実際、『太平記』には、かなり多くの『孟子』受容例が見られ、「太平記の中には孟子を引用するところ、孟子的語句を使用するところすこぶる多く、孟子受容史をみる上では重要な資料といわざるをえない」ともいわれるほどである。▼注(32) とりわけ、『孟子』の王道理想観が最も強く現れた「公孫丑」は、『孟子』各篇のうちで、最もよく『太平記』に利用される箇所である。宣房章段周辺で、かつ「公孫丑」の受容例に限っても、以下のような顕著な例が指摘できる。▼注(33)

巻四「備後三郎高徳の事 付 呉越の事」

次に時をもて軍の勝負をはからば、天下の人みな時をしれり。誰か軍に勝ざらむ。「天時不レ如ニ地利一、地利不レ如ニ人和一」といへり。

『孟子』公孫丑章句

孟子曰く、天の時は地の利に如かず、地の利は人の和に如かず。

巻五「大塔宮熊野落ちの事付熊野別当の挙動の事」

宮、誠に嬉気に打笑せ給ひて、「則祐が忠は孟施舎が義をまもり、平賀が智は陳丞相が謀をえ、義光が勇は北宮黝が威をしのげり。何我此三傑をもて天下を不レ治や」と被レ仰けるぞ忝き。

『孟子』公孫丑章句

孟施舎は曾子に似たり。北宮黝は子夏に似たり。夫の二子の勇は、未だその孰れか賢れるを知らず。

この『孟子』は単なる古典の一書から、朱熹（朱子）によって『論語』と並ぶ四書のひとつにまで格付けられたことがよく知られる。その朱子学の祖たる朱熹による四書注釈『四書集注』にも、「覇道」「斉桓」「管仲」に対する批判が散見される。『論語』での管仲評に、肯定・否定の両方が存在するのに対して、▼注(38) 朱熹が注した『論語集注』では、一貫して管仲に批判的態度を示しているなど、朱熹は、こうした管仲批判の立場を明確に持っていることがわかる。

覇、斉桓・晋文が若き是なり。（『孟子集注』▼注(34)）

管仲の功は、詭遇して禽を獲るのみ。曾西は仲尼の徒なり。故に管仲の事を道はず、と。（『孟子集注』▼注(35)）

管仲をせざるは、孟子、自ら謂り。（『孟子集注』▼注(36)）

管仲は斉の大夫、名は夷吾。桓公の相として諸侯に覇たらしむ。器小なりとは、言うこころは、其の聖賢大学の道を知らず、故に、局量褊浅、規模卑狭にして、身を正し徳を修め以て主を王道に致すこと能はず、と。（『論語集注』▼注(37)）

このように、覇道批判と王道理想観は、『孟子』から朱熹へと継承され、『四書集注』では『孟子』以上にその傾向が強かった。『太平記』の書かれた時代には、朱熹による新注は既に日本へ将来しており、新注を経由して、「覇業」「斉の桓公」「管仲」などを否定的に捉える王道理想観が『太平記』に持ち込まれていてもおかしくはない。ただし、『太平記』内で、はっきりした新注受容例は多くはなく、巻二九「師直兄弟与力生涯事」において語られる、「仁義の勇者」「血気の勇者」の対比に新注が用いられているとされるのが、ほぼ唯一といっていい指摘である。[注(39)] したがって、新注の影響の濃淡は慎重に検討されていかなければならないが、少なくとも背景としては、その影響は確かにあっただろう。[注(40)]

もちろん、『太平記』の作者が、こうした覇者批判や管仲批判の文脈が宣房章段に及ぼす影響について、果たしてどれだけ意識的だったのか、という疑問は残る。『太平記』は非常に数多くの経書や史書を引用しており、必ずしも統一的に記述できていない可能性もあるからである。

しかし、『太平記』宣房章段の日野資明が百里奚に対しても、「されば百里奚は二び秦穆公につかへて永く覇業を致しめ」と、「覇業」という言葉を用いていることはやはり重要であろう。ここまで述べてきたとおり、管仲への批判は明かであるのに対して、百里奚の場合には、『孟子』や『四書集注』でも特には批判されてはいなかった。百里奚の仕えた穆公も同様である。しかし、『太平記』では、本来は管仲（および斉桓公）に対してのみ用いられるべき「覇業」という語を、あえて百里奚に対しても用いているのである。そして、まさにそのことによって、管仲のみならず、本来批判を免れるべき百里奚までが、王道理想観の立場から批判される対象になってしまうのである。『太平記』第一部前半においては、「覇業」という言葉は意識的に用いられていることから考えて、百里奚に対して「覇業」という言葉を用いて、管仲と並列的な位置に置こうとすることには、意図的な言葉の選択がなされていると見るべきはないだろうか。そして、その操作が意識的であるならば、上述の通り『太平記』は、宣房の行動に対して表面上の意味とは異なる否定的評価をあえて与えていることになるだろう。

4 『太平記』の理想 ～伍子胥と藤房～

ここまで、宣房章段が『太平記』の文脈中に置かれたとき、その章段自身の語る表面的な意味とは異なる意味を生じてしまっていることを述べてきた。一方、藤房章段の場合には、『太平記』全体の文脈の中においても、そうした危険性は少ない。藤房は、『太平記』において一貫して理想化され続けているからである。

藤房は前述の通り、隠遁する際「必ず厳顔を犯して、道を以て諫争す。三たび諫るに納れざれば、身を奉じて以て退く」という『古文孝経』孔安国注の言葉通りに退いていた。この『古文孝経』孔安国注の文句は、巻四「備後三郎高徳の事 付 呉越の事」における伍子胥の描写にも利用されており、その伍子胥は、呉王夫差を諫めるも、その意見が納れられず、「争諫て節に死するは是臣下の則なり」と言って諫死している。諫死と隠遁との違いはあるが、『古文孝経』孔安国注の言葉通りに生きた忠諫の補弼として、藤房と伍子胥は共通する。

また、藤房は、「竜逢・比干が諫に死せし恨、伯夷・叔斉が潔をふみし跡」と、伯夷・叔斉に加えて、龍逢・比干という、それぞれ夏の桀・殷の紂に仕えて諫死した人物をも理想として挙げていた。彼らは、例えば、『史記』蒙恬列伝に見える秦の二世皇帝胡亥に対する諫言のなかに「桀は関龍逢を殺し、紂は王子比干を殺して、而も悔いざりければ、身死し則ち国亡びぬ。臣、故に曰く、過ちは振ふ可くして諫めは覚す可きなり。」▼注(41)などと用いられる人物で、いわば諫死の典型例として諫言の中に頻出する。藤房の諫言も、こうした「諫言の定型」にのっとって彼らの名前を持ちだしているわけである。

さらに、『史記』李斯列伝の胡亥に対する諫言のなかでは、「昔者、桀、関龍逢を殺し、紂、王子比干を殺し、呉王夫差、伍子胥を殺す。此の三臣は、豈に不忠ならんや。然れども死を免れず。身死するは忠する所の者の非なればなり。今、吾（われ）、智は三子（さんし）に及ばずして、二世の無道（ぶどう）なるは、桀・紂・夫差に過ぎたり。」[注(42)]とあるように、龍逢・比干の二人に加えて、伍子胥にも言及されていることが注目される。龍逢・比干に加えて、伍子胥もまた、「諫言する忠臣」として固定的に受容されてきた人物であった。[注(43)]

そして、『太平記』において、その伍子胥の登場する呉越合戦説話は、増田氏が「関東武士の手に捕らえられたがゆえに越王勾践に擬せられている後醍醐帝ではあるが、一統後の帝は実に呉王夫差の像とこそ重なりあっているのである」、「表面的には後醍醐帝を当時の一般的な見かたにそって勾践にたとえながらも、これを忠諫の物語として構想することによって暗に後醍醐帝を批判しているのである」と述べられたように、暗に、呉王夫差を後醍醐、呉の忠臣伍子胥を藤房に擬す構図を持っている。[注(44)]藤房には「諫言する忠臣」として、伍子胥と同じ役割が与えられており、『太平記』作者が、藤房に対して否定的な見方をしていないのは明白である。

このように、宣房が『太平記』の文脈上、否定的に捉えられてしまう危うさを持っていたのに対して、藤房は、『太平記』の一連の文脈の中においてみても、徹頭徹尾（てっとうてつび）理想化されているのである。『太平記』は、伍子胥・藤房のように、諫言を行い、もしその諫言が容れられなければ、そこで初めて進退を決めることを理想とするのだろう。その点では宣房は、自身で述べるように諫言を実施できないまま（懐寵）、再出仕（戸位）していることに加え、その再出仕を擁護する資明の言が覇道批判の視点から否定されるならば、やはりその行動は批判されても仕方ないといえよう。

以上、巻五「持明院殿御即位の事 付 宣房卿の事」と巻一三「竜馬進奏の事 付 藤房卿遁世の事」を例に取り、宣房と藤房という、後醍醐の二人の臣下の出処進退を比較してきた。宣房・藤房をめぐる二つの章段は、出処進退について忠臣論を展開するという、一見類似する構成を持っていながら、再出仕と隠遁という正反対の結論を示していた。にもかかわらず、ともに表面上では批判されることもなく、ここでの『太平記』の君臣論は分裂した両義的性格を帯びていた。

しかし、本稿で見てきたように、ひとたび『太平記』の文脈上に置くならば、諫臣として、伍子胥の像などを塗り重ねながら繰り返し理想化される藤房に対して、宣房は、『孟子』的な王道理想観によって批判されているとも読めてしまう。つまり、宣房章段は、その章段内部に、文脈上の批判と文面上の肯定という両義的な性格を持っているといえる。

暗に後醍醐政権を批判する意が込められているとも読むことのできる巻四の呉越説話に代表されるように、『太平記』は、ときおりこうした両義的性格を垣間見せている。そもそも、宣房・藤房ら後醍醐旧臣の立場を、〝首陽山の伯夷〟に重ねる発想そのものが、「悪王紂王＝後醍醐」という構図を容易に呼び起こしてしまうことにもなりかねない。『太平記』というテクストは、幾重にも両義的なテクストなのである。

5 おわりに ～『太平記』の終末部の論理

ここまで、軍記の定型に反して「二君に仕える」ことを容認する内容を持つ『太平記』巻五「持明院殿御即位の事付宣房卿の事」をとりあげ、「覇者」「斉桓公」といった、『太平記』巻一・巻四で繰り返し批判的文脈で用いられてきた語が用いられることで、暗に批判を含む両義的テクストとなっていることを指摘し、その批判が、宋学、新注の立場とも重なるものであることを述べてきた。

その宣房章段で、二君に仕えた例としてあげられた百里奚と管仲は、これ以降も、それぞれに『太平記』で触れられる箇所があり、▼注(45)『太平記』終末部近くでは再度並記される。それは、南朝方で活動していた大内弘世が、最終的に北朝方に降参することを述べた章段である巻三九「大内介降参の事」である。冒頭部近くの巻五と比較する意味で、最後にこの章段に触れておきたい。

> 近年吾朝（わがちょう）の人の分野程（ありさま）方見（うたて）しき事をば未（いまだうけたまはらず）レ承。先（まず）弓箭執（ゆみやとり）とならば、常に死を善道にまもり、名を義路に

不レ失とこそ可レ被レ思に、纔に欲をふくむれば、寄になるも早く、聊も恨あれば、敵になるも安し。されば誰をか真実の敵とも、誰をか始終の寄とも憑思べき。変じやすき心は鴻毛よりも軽く、撓ざる志は麟角よりも稀なり。（中略）見所の高懸とかやの風情して、彼様の事をまふせば、書伝の片端を聞たる人は古へをひゐて、さて百里奚は虞の君をすてて、忽に秦の穆公に仕へき、管夷吾は桓公にくだりて公子糺に不レ死しは、如何とぞ思給らん。其は誠に似たる事は似たれども、是なる事是ならず。（コ）彼の百里奚は、虞公の玉、屈産が乗の賂にふけりて、路を晋に聞しかば、諫とも叶まじき程をしりて、秦の穆公につかへき。（サ）管夷吾は召忽と共に不レ死しを、子路、仁にあらずと譏しかば、『豈若下疋夫疋婦之為レ諒也、自経二溝瀆一而莫中之知上也』と、文宣王これを塞たまへり。（シ）されば古賢の世をおさめん為に二君につかへしと、今の人の欲を先として降人になるとは、雲泥万里の隔て其の中にありと謂ひつべし。

大内弘世が、南朝から北朝への降参、すなわち「二君に仕える」選択をとったことに関連して、近年の武士には、楠正成に代表されるような「死を善道にまもり、名を義路に不レ失」といった姿勢が見られないことが批判される。それに対し、「書伝の片端を聞たる人」が旧君の敵に仕えた例もあるとし、以下の『孟子』『論語』の引用（傍線部（コ）・（サ））によって、百里奚は「諫ども叶まじき程をしりて」秦に仕えたこと、管仲は孔子によって擁護されていることが示されて、それぞれ肯定的に紹介される。ここでは好意的に言及されているのだが、それでもやはり、「死を善道に守り、名を義路に失はざる」人物には含まれなさそうな人物として、百里奚や管仲がとりあげられていることは興味深い。

百里奚は、虞の人なり。晋人垂棘の璧と、屈産の乗とを以て、道を虞に仮りて以て虢を伐てるとき、宮之奇は諫めしも、百里奚は諫めず。虞公の諫むべからざるを知りて去る。秦に之けるとき年已に七十なりき。曾ち牛を食うを以て秦の穆公に干むるの汙たるを知らざれば、智と謂うべけんや。諫むべからずして諫めざる、不智と謂うべけんや。虞公の将に亡びんとするを知りて、先ず之を去るは、不智と謂うべからざるなり。時に秦に挙げられて、穆公の与に行なうあるべきを知りて之に相たるは、不智と謂うべけんや。秦に相として其の君を天下に顕わし、後世に伝うべからしめしは、不賢にして之を能くせんや。

（『孟子』万章章句）

子貢曰わく「管仲は仁者に非ざるか。桓公、公子糾を殺して、死すること能はず。又之を相く」と。子の曰く「管仲桓公を相けて、諸侯に覇たり。天下を一匡す。民今に到るまで、其の賜を受く。管仲微かりせば、吾其れ髪を被り衽を左にせん。豈に匹夫匹婦の諒を為し、自ら溝瀆に経れて、知らるること莫きが若くならんや。

（『論語』憲問）

こうした記述をもとに、巻三九「大内介降参事」では、百里奚と管仲は〝世を治めんために二君仕えた古賢〟だったという肯定的評価を下している（傍線部（シ））。『太平記』は、ここに至って、「世を治めんため」という条件付きではあるが、〝二君に仕える〟ことを肯定する「乱世に処する論理」を一応獲得したといえようか。▼注(46)

本稿で主に扱ってきた始発部や前半部に比べ、『太平記』終末部は、第三部世界で描かれる、〝ばさら〟大名が活躍し、下克上する世を通過し、名分論や固定した君臣論では叙述しきることの困難な動乱を経ている。未曾有の動乱期を、その動乱の最中にあって描かなければならなかった『太平記』にとって、統一的な立場から君臣関係を描くことはかなり困難であったろうことは容易に想像できる。そのとき、軍記物語の定型である「二君に仕へず」という論理を超えた、新たな論理がようやく獲得されたのであろう。

また、ここで管仲に関して引用されている『論語』憲問は、管仲に対して批判的な部分もある『論語』にあって、華夷論の視点から肯定的に評価した部分であることに注意したい。▼注(47)『太平記』は、ここでは、『論語』の肯定的評価をそのまま用いて管仲を擁護している。しかし、朱熹『論語集注』では、この部分に対する注でも、あくまでも管仲に対して批判的姿勢をとっている。本稿では『太平記』第一部のごく一部の現象を扱ったにすぎないが、必ずしも、新注の理論が『太平記』のすべてを覆うような状況にあったわけではないことがわかる。

とはいえ、最末部において、ふたたび百里奚や管仲に言及がなされたことには、宣房章段での叙述も多分に影響を与えていただろう。『太平記』テクストの両義的性格は、結果的には、『太平記』が第二部・第三部へと歴史叙述を続けていくなかで、ある程度の君臣論の〝幅〟を用意する役割を果たしたとも評価できよう。

【注】

(1) 山内洋一郎『本邦類書 玉函祕抄・明文抄・管蠡抄の研究』汲古書院、平成二四年(二〇一二)を用いた。

(2)『保元物語』本文は、永積安明・島田勇雄校注『日本古典文学大系 保元物語 平治物語』岩波書店、昭和三六年(一九六一)による。他の作品も含め、引用に際しては、片仮名を平仮名にし、漢字を通行のものに改め、一部、誤字や送り仮名、振り仮名、訓点、濁点等を変更した箇所がある。

(3)『曽我物語』本文は、市古貞次・大島建彦校注『日本古典文学大系 曽我物語』岩波書店、昭和四一年(一九六六)による。

(4)『平家物語』(覚一本)本文は、高木市之助・小澤正夫・渥美かをる・金田一春彦校注『日本古典文学大系 平家物語』岩波書店、昭和三四年(一九五九)による。

(5)『義経記』本文は、岡見正雄校注『日本古典文学大系 義経記』岩波書店、昭和三四年(一九五九)による。

(6)『史記』田単列本文は、水沢利忠『新釈漢文大系 史記九(列伝二)』明治書院、平成五年(一九九三)の訓読文による。漢籍の引用は、読者の便宜上、訓読文によって示し、適宜句読点、振り仮名等を付し漢字を通行のものに改めた。

(7) 紀信説話については、外村久江「六代勝事記と源光行」『東京学芸大学研究報告』昭和三九年(一九六四)・増田欣「史記を源泉とする説話の研究」『『太平記』の比較文学的研究』角川書店、昭和五一年(一九七六)・呉志良「中世日本文学における紀信説話の受容について」『中京大学文学部紀要』四〇(三・四)、平成一八年(二〇〇六)など参照。他に『六代勝事記』『蒙求和歌』『源平盛衰記』も、『保元物語』(金刀比羅本)と共通して、紀信が「忠臣は二君に仕へず」の論理を語る。

（8）和島芳男『日本宋学史の研究　増補版』吉川弘文館、昭和六三年（一九八八）・足利衍述『鎌倉室町時代の儒学』有明書房、昭和四五年（一九七〇）・市川本太郎『日本儒学史3　中世篇』汲古書院、平成四年（一九九二）・芳賀幸四郎『中世禅林の学問および文学に関する研究　芳賀幸四郎歴史論集Ⅲ』思文閣出版、昭和五六年（一九八一）などが先駆的研究。

（9）『小学』本文は、宇野精一『新釈漢文大系　小学』明治書院、昭和四〇年（一九六五）による。

（10）『太平記』本文は、長谷川端・加美宏・大森北義・長坂成行『神宮徴古館本　太平記』和泉書院、（平成六年（一九九四）による。

（11）史実の万里小路家の動きについては、松永和浩「万里小路家の台頭」『室町期公武関係と南北朝内乱』吉川弘文館、平成二五年（二〇一三）がある。

（12）日野資明は、この巻五での宣房との議論以降、『太平記』の中で、議論の場に登場する貴族としての位置に固定され、巻二五「天龍寺建立の事 付 大仏供養の事」では、天龍寺供養をめぐり、山門批判する坊城経顕と議論し、また、巻二六「宝剣執奏の事 付 咁嘽午炊の夢の事」では、献上された宝剣の処遇をめぐり、やはり坊城と議論する。

（13）『孝経』孔安国注の原文は、「君に事るの礼、其の罪有るに値ふては、必ず厳顔を犯して、道を以て諫争す。三たび諫るに納れざれば、身を奉じて以て退く。匡正の忠有りて、阿順の従無し。良臣の節なり。若し乃ち諫べきを見て諫めざる、之を尸位と謂う、退くべきを見て退かざる、之を懐寵と謂う。懐寵・尸位は国の姦人なり。姦人、朝に在るときは賢者進まず。」（『孝経』諫争章「臣不可以不争於君」に対する注。引用は四部叢刊により適宜訓読した）とある。

（14）『史記』伯夷列本文は、水沢利忠『新釈漢文大系　史記八（列伝一）』明治書院、平成二年（一九九〇）の訓読文による。

（15）『論語』本文は、金谷治訳注『論語』岩波文庫、平成一一年（一九九九）の訓読文による。

（16）『孟子』本文は、小林勝人訳注『孟子』岩波文庫、昭和四七年（一九七二）の訓読文による。『孟子』では、伯夷が単独で登場し、首陽山での餓死にも触れず、悪を避けたとするのみである。

（17）また、この『史記』の「叩馬諫諍」の場面は革命論と名分論の対立として、後世議論になる有名な箇所であるが、『太平記』はあまり注意を払ってはいないらしく、巻三十「錦少路殿京都退失の事 付 殷の紂王の事」において、湯武放伐が長文で語られる際も武王と太公望にのみ注目し、やはり「叩馬諫諍」の場面は登場しない。『孟子』もまた「叩馬諫諍」にも触れず、悪王紂王を強調する役割のみとなっている。このことも『太平記』の宋学受容を考える上では重要であるが、いまは触れない。

また、先掲の『曽我物語』巻五「巣父・許由が事」末尾には「されば、首陽山に蕨をおりてすぎけるとぞ申ったへたる」とあって、伯夷・叔斉の行動との混同が見られる。また『平家物語』（覚一本）巻二「教訓状」に「普天の下、王地にあらずといふ事なし。されば彼潁川の水に耳をあらひ、首陽山に薇をおし賢人も、勅命そむきがたき礼義をば存知すとこそ承はれ。」とあるなど、伯夷・叔斉および許由・巣父は連続して想起されやすかった。

(18)『春秋左氏伝』本文は、鎌田正『新釈漢文大系　春秋左氏伝　四』明治書院、昭和五六年（一九八一）による。

(19)『孔子家語』本文は、藤原正校訳『孔子家語』岩波文庫、昭和八年（一九三三）による。本条の出典は『晏子春秋』である。

(20)『後漢書』本文は、吉川忠夫訓注『後漢書　第四冊　列伝二』岩波書店、平成一四年（二〇〇二）の訓読文による。この句は『明文抄』にも引かれており、遠藤光正『明文抄の研究並びに語彙索引』現代文化社、昭和四九年（一九七四）は、『明文抄』を『太平記』の出典と見る。

(21)この対句の直接の出典は未詳である。

(22)実は『孟子』では、引用箇所に続けて「孟子曰く、然らず、事を好む者之を為れるなり（中略）自ら鬻ぎて其の君を成さしむとは、郷党の自ら好む者も為さず。而るを賢者にして之を為すと謂わんや」とある。また朱熹『孟子集注』でも「范氏曰（中略）百里奚の人の為に牛を養うが如きは、怪しむに足ること無し」と「自鬻」の事実は否定されている（諸橋轍次・安岡正篤監修『朱子学大系　四書集注　上・下』明徳出版社、昭和五五年（一九八〇）・昭和五八年（一九八三）を参考に訓読した。本文も同書巻末『四部備用』影印を利用した）。

(23)『貞観政要』本文は、原田種成『新釈漢文大系　貞観政要』明治書院、昭和五四年（一九七九）の訓読文による。この箇所は版本では、巻四求諫篇に収録される。

(24)『文選』原文は、「罪を以て生を棄てんとすれば、則ち古賢の夕に改めよとの勧に違ひ、垢を忍んで苟くも全うすれば、則ち詩人の胡の顔かあるの譏を犯す（そこで罪のためにいっそ死のうかと思えば、古の賢人曾子の言った「朝過ちをしても晩に改めさえすればよい」との勧めに背くこととなり、それなら恥を忍んでともかくも生き永らえようとすれば、詩人の「どんな顔でおめおめ生きているのか」との譏りを犯すことになります）」（内田泉之助・網祐次『新釈漢文大系　文選（詩編）上』明治書院、昭和三八年（一九六三）による）とある。

(25)山下宏明『新潮日本古典集成　太平記　一』新潮社、昭和五二年（一九七七）の該当箇所頭注。

(26)『和漢朗詠集』本文は、菅野禮行校注訳『新編日本古典文学全集　和漢朗詠集』小学館、平成一一年（一九九九）による。

（27）『楚辞』本文は、橋本循訳註『訳註楚辞』岩波文庫、昭和一〇年（一九三五）による。
（28）『十訓抄』の本文は、浅見和彦校注訳『新編日本古典文学全集　十訓抄』小学館、平成九年（一九九七）による。「孝経諫論章云」以下の『孝経』引用は細注ないし割注で、これを欠く伝本もある。
（29）『続古事談』本文は、川端善明・荒木浩校注『新日本古典文学大系　続古事談』岩波書店、平成一七年（二〇〇五）による。『続古事談』が伯夷叔斉に否定的な点について「編者の時代意識を物語るものとして読むべきではなかろうか。『愚管抄』を著して後鳥羽院を諫めた慈円のような存在はあったものの、承久の乱を止める働きをする臣下は遂にあらわれなかったのであり、（中略）本説話の意図を読み取ることも可能であると思われる」（神戸説話研究会編『続古事談注解』「余説」和泉書院、平成六年（一九九四））とする意見もある。
（30）『唐物語』本文は、小林保治全訳注『唐物語』講談社学術文庫、平成一五年（二〇〇三）による。
（31）増田欣「藤房説話の形成と漢籍の影響」『『太平記』の比較文学的研究』角川書店、昭和五一年（一九七六）
（32）井上順理『本邦中世までにおける孟子受容史の研究』風間書房、昭和四七年（一九七二）
（33）もちろん、「天時不如地利、地利不如人和」などは、『明文抄』その他の金言集にも採録されており、必ずしも直接的な利用例とは限らないのだが、それでも『孟子』由来句が『太平記』の常套句であったことは動かない。他に注目すべき例として、巻一三「竜馬進奏の事 付 藤房卿遁世の事」での藤房の諫言の中にも『孟子』公孫丑章句由来の言葉が見える。
（34）前掲『孟子』公孫丑章句「力を以て仁を仮る者は覇たり」等に対する注。
（35）前掲『孟子』公孫丑章句「曰ち管仲は曾西すら為わざりし所なり」等に対する注。
（36）前掲『孟子』公孫丑章句「管仲且猶召すべからず。而るを況や管仲たらざる者をや」等に対する注。
（37）『論語』八佾「子の曰わく、管仲の器は小なるかな。（中略）管氏にして礼を知らば、孰か礼を知らざらん。」等に対する注。
（38）例えば、『論語』憲問などは好意的に論じている。この『論語』憲問は『太平記』巻三九において参照される（後述）。
（39）増田欣「儒学経書の受容に関する考察」『『太平記』の比較文学的研究』角川書店、昭和五一年（一九七六）
（40）小島毅氏は『太平記』巻四の呉越説話に関して、「宋学臭さ」という表現を用いておられる（小島毅「太平記、宋学、尊皇思想」『歴史と古典 太平記を読む』吉川弘文館、平成二〇年（二〇〇八））が、要を得た適切な表現と思う。
（41）『史記』蒙恬列本文は、水沢利忠『新釈漢文大系　史記十（列伝三）』明治書院、平成八年（一九九六）の訓読文による。

（42）『史記』李斯列本文は、水沢利忠『新釈漢文大系　史記九（列伝二）』明治書院、平成五年（一九九三）の訓読文による。

（43）巻一七「聖主還幸の事 付 儲君を執立て義貞に付らるる事」に見える、堀口貞満の諫言でも「所詮当家累年の忠義を捨(すて)られて、当参の五十余人を御前にめされ、我等が首をはねて伍子胥(ごししょ)が罪に比し、胸をさかれて比干(ひかん)が刑に処せられ候ふべし」と、伍子胥・比干に言及する。

（44）増田欣「呉越合戦の説話」『『太平記』の比較文学的研究』角川書店、昭和五一年（一九七六）

（45）巻二八「恵源南方合体の事 付 漢楚合戦の事」、巻三七「大将を立つるべき事 付 漢楚義帝を立つる事」などで百里奚、管仲への言及がある。また諸本によっては、巻二三「脇屋刑部卿吉野に参らるる事 付 隆資卿物語の事」においても触れるものがある。

（46）もちろん、現実の大内の降参は、その「世を治めんため」という条件にすらあてはまらず、結局のところ、北朝への帰参を厳しく批判されており、「乱世に処する」論理すら守られていない現実が浮かび上がっていくことになる。

（47）高田真治「孔子の管仲評―華夷論の一端として―」『東洋研究』六、昭和三八年（一九六三）

コラム

「桜井別れの図」に思う

●長谷川端

はせがわ ただし
現職○中京大学名誉教授
研究分野○中世軍記物語
著書等○『太平記の研究』(汲古書院、一九八二年)、『太平記 創造と成長』(三弥井書店、二〇〇三年)、『新編日本古典文学全集 太平記』全四巻(小学館、一九九四〜九八年)、『太平記を読む 新訳』第四・五巻(おうふう、二〇〇七年)など。

先頃、京都の美術商・古書店合同の目録に、[注(1)] 狩野伯圓景信画・林鳳岡賛の「楠正成桜井別れ図」が出た。購入しなかったので、その図をここに掲出する訳にはいかないが、桜井の駅正成・正行別れの図の変遷について、少々考えてみたい。対象とするものは次の四種。

Ａ　江戸初期成立　埼玉県立博蔵絵巻
Ｂ　寛文頃刊太平記（大本）の図版
Ｃ　延宝九年　林鳳岡賛　狩野伯圓景信画　絹本著色図
Ｄ　元禄十年刊太平記（横本）の図版

この四種の図の内容を、①正成・正行会見の場所、②正成の服装、③正行の服装、に分けて摘出すると、次の表のようになる。

	Ａ　江戸初期成立　埼玉県立博蔵絵巻	Ｂ　寛文頃刊本	Ｃ　延宝九年林鳳岡賛図	Ｄ　元禄十年刊本
①会見の場所	邸宅内 玄関横に控える武士三人 松の根方に馬丁と馬	戦場 武士五人、馬一頭	陣幕の内 傍らの松の根方に笹竹	菊水の旗及び陣幕 戦場の陣営内、武士六人 傍らに井戸、松に笹竹
②正成の姿	烏帽子・甲冑姿	甲冑姿、敷皮に座す	冑姿、敷皮に座す	烏帽子、冑直垂姿
③正行の姿	小袖袴	烏帽子・冑姿	直垂の稚児姿	直垂・童子まげ姿

『大日本史料』第六編之三、七八一～七八五頁所載の『明極和尚行状』（元厳寺文書所載）によれば、正成は綸命を奉じて、建武三年五月十六日に京を発して湊川に到着し、医王山広厳宝勝禅寺の麓に駐屯し、一日（いちじつ）、禅師の許に参禅した。禅師は正成の多年に亘る不入を許して、「善哉（よきかな）」と言い、正成は瑠璃殿に入り、本尊の薬師如来を拝して香を

A　江戸初期成立　埼玉県立博蔵絵巻
（『太平記絵巻・第六巻』埼玉県博物館発行、二〇〇三年）より。

B　寛文頃刊太平記（大本）

D　元禄十年刊太平記（横本）

捧げ、禅師は寺門を出る正成を見送った。翌日、足利軍との合戦になり、「十有六回」の離合の末に、正成は、この広厳宝勝禅寺の無為庵に入り自害した。列坐して「殉死」する者が「若干人」あった。明極和尚は直ちに彼らの遺骸を「函」に納めて荼毘に付した。その日は、「建武三年五月二十有五日」であった、と記されている。

ところで、正成が子息正行と別れたのは「桜井ノ宿」であるから、戦陣での別れの図を描くB・C・Dはいずれも正しくないということになり、ある邸宅と思われる図を用意したAが、最も妥当性に富んでいる、ということになる。極論すれば、鵞峯のあと林家を継ぎ、四代将軍家綱から八代の吉宗まで五代の将軍に仕え、特に五代将軍綱吉の信任があつかったとされる鳳岡は、伯圓描くところのこの画が制作された延宝八年以前刊の『太平記』を読んでいたことが想像される訳であるが、それが古活字本であったか、それとも整版本なのかは判断不可能である。

鳳岡の賛の第一行を書き下し文にすると、

徴承ノ令ニ応シテ身ヲ端誠ニ委ネ、義ヲ見ルコト有ラバ、死生ヲ太ダ(ハナハ)軽シト為ス、

とある。全十二行の賛である。

この絵が敗戦前の小学校（国民学校といった）の修身の掛図の原画になったものであるかどうかは明らかではないが、黒板の上から掛けられた様々な「道徳的な」絵の一つと非常に似かよった構図を持つことは確実である。とはいうものの、楠氏父子の桜井別れの図を考えれば、松の根方に、菊水の幔幕を背にして、正行に訓戒を語る正成像（C図）を思い浮かべて描くということも充分に想像できるのではあるが、少々安直な構図ではないか、という気がしないでもない。

注

（1）京都の美術商・古書店の「書画・古書籍販売合同目録清興」第十四号（平成二十六年四月十五日発行）に、「狩野伯圓景信画　林鳳岡賛　楠正成桜井別れ図」として掲載。

コラム

新井白石と『太平記秘伝理尽鈔』に関する覚書

●山本晋平

やまもとしんぺい

現職○同志社大学大学院博士後期課程

研究分野○日本近世思想史

著書等○「『太平記秘伝理尽鈔』における楠木正成の死―「謀」と「道」の間で―」関西軍記物語研究会編『軍記物語の窓　第四集』（和泉書院、二〇一二年十二月）、「『太平記秘伝理尽鈔』の「理」―合理的思惟の論理と構造―」『軍記と語り物』四九（二〇一三年三月）、「『太平記秘伝理尽鈔』における「謀」―「道」との関わりから―」『文化学年報』（同志社大学文化学会）六三（二〇一四年三月）など。

1　新井白石と『理尽鈔』との接点

新井白石（一六五七～一七二五）といえば、徳川六代将軍家宣（一六六二～一七一二）・七代将軍家継（一七〇九～一七一六）に仕えて幕政に参画した儒学者であり、『武家諸法度』の改定、金銀貨幣の改鋳、海舶互市新例による長崎貿易の制限などの一連の政治改革――いわゆる「正徳の治」を主導した人物として有名である。学問的な著作も多く、歴史・地理・言語学など多岐に及ぶが、その白石の自叙伝である『折たく柴の記』を見ると、次のようにある。

戸部の家人に富田とて、生国は加賀国の人と聞えしが、太平記の評判といふ事を伝へて、其事を講ずるあり。はじめは小右衛門某といふ。後には覚信といひし人也。夜ごとに我父など寄合ひつゝ、其事を講ぜしめらる。我四五歳の時に、つねに其座に侍りて、これをきくに、夜いたくふけぬれど、つゐに座をさりし事もなく、講畢ぬれば、其義を請問ふ事などもありしを、人々奇特の事也といひき。▼注(1)

この記事は、白石が幼少の頃から学問に励み、その才能が早くからすぐれていたことを示す内容として有名な箇所である。「戸部」（こほう）とは民部省の唐名で、ここは白石が最初に仕えた上総国久留里藩主の土屋利直（一六〇七～一六七五）を指す。これによると、白石は「四五歳の時」、すなわち万治三年（一六六〇）から四年（四月に寛文に改元）の頃に、父の正済と共に「太平記の評判」の講釈を聞いていた。その聴講ぶりは、深夜に及んでも座を去ることなく、講が終わった後にはその内容について質問を行う程で、幼い白石の熱心な修学の様子が窺われる。

この講釈を行った富田小右衛門覚信については、『望海毎談』の「楠流軍学」という項に、その経歴が記されている。

富田小右衛門某入道覚心は、加賀の利長卿出頭士大将浅井左馬介某与力富田某二男なり。若年より左馬介近習に仕へ、壮年にして生国を出て、江府に至り、太田摂津守資次右筆たり。太平記流の軍学を嗜む。（或謂楠流）後年、土屋民部少輔利直に仕ふ。（後略）[注(2)]

これによると、富田覚信（覚心）は、父が二代加賀藩主前田利長（一五六二～一六一四）の「出頭士大将」（出頭人のことか）として仕えた浅井左馬介なる人物の与力であったことから、自らも近習として仕えたという。[注(3)]『太平記秘伝理尽鈔』（以下、『理尽鈔』）講釈の祖と考えられる大運院陽翁の弟子で、加賀藩家老の本多政重（一五八〇～一六四七）に仕えた大橋全可の『万覚書』（寛文九年＝一六六九）によると、「法花法印弟子、書物をも渡候人々」[注(4)]の中に「浅井左馬」の名が見えることから、覚信が嗜んだ「太平記流の軍学」とは『理尽鈔』の流れを汲むものであったと考えられる。このような確認にこだわるのは、「太平記評判」という呼称には、『理尽鈔』と類似した別の評判書で、慶安三年（一六五〇）十月以前に刊行されたと考えられる『太平記評判私要理尽無極鈔』（以下、『無極鈔』）を指す場合もあるからであるが、以上の点から、白石父子が講釈を聞いた「太平記の評判」も『理尽鈔』であったといえるだろう。[注(5)]

もっとも、いかに神童であった白石が熱心に講釈を受けたといっても、この段階で『太平記』や『理尽鈔』をどれだけ深く理解し得たかといえば、四、五歳という年齢から考えれば、限界もあったことだろう。ただ、前引の『折たく柴の記』の記事の直前の文脈を顧みると、この頃は戯れに文字を書くばかりで、「物読む師などすべき人」がおらず、往来物などを読み習っていたに過ぎなかったという。[注(6)]そのような時に覚信の『理尽鈔』講釈に出会ったのであるから、白石にとっては自伝に記し留めるだけの、印象に残る体験だったように思われる。その点からも、白石がきわめて早い時期に『理尽鈔』に接していたことは、同書の受容を考えるうえでも興味深い事実である。

白石はその後、土屋家の内紛に巻き込まれ、延宝五年（一六七七）に追放処分となり、浪人となる。天和二年（一六八二）に下総国古河藩主で大老の堀田正俊（一六三四～一六八四）へ出仕し、この間に木下順庵（一六二一～一六九八）の門下となる。しかし、二年後の貞享元年（一六八四）に正俊が刺殺され、元禄四年（一六九一）に白石は堀田家を辞去し、再度の浪人生活を送る。同六年、順庵の推挙で甲府藩主徳川綱豊（後の六代将軍家宣）に侍講として仕えることになる。▼注(7)

甲府藩主綱豊の侍講となった白石は、四書五経や『資治通鑑綱目』といった中国の経書や歴史書から、「応仁乱」（元禄十一年六月九日）、「関原之事」（同十二年四～十一月）、「大坂之物語」（同十三年二～三月）などの日本の歴史についても進講した。▼注(8)綱豊（家宣）への侍講は、『藩翰譜』や後述の『読史余論』などの著作を編む契機となり、そのために白石は幅広い分野の書籍を蒐集・渉猟することになる。その中で取り上げたいのは、『新井白石日記』の元禄八年（一六九五）十二月二十二日の記事である。

昨日拝領之列女伝・万葉集・平家物語・太平記・同評判・後太平記・続太平記・信長記・太閤記・王代一覧・列仙伝ノ十一部ノ御書籍来ル。▼注(9)

従来、この記事は白石が『読史余論』執筆の際に多く引用した林鵞峰編纂の『日本王代一覧』▼注(10)が入っている点で注目されてきたが、▼注(11)ここで注視すべきは、『太平記』と『評判』が含まれている点である。『折たく柴の記』によると、元禄八年の秋、白石は藩命により綱豊が見ておくべき和漢書の目録を作成し、取り上げた二百部のうち、「百数十部」を購入した。十二月二十一日には、その目録の中から希望書を申し出るように命じられ、白石は「十一部」を希望したが、希望の書に加え、綱豊愛蔵の汲古閣版『六経』を下賜されたとある。▼注(12)白石は目録中の多数の書物から、自ら進んで『太平記評判』を所望したことになる。

2 『読史余論』の建武行賞記事をめぐって

では、白石が望んで得た『太平記評判』とは『理尽鈔』なのか、それとも『無極鈔』であったのだろうか。前述した通り、「太平記評判」とあるのみでは、いずれかを特定することはできない。▼注(13) そこで、『読史余論』の記事に目を向けて見たい。この書は、将軍家宣が亡くなる正徳二年（一七一二）の春から夏にかけて、侍講が終わった後、座を改めて「本朝代々の沿革・古今の治乱」について白石が進講した内容の草稿が基になっている（家宣は十月に死去）。白石の跋文によると、白石はこれを門弟の土肥元成（どひもとなり）や、末子の宜卿（よしのり）ら親族と体裁を整え、死の前年の享保九年（一七二四）に完成させたという。▼注(14) 本書は、冒頭に「本朝天下の大勢、九変して武家の代となり、武家の代また五変して当代におよぶ」とあるように、藤原良房（ふじわらのよしふさ）の摂政就任と外戚政治の開始（一変）から、藤原基経（ふじわらのもとつね）の天皇廃立と関白就任による権勢の確保（二変）、藤原氏の外戚専権政治（三変）、後三条・白河天皇による親政（四変）、上皇による院政（五変）、源頼朝父子三代の幕府政治（六変、武家の一変）、北条氏の陪臣政治（七変、武家二変）、後醍醐天皇による建武の新政（八変）、武家政治（九変、足利将軍の世を武家の三変、織田信長・豊臣秀吉の世を四変、徳川家康以降の当代を五変）と時代を区分した日本の通史である。先述の『日本王代一覧』や『本朝通鑑（ほんちょうつがん）』、『神皇正統記（じんのうしょうとうき）』をはじめ、史書や説話・軍記・故実書などの様々な書物を参照または引用して、客観的な認識に基づいて事実を確定し、加えて儒教や為政者鑑戒の観点から妥当性のある論評と事実の取捨を行った点に、本書の特質がある。▼注(15)

ここで取り上げるのは、「後醍醐帝中興の御政務の事（ごだいごていちゅうこうのごせいむのこと）」▼注(16)にある、鎌倉幕府倒幕に功のあった人々への恩賞に関する記事である。この章には、『太平記』の他に『神皇正統記』、『梅松論（ばいしょうろん）』、『保暦間記（ほうりゃくかんき）』、『難太平記（なんたいへいき）』、『南朝紀伝（なんちょうきでん）』などの書名が見え、その多くは『参考太平記』に拠っているようであるが、当該箇所は『太平記』巻第十二「安鎮国家法事付諸大将恩賞事（あんちんこっかのほうのことつけたりしょたいしょうおんしょうのこと）」（章段名は岩波旧大系の流布本による）の記事に相当する。それによると、足利尊氏に武蔵・

常陸・下総、弟直義に遠江、新田義貞に上野・播磨、子息義顕に越後、義貞の弟脇屋義助に駿河、楠正成に摂津・河内、名和長年に因幡・伯耆が与えられた中、大功をあげた赤松円心には佐用庄の一所のみで、播磨の守護職は没収されたという。『読史余論』もこの『太平記』の記事を引用し、白石は按文で不公正な政務を批判し、各人の功績に基づいた、あるべき正しい恩賞の順序を示す。

今試に、其功を議せむに、護良王の功は申すに及ばず。たゞしこれは、まさしき御父のためなればさもあるべしや。功臣におゐては正成を以て第一とすべし。其故は、はじめ笠置おちて天子西州に蒙塵ありし時にあたりて、六十六州のうち、たゞ此一人その節を改めずして、わづかの小勢を以て東国の大軍と戦ふこと、年を経しほどに、武家にそむく輩もかれこれ出来し也。此人、かく王家の御ために勲労なからましかば、新田・足利・赤松等の人々も、そのこゝろざしをたつる事かなふべからず。

さて其次は、義貞の功もつとも大也。これその巨魁をほろぼせしが故也。さて其次は赤松・那和、いづれをか上とし、いづれをか下とすべき。赤松が功にあらずむば、六波羅はやぶれじ。帝たとへ船上におはしますとも、鎌倉いまだほろびず、六波羅いまだやぶれざらむには、行在もつともあやうかりなむ。那和、乗輿を迎へてこれをまもりまいらせざらんには、たとへ鎌倉ほろびたりとも、誰がためにか其功をも奏すべき。しかはあれど窮鳥懐に入れば猟者もこれをあはれむといへり。ましていはんや万乗の天子の御頼あらむには、凡人たらむもの、いかで身をもつてまもり参らせざらむ。その功多なるに似たれど、其事は又なし難しとはおもはれず。天子すでに海外にうつされ給ひて、武威ことの外に張りし日に、都の外、遠からぬ境に兵を起せし事は、その功、長年に及ばざるがごとくなれども、その事はなし難きに似たり。さらば此二人の功は、上たりがたく下たりがたしとやいふべき。高氏の功は称すべき所なきにや。東兵久しく正成がためにくるしめられ、赤松が兵あらたに起り、天子船の上にうつり給ひて、官兵都におもむき、事以の外に難儀たるよし聞え、かつは高時がふるまひ、まさにほろびぬべき時至る事をばまのあたりにみえ給ひてければ、年比の志、事なりぬべき折を待得ぬと思ひしかば、官兵に属すべきよしを申されしかど、六波羅のほろびし日とても、し出したるほどの戦功もあらざりき。しかるに、此人を賞せらる、に第一の功をもつてせられし事、心得ぬ事也。▼注(17)（後略）

この箇所は、楠正成の功績が明確に称賛されている点から、正成を顕彰する史料として、しばしば引用されてきた有名な箇所である。▼注(18)そのうち、護良(もりよし)親王を除いた白石の考える功臣の順番を確認すると、①正成、②義貞、③赤松または那（名）和、④足利となる。引き続いて、以下に示すのも同じ内容を論評した記事であるが、その功臣の順番に注目したい。

第一ノ忠義ノ根ヲ謂ハバ楠也。顕然タルヲ謂バ新田也。其故ハ一天下ノ武士、相州ヲ善キトセズ。然共、彼ガ武威ニ恐レテ随イシ。然ルニ楠旗ヲ挙ゲシニ、相州威ヲ振ルフテ、百万ノ士ヲ以テ責ムルニ、不レ落。依レ之、諸国皆旗ヲ挙ゲテ義兵ヲ起コシタリ。是一ツ。又、二番・三番ニ旗ヲ挙シハサモアルラン。（正成は―引用者）第一番ニ忠ヲ専ラトシテ旗ヲ挙ゲタリ。是二ツ。然バ諸人ノ忠ハ正成一人ガ忠ヨリ発レルカ。然バ、以二正成一忠ノ根本トシテ、義貞ガ忠ヲ以テ上ノ厳リトセンヤ。二人ガ忠ヲバ挙テ是ヲ、ク。次ニハ赤松ナルベシ。長俊ガ忠トハ何レニ勝劣カ有ンヤ。然共長俊ハ君ヲ直チニ取リ立テ奉リタル忠イカメシキ事ニヤ。勇、赤松勝レタリ。数度六波羅ト戦フ。高氏ハ只一戦ノ忠ナルベシ（後略）▼注(19)

この記事は、『理尽鈔』巻第十二の五十一丁表～裏の「評」内の万里小路宣房(までのこうじのぶふさ)の発言である。▼注(20)同様に功の順番を見ると、①正成は、「根」と「顕然」で義貞と一対の観があるが、諸人の功は正成一人が一番に挙兵し、東国の北条高時の大軍と戦い抜いたおかげで生じたとする点は、白石評ときわめて近い。また、この点から、②義貞も、鎌倉を亡ぼした功は「顕然」であるが、正成による「忠」の「根」の「上ノ厳リ」（かざり）とされる。③名和長俊（年）と赤松については、白石評の方がより思案を巡らしてはいるが、両者の優劣を拮抗させている点では同じである。④尊氏については、白石評がこの直後に、足利氏は代々一定の地位を世襲したという社会的勢力の点から擁護するものの、戦功の評価としては『理尽鈔』と同じである。白石は、この按文箇所を「かくその代に大功といはれし人々の功を議せられしだにあやまり多しとみえたれば、ましてその余小功の輩の忠否あきらかならざりし事、太平記等にしるせるがごとくなるべし。さらば、など代はみだれではあるべき」と締めくくる。こうした論評も、不公正な恩賞を批判する『理尽鈔』の主張と通ずるものがある。

以上の断片的な記事をつなぎ合わせて推測すると、白石が元禄八年に得た『太平記評判』とは『理尽鈔』であって、『読史余論』の建武行賞の論評は、白石が『理尽鈔』の論評内容に妥当性を認め、そこに自らの思案を加味して記したのではないだろうか。となれば、綱豊（家宣）もまた『理尽鈔』を読み、あるいは講釈を聞いた可能性のある人物として数え上げられることになる。無論、両者の記事が全くの暗合であるという可能性も否定できない。ただ、偶然であったとしても、両者の内容の一致をどのように評価するか考える必要はあるだろう。白石の歴史研究の姿勢を最もよく示すものとして引用される『古史通』の「読法」には、「たゞいづれの書に出し所なりとも、其事実に違ふる所なく、其理義におゐて長ぜりと見ゆる説にしたがふ」▼注(21)とある。その点で、『参考太平記』も退けた『理尽鈔』の典拠のない叙述（特に「伝」）や、白石が不当と判断した部分は排除されたであろう。しかし、為政者の賞罰の公正さや、君臣・父子関係のあるべき「道」を説く『理尽鈔』の「評」的叙述などは、『読史余論』の論評姿勢とも共通する部分が見られ、「事実」とともに「理義」を尊重した白石にとって、通底する素地があったのではないだろうか。

実際に、近世には熊沢蕃山や山鹿素行など、『理尽鈔』を読み込み、それを自己の思想に取り入れた学者（ここには羅山・鵞峰ら林家史学も含まれる）は少なくなかった。彼らがどのように『理尽鈔』を摂取したのか。これは、文学・歴史・思想史の諸分野に共通する課題であり、今後、各々の観点から柔軟に検討されることが期待される。

【注】

（1）小高敏郎・松村明校注『戴恩記　折たく柴の記　蘭東事始　日本古典文学大系95』（岩波書店、一九六四年、一八四～一八五頁）。『折たく柴の記』の校注は松村氏が担当。以下、引用の際、通行の文字に改めた。

（2）森銑三・野間光辰・朝倉治彦監修『燕石十種　第六巻』（中央公論社、一九八〇年、四一頁）。『望海毎談』の校訂は宇田敏彦氏。朝倉氏執筆の「後記」によると、『望海毎談』は著者不詳で、成立は元文（一七三六～一七四一）以降とされる。引用の際、読点を一部改めた。

（3）富田覚信と『理尽鈔』の関わりについては、若尾政希『「太平記読み」の時代　近世政治思想史の構想』（平凡社、一九九九年、三四～三五頁。後、平凡社ライブラリー、二〇一二年）に指摘がある。ただし若尾氏が「浅井左馬」を加賀藩家老の浅井一政とする点については、今井正之助『『太平秘伝理尽鈔』研究』（汲古書院、二〇一二年）第三部第一章「加賀藩伝来の『理尽鈔』」（初出は一九九六年三月）によると、一政が「左馬」を名乗った記録は確認できないことから、詳細はなお不明であるが、一政とは別人であるという（一八〇頁）。

（4）『加賀藩史料第四編』（清文堂出版、一九三一年。後、一九七〇年、一九八〇年に復刻。二四〇～二四二頁）。

（5）『無極鈔』の刊行時期については、関英一「『太平記評判無極鈔』と赤松満祐」（『國學院雑誌』八八―六、一九八七年六月）を参照。なお、『折たく柴の記』の記事については、既に加美宏『太平記享受史論考』（桜楓社、一九八五年）第二章第八節「中世から近世へ―浪人・医者らの『太平記』読み」（初出は一九八二年十二月）や、注3若尾氏前掲書等によって指摘されている。本稿では、白石と『理尽鈔』の関わりを論じる都合上、改めて確認を行った。

（6）注1『折たく柴の記』、一八四頁。

（7）白石の経歴については、宮崎道生『新井白石』（吉川弘文館、一九八九年）を参照。

（8）注7宮崎氏前掲書、一二八～一二九頁。また、東京大学史料編纂所『大日本古記録　新井白石日記（上）』（岩波書店、一九五二年）参照。以下、後者からの引用の際は、通行の文字に改め、読点を一部改めた。

（9）注8『新井白石日記』、五二～五三頁。

（10）『日本王代一覧』は、神武天皇から後陽成院の関ヶ原の戦いまでを記した平易な和文編年史。慶安五年（九月に承応に改元、一六五二）の自序、寛文三年（一六六三）刊行。明治に至るまで刊行され続けた。小沢栄一『近世史学思想史研究』（吉川弘文館、一九七四年、一八六〜一八七頁）参照。
（11）注7宮崎氏前掲書、注10小沢氏前掲書参照。
（12）注7宮崎氏前掲書、一三〇〜一三一頁、注1『折たく柴の記』、二〇七〜二〇八頁。
（13）慶応義塾大学附属研究所斯道文庫編『江戸時代書林出版書籍目録集成』（井上書房、一九六二〜一九六四年）によって、寛文十年刊『増補書籍目録』、延宝三年刊『古今書籍題林』、元禄五年刊『広益書籍目録』などを見ると、『太平記評判』、『太平記法華法印評判』と、複数の『評判』が刊行されている。この点は、加美宏『太平記の受容と変容』（翰林書房、一九九七年）第五章第三節「『太平記理尽鈔』と『本朝通鑑』」（初出は一九八八年九月）に指摘がある。
（14）『読史余論』の書誌については、『新井白石　日本思想大系35』（岩波書店、一九七五年）所収の益田宗氏による「解題」を参照した。
（15）尾藤正英「新井白石の歴史思想」（注14前掲書所収）、注10小沢氏前掲書を参照。
（16）引用は注14前掲書所収本（底本外題「公武治乱考」。益田宗氏校注）による。
（17）注14前掲書、三三八〜三三九頁。
（18）太平洋戦争以前のものでは、①藤田精一『楠氏研究』（積善館、一九一三年初版、一九四二年増訂七版、五九七〜五九八頁）や、②土橋眞吉『楠公精神の研究』（大日本皇道奉賛会、一九四三年。後、壮神社より復刻、一九九二年、五九八頁）など。戦後の研究では、③森田康之助『湊川神社史　景仰篇』（湊川神社社務所、一九七八年、五七五〜五七六頁）、④植村清二『楠木正成』（至文堂、一九六二年。後、中央公論社、一九八九年、一〇五頁）などがある。このうち、②と③は前引の『折たく柴の記』の記事に言及し、『太平記評判』による影響を指摘するが、その理由については、白石の「楠公」への「景慕」や「傾倒」によると説明している。
（19）『理尽鈔』は正保二年（一六四五）『恩地左近太郎聞書』付載の版本（国立国会図書館蔵）による。引用の際、適宜、句読点・記号を補い、ふりがなを本文に下ろした。
（20）今井正之助・加美宏・長坂成行校注『太平記秘伝理尽鈔3』（平凡社東洋文庫、二〇〇四年）の注四九によると、「この箇所、十八冊本も含め諸本「宣房」とする。しかし十八冊本には「宣房」を見せ消ちにして「藤房」と改めている箇所がままあり、ここは十八冊本の補訂ミスであろう。発言内容は藤房にこそふさわしい」（加美氏担当、三〇五頁）とする。
（21）今泉定介編輯校訂『新井白石全集三』（吉川半七、一九〇六年）により、読点を加え、通行の文字に改めた。

2
歴史叙述のなかの観応擾乱

1

下剋上への道――『太平記』に見る観応擾乱と足利権力の神話――

●ジェレミー・セーザ

ジェレミー・セーザ（Jeremy Sather）
現職○ミドルテネシー州立大学准教授
研究分野○軍記物語、太平記
著書等○The Myth of Peace: Taiheiki and the Rhetoric of War（博士論文）。

◉要旨

『太平記』は数多くのエピソードが『平家物語』を背景として書かれたため、『平家物語』と『太平記』を平行関係で捉えることは、『太平記』を解釈するのに役立つ。『太平記』の作者は、『平家物語』の源平争乱を用いて元弘の乱を概念化していたようだ。元弘の乱を巻十一まで描き、足利を源氏、北条を平家と見なしている。さらに、巻十二から巻二十一まで、源頼朝と木曽義仲との棟梁争いに基づき、足利対新田の争いを構成する。概して、『平家物語』は、南北朝時代に対する認識の枠組みを『太平記』の作者に提供した。しかし、『太平記』は巻二十一以降、『平家物語』の影響から離れてゆく。

本論は三部構成である。第一部は、十四世紀の王権的秩序逆転への不安感を表現する「伝達装置」として『太平記』を考察する。第二部は、フランスの哲学者ミシェル・フーコーの「ヘテロトピア」という概念を使用して、巻二十六以降開始する下剋上の原因を分析する。第三部は、『太平記』に見える巻二十六から始まる観応擾乱（かんのうのじょうらん）という下剋上の表現がなぜ作品上、室町幕府の草創を失敗に終わらせるかの説明を試みる。結論として、後醍醐天皇と足利尊氏の争いの結果は、王権を「積極的」と「消極的」の二局面に分裂させ、王権が統一するまで『太平記』の理想とする王権的秩序の「太平」が到来しない。巻二十五までは下剋上への道であり、巻二十六以降は下剋上の世界である。

はじめに

『太平記』では数多くのエピソードが『平家物語』を背景として書かれているため、『平家物語』と『太平記』を平行関係でとらえることは、『太平記』を解釈するために役に立つ。[注(1)] 例えば、『太平記』の作者は、元弘の乱を『平家物語』の源平争乱を用いて概念化していた。『太平記』は元弘の乱を巻十一までで描き、その中で足利を源氏、北条を平家と見なしている。[注(2)] さらに、巻十二から巻二十一までを、源頼朝と木曽義仲との棟梁争いのように、足利対新田の争いとして構成した。このように『平家物語』は、南北朝時代に対する枠組みを『太平記』の作者に提供した。

私は、『太平記』は下剋上のテクストだと考える。『太平記』の巻二十五と二十六は下剋上という転換の分岐点であり、本稿の目的はその転換の原因と意義を明らかにすることにある。源平争乱と観応擾乱（かんのうのじょうらん）という二つの戦乱は、現実に勝者の権力と神話を確立させ、その歴史を描く文学も勝者の権力の確立に貢献する。こうした視点から、十四世紀に確立した室町幕府と十二世紀の鎌倉幕府を対比できるのではないか。王権への反逆者とされる平家が、官軍の源氏に誅伐されることにより、王権は復活した。そのため、『平家物語』は源平争乱を描写することにより、源氏の神話と権力の確立に貢献するとともに、王権を復活させる機能も持つ。それに対して、源氏の流れをくむ足利氏は後醍醐天皇と対立し、天皇制を操ることで自分の権力を確立できた。そのため、足利氏は王権を復活させるのではなく、逆に王権を分裂させたといえる。この分裂にいたる武家側の行為は、「下剋上」の語で形容できるだろう。『太平記』はこの下剋上の世、王権分裂を描写することにより、足利氏の権力と神話を確立できないまま終わっている。

本稿は三章から構成される。第一章では、十四世紀の王権的秩序の逆転への絶望と不安感を表現する伝達装置として『太平記』を考察する。第二章では、ミシェル・フーコーの「ヘテロトピア」という概念を使用し、巻二十六以降開始する下剋上の原因を検討する。最後に第一章と第二章をもとにして第三章では、『太平記』に描かれる観応擾乱は室町幕府の創造の神話のように見えながら、なぜ草創の失敗として描かれるのかについて説明を試みる。結論として、『太平記』では王権分裂の下剋上の世は、王権の分裂に対する否定的な世界観を反映し、分裂した王権が統一されるまで、作者が理想とする王権的秩序の「太平」は到来しないものとして描かれることを指摘したい。

1　『太平記』という「エピステーメー破裂」の伝達装置

共同体は社会変動に抵抗する傾向があり、時間が経つにつれ、社会的な矛盾を認識するようになり、その矛盾に対応するため、新しい方法や思想を作らなければならない。この過程を経ることにより、社会の知識の制度的枠組みの絶対性が次第に柔軟になり、少しずつ変動して、いつの間にか新しい時代が到来する。ミシェル・フーコーの用語を借用すると、その制度的枠組みは「エピステーメー」という。[注(3)] エピステーメーとは、ある時代の様々な思想から構成されているが、中世日本においてその枠組みを構成する重要な要素は、王権である。そのため、「中世エピステーメー」というと、「王権エピステーメー」と呼ぶこともできる。同じように、各時代の文学は、その時代のエピステーメーに関連せざるを得ないため、軍記物語では王権が作品の「マスター・ナラティブ」にあたる。[注(4)]

エピステーメーの変動のスピードは一定していないが、事件の幅によりそのスピードが変わる。後醍醐天皇の建武新政のような深刻な事件に直面すると、より速く変動する可能性がある。急な変動は衝撃的で、共同体は病に襲われた体のように、その衝撃に対して反発し、エピステーメーを守ろうとする。このような衝撃を「エピステーメー破裂」という。[注(5)] 元弘の乱、建武新政、観応擾乱などの社会現象は、こうした「エピステーメー破裂」にあたる。だとすれば、南北朝時代のそれに対する不安感の最高表現、いわゆる「伝達装置」は、『太平記』ではないかと思われる。

文学は、共同体を形成する人々の感情や意識を伝える役割を果たす。その意味で、『平家物語』と『太平記』のような作品も、共同体の意識を表現したものだと考えるが、両方の作品からは異なる印象を受ける。王権復活ナラティブの基本は、大津雄一のいう「王権への反逆者の物語」であるため、まず、『平家物語』と『太平記』は官軍対朝敵の物語として読むべきだと思う。[注(6)]『平家物語』では、平家は王権への反逆者として描かれ、王権は源頼朝を味方とすることにより平家を圧倒したため、王権的秩序が復活したとされている。一方で『平家物語』は、王権エピステーメー破裂を描かない王権的秩序復活の物語である。それに対して『太平記』は、王権のエピステーメー破裂を描くテクストである。そのため、『太平記』のナラティブを再解釈する余地があるだろう。

『太平記』を「王権への反逆者の物語」として説明すると、巻十一までの『太平記』は、北条氏の滅亡と後醍醐天皇の建武政権の草創、いわゆる元弘の乱を描く典型的な反逆者物語になっている。北条氏を倒し、後醍醐天皇が建武政権を樹立することにより、王権が復活する。しかし、典型的な王権復活ナラティブはここで終わるはずなのだが、実際の記事はこのあとさらに続く。その直後から新政に対する不満が高まり、ついに巻十四で足利氏は反旗を翻す。結果として、足利氏は京都から敗退するが、光厳院(こうごんいん)の院宣を得て上洛を果たす。よって足利氏は、巻十六で後醍醐天皇とその与党に対して正統な立場を得て官軍になる。[注(7)]そして、巻十七で足利氏は後醍醐天皇を敗北させ、巻十八で王権の象徴である後醍醐天皇は吉野山へ逃れ都から離れるため、後述するように朝廷と王権の分裂が発生する。その後、王権への反逆者の物語は断片化されたものとなる。

巻十八と十九は王権分裂の分岐点で、以後、王権は「積極的王権」と「消極的王権」と呼ぶべきものに分裂すると、私は考える。そして、それは南朝の後醍醐天皇と北朝の光厳院―神宮徴古館本(じんぐうちょうこかんぼん)では「光明院」が「重祚」したと記すが―にあたる。『太平記』において後醍醐天皇は積極的で、ナラティブを動かす人物であるため、王権の積極性を象徴する。[注(8)]一方、光厳院は常には行動せず、武家に操られる存在となるため、「消極的王権」を象徴する。ここで注意したいのは、王権がその分裂のため衰弱し、「実力」を象徴する武家を支配できなくなることである。王権が分裂して以降、婆娑羅(ばさら)大名のように、王権を無視したり、利用したりする者が出現する。『太平記』の作者には、後醍醐天皇の失政と敗北により、かつて武家の「実力」を抑制した王権の象徴力は積極性を失い、もはや「実力」に操られるものと映っていたのではあるまいか。だとすると、『太平記』は共同体が持つ王権分裂への不安を表現し、武家の社会的役割への問いに答える作品だと位置づけられる。言い換えれば、『太平記』とはこうした共同体の伝達装置として機能しているのである。

『太平記』は、そもそも元弘の乱を王権復活物語として描いた可能性が高いが、巻十二以降は、その性格が王権復活の失敗と王権エピステーメー破裂の物語へと変わっていく。[注(9)] そして、『太平記』は王権復活物語の典型性を失い、王権分裂の物語という最もユニークな軍記物語になる。もし、『太平記』が王権復活物語として書かれたのであれば、失敗作といえるかもしれないが、王権エピステーメー破裂への絶望と不安感を表現する伝達装置として意図されたと考えるなら、その価値を見逃してはならないと思う。

2 下剋上への道―「ヘテロトピア」としての『太平記』―

先述した伝達装置としての『太平記』の役割は、南北朝動乱を描く巻十二以降顕著になる。『太平記』のナラティブは「対」という構成に特徴づけられている。[注(10)] 『太平記』にはさまざまな「対」構成が見られるが、官軍対朝敵という対比がその代表である。また、前述した王権対実力もその一例である。だが、『太平記』は、官軍対朝敵という「対」構成を維持することが、次第に困難となる。そこで、典型的な「官軍対朝敵」ナラティブは断片化し、様々な「対」構成になっていく。例えば、北朝対南朝、尊氏対護良親王（もりよししんのう）、尊氏対新田義貞などの「対」構成が見られる。こうして『太平記』の描く世界では、絶望や不安感を与えるナラティブが次々に増えてゆく。[注(11)] 『太平記』における秩序逆転の過程とそれを反映する断片的なナラティブを、「下剋上への道」と私は呼びたい。下剋上とは前述した「実力」に支配される天下で、「ヘテロトピア」というフーコーの用語に共通点があるため、以下、その観点から『太平記』の構成が意味するものを考察したいと思う。

ここで、「ヘテロトピア」という言葉を説明したい。「ヘテロトピア」とは、ユートピアの対照で、理想的な空間ではなく、共同体の平穏にとって望ましくないものを持つような空間である。『太平記』は、文学としてそうした空間で、「天下太平」という王権的秩序の安定したユートピアを望む表現であるとともに、それを妨げるものが何であるかを理解させるテクストとしても書かれたと考える。また、そうした「望ましくないもの」は、下剋上の世を起こす武家の「実力」と守護大名、または怨霊である。このため、下剋上を「ヘテロトピア」と見なすことができる。

下剋上という「ヘテロトピア」の逆転ポイントは、巻二十五と二十六の境界線であるが、巻二十一以降は下剋上への道を表現する。巻二十一には、ナラティブの展開に二つの重要なエピソードがある。[注(12)] 第一は「天下時勢粧事（てんかじせいしょうのこと）」である。ここで公家は、もはや武家の「実力」に抵抗できず、武家の習慣を真似するようになる。[注(13)] これに対する作者の批判は、王権的秩序の逆転への絶望と不安感の表現にあたる。また、この批判は、「消極的王権」を支配するようになった「実力」の象徴である足利氏に向けられている。このエピソードは、「実力」を独占した武家が象徴力を独占する公家の上に立つ、王権的秩序の逆転を描く。足利氏への批判は巻二十一以降激しくなり、下剋上という「実力」の世を起こす事件と人物に焦点をあてる。『太平記』での王権、いわゆる「象徴」対「実力」の関係は、ここで明白なかたちをとって描かれる。

ここで注意したいのは、絶望と不安感から人々を解放する「ガス抜き」という文学技法である。[注(14)] この技法は特に鎮魂の時に出現する。『平家物語』の場合、灌頂巻（かんじょうのまき）の後白河院と建礼門院が出会う場面は、平家を鎮魂する「王権への反逆者の物語」を締めくくる。[注(15)] そこに読者を絶望と不安感から解放する「ガス抜き」効果を見ることができる。『太平記』の場合、巻四十の「光厳院禅定法皇斗藪事付同崩御々事（こうごんいんぜんじょうほうおうとそうのことつけたりおなじくほうぎょのこと）」が灌頂巻と構想・表現上の類似性を持つことはよく知られている。[注(16)] 本章段は「ガス抜き」機能を持つものと考えてよいだろう。このような「ガス抜き」がある一方で、逆に絶望や不安感を強調する文学技法もあると考えられる。これを「ガス詰め」という語を用いて説明してみたい。巻二十一の「天下時勢粧事」から巻二十五までは下剋上予告の部分で、「ガス詰め」機能を顕著に示すと考える。

巻二十一から二十五までの「ガス詰め」の一連のエピソードは、いわゆる下剋上という「ヘテロトピア」へ導く婆娑羅大名に焦点をあてる。[注(17)] 一例を挙げると、巻二十三の「土岐参向御幸狼籍之事（ときごこうにさんこうしてろうぜきのこと）」である。ここでは、「消極的王権」に対する「実力」の超越が明確に指摘される。このエピソードは土岐頼遠（ときよりとお）という武士が、光厳院の行列に狼藉を働くことを物語る。頼遠が「実力」の象徴、光厳院が「消極的王権」の象徴として解釈しても差し支えない。頼遠が光厳院に対する礼儀を守らず、思いのままに狼藉を働くことは、「積極的王権」と「消極的王権」に分裂した王権の無防備な状態の比喩として読めるのではないかと思う。作者にとって王権は、武家の「実力」を抑制する象徴的な権力を持つものであったが、巻十八の後醍醐天皇の敗北の結果、王権の絶対性は問われるようになる。その問いは武家に王権的秩序を逆転する可能性を提供した。要するに、作者は武家を「王権エピステーメー」の破裂に導く存在として理解したのではないかと考える。結局、「積極的王権」と「消極的王権」の分裂により、実力を象徴する武家がその分裂を利用し、王権を衰弱させた。その様相は巻二十一から二十五までのエピソードにおいて描き進められ、王権分裂の行方に対する絶望と不安感が増していく。これは「ガス詰め」の表現といえる。

第二のエピソードは「先帝崩御事（せんていほうぎょのこと）」である。王権分裂の収束を描いているように見えるが、実はそうではない。なぜなら王権の積極性の象徴後醍醐天皇は、怨霊になるからである。[注(18)] 世を安定させるには、怨霊を供養する必要があるため、後醍醐天皇が鎮魂されるまで『太平記』の太平、いわゆるユートピアは成立しない（ちなみに、『太平記』は一般的に下剋上と武家の「実力」に批判的であるため、統一された王権的秩序というのが『太平記』のユートピアであろう）。しかし、後醍醐天皇を鎮魂すると、ある矛盾が生まれる。後醍醐天皇を鎮魂すれば、同時に王権の積極性までも失われてゆくだろう。そうなると次の段階として、天下は、積極性のない王権しか残らず、いわゆる下剋上という「実力」の超越する秩序に覆われる。一方で、後醍醐天皇を鎮魂しない限り、世の混乱は続かざるをえない。要するに、後醍醐天皇を鎮魂してもしなくても、そこで訪れる天下の安定はユートピアとしては見なされない。

不統一の王権は、怨霊などの霊的な現象を防ぐことができない。そのため、王権が統一されない限り、天下を安定させる鎮魂は失敗を余儀なくされる。この失敗は、巻二十五の「天龍寺建立事付大仏供養事」において「鎮魂の不発」として描かれる。[注19] ここで、足利氏は勝利の象徴としての天龍寺まで壮麗な行列を仕立てて出向き、南朝の怨霊を供養する。しかし、その後、供養を行ったにもかかわらず、南朝の怨霊は世を混乱させ続ける。[注20] このことは巻二十六の「宮方怨霊会六本杉事付医師評定事」で明らかになる。巻二十五と二十六の境界線は、ナラティブが切断されていると見受けられ、巻二十六から開始する下剋上という「ヘテロトピア」の転換点になっている。[注21]

「ヘテロトピア」の過程、特に「鎮魂の不発」を説明するには、ルネ・ジラールの「ミメーシス」論と「犠牲的危機」論を適用してみたい。[注22] ミメーシス論は次のように説明できる。ある人があるものを欲望し、他人はその欲望を模倣する。そして、互いの欲望が進行し、そのあるものを取得するために二人は「ミメーシス的競争相手」になり、暴力に陥る。この「ミメーシス的暴力」が激しくなり、社会全体に広まっていく。争いが続くにつれ、最初の「あるもの」を取得するという目的が忘れられ、競争相手を抹殺することが第一の目的となる。その暴力は、結局、秩序と社会安定、そしてエピステーメー自体を脅かす。秩序の安定と復活のため、二人のうち一人が犠牲とならなくてはならない。争いの敗北者は、犠牲になることにより共同体を宥め、秩序が復活する。この過程全体を「犠牲的危機」という。

ジラールの「犠牲的危機」の完成段階は、鎮魂と供養にあたり、「対」構成で説明すると、朝敵の怨霊を鎮めることにより、官軍になった勝利者は、王権的秩序を復活させることで太平を保障する。『平家物語』は平家と源氏の武家棟梁争いを描く。両方が欲望する「あるもの」とは武家棟梁の地位で、両者は「ミメーシス的競争相手」にあたる。平家と源氏の争いは、社会全体に広まるため、源平争乱は明らかに「ミメーシス的競争相手」論を反映する。ジラールによると、争乱を止めて共同体を宥めるために、誰か一人は犠牲にならなくてはならない。平家は敗北し、犠牲者の役割を果たすのに対して、勝利した源氏と王権象徴の後白河院は正当化される。しかし、この「犠牲的危機」を完成させるには、鎮魂と供養が不可欠である。『平家物語』の灌頂巻は、平家の怨霊を鎮める機能を果たすため、ジラールの「犠牲的危機」論を完全に反映しているのではないかと考える。[注(23)]それを証明する例を取り上げる。「ミメーシス」論でいうと、北朝と南朝と、その代表者、後醍醐天皇と光厳院は、『太平記』の主要な「ミメーシス的競争相手」である。そして、「ミメーシス的競争相手」として、後醍醐天皇か光厳院か、どちらかが犠牲にならなければならない。日本の場合、その犠牲者が誰であるかを決めるのは供養と鎮魂の営みによるため、後醍醐天皇は亡くなったとしても、鎮魂されないかぎり、犠牲にはならない。そして、巻四十まで光厳院は生きているため、院が亡くなる「光厳院禅定法皇御茾籔事付同崩御々事」を見ていきたいと思う。

ここで光厳院は、吉野山において後醍醐天皇の後継者後村上天皇に会い、南北朝動乱と二人の関係を回想する。これは、灌頂巻における後白河院と建礼門院との出会いを想起させるだろう。行脚は「道行」と同じく、主人公の死を暗示するとともに、鎮魂への期待を含む叙述方法である。[注(24)]言い換えれば、その期待は「ガス詰め」機能の効果で、鎮魂自体は「ガス抜き」にあたる。そして、その鎮魂の対象は、後醍醐天皇とその南朝の臣下に他ならない。ここで、巻四十まで続く後醍醐天皇と臣下の怨霊から発せられた「ミメーシス的暴力」は、いよいよ鎮まり、太平の到来でナラティブが終結するだろうと思わせる。しかし、巻四十はまた暴力の再勃発を予告する。[注(25)]このため、ジラールの「ミメーシス」論が不適切なのか、我々は問わざるを得ない。

その答えは、巻二十五と二十六の間に潜んでいる。「ミメーシス」論は不適切ではなく、分裂状態の王権は、供養と鎮魂に神話的な力を与えられない。「消極的王権」は象徴のみで、供養と鎮魂の営みを実行できるのは「積極的王権」ではないかと思う。なぜなら、巻二十五の天龍寺建立とその供養は、「鎮魂の不発」に終わることを余儀なくさせるからである。そして、怨霊の指揮者は後醍醐天皇で、その怨霊は巻二十五以前とその次から始まる巻二十六以降のナラティブを繋ぐ存在であるため、巻二十六以降の動乱は南北朝動乱の「ミメーシス的暴力」の継続なのである。[注(26)]まさに後醍醐天皇というミメーシス的競争相手の怨霊を鎮魂するまで、王権が不統一の状態が続くため、下剋上という「へテロトピア」に対する絶望と不安感が終わらないのだと考えられる。

おそらく『太平記』は、最初は楽観的な、太平を希求する物語として構想されたのだろうが、王権分裂の問題が未解決のままであるため、結局その使命は失敗に終わる。巻二十五と二十六の境界線は、絶望と不安感の続く「ガス詰め」機能から解放されない下剋上という「ヘテロトピア」になる転換点である。巻二十六以降は、十四世紀の「ミメーシス的暴力」と怨霊などが太平を妨げる、望ましくない状況を解釈し、ユートピアを可能にするための道筋を示すために書かれたのではないかと考えられる。このように『太平記』は、「王権的秩序」という理想的な「太平」を復活させようとするが、王権分裂、すなわち「対」構成を代表する両朝の統一まで、『太平記』の「太平」は到来しないまま、不完全な状態で終わる。この点で、『太平記』の巻二十六以降の「ヘテロトピア」は、暴力とその脅威に襲われた十四世紀を的確に描写している。

3 『太平記』に見る観応擾乱と「草創の不発」

『平家物語』と『太平記』は、王権秩序復活物語であるとともに、幕府草創の物語でもある。『平家物語』とその異本は、平家の崩壊により王権秩序の復活を描きながら、直接源氏の幕府草創を取り上げないにもかかわらず、その草創は自明なものとして描かれる。こう考えると、草創という言葉は王権復活物語にとって不可分なものだと思う。例えば、『太平記』では、鎌倉幕府と後醍醐天皇の建武新政の両方が、草創として概念化される。▼注(27) 建武新政の場合、後醍醐天皇の支配は自らが皇族であるという事実から発するのに対し、正式な幕府が王権により正当化されずに草創するのは不可能だと考える。だが、室町幕府は本質的に違う。ここで、幕府の統一性を阻んだ観応擾乱を見ることにより、その違いを検討していきたい。

フーコーのいう「エピステーメー破裂」を簡潔にまとめると、社会を束縛する思想の枠組みは、エピステーメー破裂により緩くなり、共同体はその枠組みと社会的矛盾を徐々に認識するようになるとともに、それを作り変える可能性を高める、ということになる。[注(28)] そして、この過程を活性化させたのは、観応擾乱などの「エピステーメー破裂」で、十四世紀のあらゆる政治体制の変動が、その破裂から生まれたと考えられる。鎌倉幕府の草創には王権分裂である「エピステーメー破裂」がなかったため、それに直面する必要はなかった。[注(29)] 逆に王権を支持することにより、その草創には王権の神話性が吹き込まれ、鎌倉幕府は日本史で神話的な位置を配分された。これに対して室町幕府は神話的な位置を配分されない。なぜなら、足利氏は北朝と南朝の争いを促し、結果として王権の消極性を利用したためである。王権を支持するどころか、自分の「実力」をテコにして、「実力」の超越する天下を生みだした。[注(30)] 室町幕府に対して、草創という言葉を使えるかどうか自体が疑わしい。

『太平記』は、室町幕府草創の不可能性を下剋上により指摘する。下剋上というと、王権的秩序の階層の逆転を表現する言葉である。武家の「君」としての足利将軍家が社会の頂点に立ったとしても、実際に支配するのは、他ならぬ「臣」の守護大名たちをはじめとする武家であった。例えば、高氏と佐々木氏などの数多くの大名は、朝廷の権利を奪い、公家・寺社領の横領をもくろんだ。しかし、足利尊氏はそれを阻止するどころか、支配権を守るために従者を維持したり集めたりする必要があるため、彼らの欲望をほとんど認めざるを得なかった。そうしないと、弟の直義に従うことになる恐れがあった。[注(31)] それに加えて、足利兄弟は、それぞれ異なる権限を持つため、「両頭政治」の中で派閥争いが出現した。[注(32)] 武士たちは尊氏と直義にそれぞれ従い、自分の欲望が叶うように行動した。『太平記』はこれらの社会的矛盾が、観応擾乱の原因の一つだと見抜いている。『太平記』では武家の棟梁は従者に支配され、ましてや「君」であるべき北朝の天皇も、「臣」としての将軍に支配されるため、王権は副次的なものになり、王権的秩序が逆転する。この逆転した秩序が下剋上にあたる。

下剋上の世では、王権的秩序に不可分の草創が成り立たないため、草創という言葉を用いることは不適切のように見える。尊氏は主従制的支配権を握り、その一方で直義は統治権的支配権を握っていた。王権分裂がその神話性を衰弱させたのと同じように、室町幕府の両頭政治も幕府の力を衰弱させた。それだけではなく、室町幕府の正当性は分裂した王権によるため、王権の神話性から強化されることがない。巻三十で、足利直義の死によって尊氏のもとで幕府が統一されても、王権の分裂した状態が続く。草創は天下を静謐させ、王権的秩序を復活させるはずなのだが、巻三十一以降、守護大名の間の闘争が続くため、本当の草創ではないように見える。こう考えると、巻二十五の「鎮魂の不発」が下剋上の原因であったことと同じように、巻二十六から巻三十までの観応擾乱ナラティブは、「草創の不発」が南北朝動乱の継続の原因だと語っているのではないかと思う。

「草創の不発」と「鎮魂の不発」を表すものとして、巻二十六の「宮方怨霊会六本杉事付医師評定事」を見てみよう。ここでは護良親王とその仲間が、天狗として足利方の人々に乗り移り、天下を乱す計画を立てていることを、ある僧が偶然目撃する。このエピソードに、「草創の不発」を起こすキーポイントがある。『太平記』では、直義、高兄弟、上杉、畠山など、巻二十六からのナラティブの主人公たちが、南朝の怨霊にとりつかれることにより、観応擾乱が引き起こされたとされる。

「鎮魂の不発」が「草創の不発」と関連性を持つ理由は、怨霊の定義から分かる。怨霊は、曖昧な存在で歴史を動かす力を持つものである。[注(33)] この場合、その曖昧さは、王権の守護神と破壊神の二元的性格にあたると思う。中世の人々にとって、天狗は怨霊のような存在であり、怨霊と同じような二元性を持つ。王権的秩序を崩壊させたり、その復活を妨げたりする力を持っているため、非常に危険なものだと思われていた。そして、煩悩を抱いたまま死んだ僧は、天狗に転生する可能性が高い。[注(34)] 後醍醐天皇や護良親王などは、天下を取り戻したいという煩悩を抱いて亡くなったことから、彼らが天狗に転生し、争乱の原因を作ったと『太平記』が描くのは自然なことであろう。結果として、南朝の天狗たちは、幕府にかかわっている人々に乗り移り、幕府を分裂させる観応擾乱を引き起こす。こう考えると、本当の草創は、統一された王権と統一された政権によらなければ成立しないのではないかと考えられる。『太平記』では、直義の死により室町幕府の政権は統一されたにもかかわらず、天狗は王権的秩序の復活を妨げ続けるため、足利氏の行おうとした鎮魂は「不発」に終わる。

ここで鎮魂と草創の関係を異なる角度から分析したい。およそ千八百年前に、ギリシャに同じような概念があった。それは「ファーマコン」と「ファーマコイ」である。「ファーマコン」は魔法使いのような存在で、「ファーマコイ」という犠牲者を神に生け贄として捧げた。その儀式は「ファーマコス」と呼ばれ、社会秩序や神話を維持する目的を持つものだとされている。この儀式はジラールの「犠牲的危機」を阻止する機能にあてはまる。▼注(35)

日本では、供養が同じような儀式だといえる。怨霊はファーマコイ、勝利者と供養を行う僧はファーマコン、さらに供養はファーマコスにあたる。供養を行うことによって敗北者の怨霊が鎮魂され、勝利者は政権を正当化しながら、王権的秩序を回復させる。『太平記』の場合、「天龍寺建立事付大仏供養事」は供養であるが、「鎮魂の不発」により「犠牲的危機」が続く。観応擾乱は王権分裂の延長線上の出来事で、巻二十六に出現する敗北者の怨霊や、その中心にいる後醍醐天皇が皆鎮魂されるまで、南北朝動乱は続くほかないものとされる。

結果として王権の神話性は分裂し、もはや霊的な現象から社会を守れなくなり、怨霊が天下を乱す可能性が生まれる。こう考えると、供養は王権神話と王権的秩序を支持する一部として、その復活に何より重要な行為であるが、足利氏の下剋上の世では統一された王権がないため、王権的秩序に不可分の草創も成り立たないと『太平記』は主張しているのではないかと考える。こういうわけで、『太平記』には結末にいたるまで、観応擾乱以来の室町幕府の不安定な状況が続き、決して草創の実現は描かれない。まさに、『太平記』の結末の分かりにくさは、この「鎮魂の不発」とそれに関連する「草創の不発」に起因するのではないかと思う。

おわりに

本稿では三つの話題を取り上げた。ここまで述べたように、『太平記』は「エピステーメー破裂」に対する絶望と不安感の「伝達装置」として、争乱を生き抜いた十四世紀の人々の多岐にわたる感情を読者に経験させるテクストである。つぎに、フーコーの「ヘテロトピア」説、そしてジラールの「ミメーシス」論と「犠牲的危機」論を利用することにより、足利氏の天龍寺供養が「鎮魂の不発」に終わり、それが下剋上の原因となっていることを分析した。これらの検討をもとにして、室町幕府の「草創の不発」を取り上げ、その不発は巻二十五の「鎮魂の不発」を起こした王権分裂にさかのぼることができることを指摘した。このように考えると、『太平記』は『平家物語』のような王権秩序の復活物語とは異なり、王権分裂という「エピステーメー破裂」を代表する下剋上の物語で、新時代を的確に描く画期的なテクストであるといえる。

【注】

（1）本稿は、長谷川端ほか編『神宮徴古館本　太平記』（和泉書院、一九九四年）をもとにする。

（2）北条氏を平家とする例は次の通りである。巻一「先代草創事付後醍醐天皇御事」に、「爰本朝人皇の始、神武天皇より九十五代の帝、後醍醐天皇の御宇にあたつて、武臣相摸守平高時といふ者あり」。巻九「番場自害事」に、「仲時不屑なりといへとも、平氏一類の名をけかせる身なれは、敵定て我首をもて千戸の侯も進すらん、早く仲時か首をとりて源氏の手えわたし、咎をおきのつて忠にそなへ給へ」など。新田と足利を源氏とする例は次の通りである。巻七「新田義貞賜綸旨事」に、「上野国住人新田小太郎義貞と申は、八幡太郎義家に十七代の後胤、源家嫡流の名家なり、然而、平氏世をとつて四海みな其威に服する時節なれは、力なく関東の催促にしたかつて、金剛山の搦手にそ被廻ける、爰、何なる所存か出来けん、或時執事船田入道義昌をちかつけて宣けるは、古より源平両家朝家につかへて、平氏世をみたる時は源家之をしつめ、源氏上をおかす時は平家之をおさむ、義貞不屑なりといへとも、門楣として譜代弓矢の名をけかせり」。巻九「足利殿御上洛事」に、「足利殿此事によつて心中に憤思はれけるは、我去年は、父讃岐守貞氏頓滅の事あつて未三月を過されは、悲歎の涙乾さるに忽に責上られ、又今年は病労の気身をおかして負薪の愁いまた止さる処に、征伐の役にしたかつて相催さるゝ事こそ遺恨なれ、時移り事変して貴賤位を易といへとも、彼は北条四郎時政か末孫なり、人臣にくたつて年久し、我は源家累葉の貴族なり」など。

（3）Foucault, Michel. *The Order of Things: An Archaeology of the Human Sciences*. New York: Tavistock Publications, 1970, p. xxii.

（4）大津雄一『軍記と王権のイデオロギー』（翰林書房、二〇〇五年）三六―三七頁。
（5）Foucault, *The Order of Things: An Archaeology of the Human Sciences*, p. xxii.
（6）大津雄一『軍記と王権のイデオロギー』三四―三七頁。
（7）巻十六「尊氏卿上洛事付同御瑞夢事」。
（8）中西達治『太平記の論』（桜楓社、一九九七年）一五〇―一五一頁。
（9）大津雄一『軍記と王権のイデオロギー』一九六頁。
（10）谷垣伊太雄『太平記論考』（和泉書院、二〇〇九年）所収「『太平記』の視点」。
（11）佐倉由泰「『太平記』の「気」」（佐伯真一編『中世軍記物語と歴史叙述』竹林舎、二〇一一年）。
（12）長谷川端『太平記―創造と成長』（三弥井書店、二〇〇三年）七七頁。
（13）巻二十一「天下時勢粧事」に、「されは、納言宰相なと路次に行合たるを見ても、声をまなひ指をさして軽慢ける間、公家人々、早晩しか云も習はぬ坂東声に語をつかひ、着も馴ぬ折烏帽子に額をあらはして、武家の人に紛としけれとも、立翔へる躰遉に青躰て、額付の跡以侶たれは、公家にも付す武家にも似す、只都鄙に歩をうしなふ人のことし」。
（14）山下宏明『軍記物語の生成と表現』（和泉書院、一九九五年）三四一頁。大津雄一『軍記と王権のイデオロギー』七〇―七一頁。
（15）大津雄一『軍記と王権のイデオロギー』所収「後白河法皇の涙」参照。
（16）中西達治『太平記の論』一二八―一三四頁。
（17）「佐渡判官入道流罪事」「法勝寺塔炎上事」「塩谷判官讒死事」「土岐向御幸狼籍事」「高土佐守被盗傾城之事」など。
（18）巻二十三「上皇祈精直義病悩之事」に、「暦応五年の春の比、都に疫癘家々に満て、人の病死する事不如数、是直事に非すと人怪を成すに合せて、吉野の御廟より如車輪光物出て、遙に都へ飛渡と夜々人の夢に見けれは、何様先朝の御怨霊なるへしと、人皆恐を成ける処に」。
（19）藤巻尚子「『三国志演義』と『太平記』における怨霊と聖地―関羽・新田義興の比較、付アーサ王伝説との類似性」（『軍記物語と歴史叙述』所収）参照。
（20）『結城文書』（大日本史料六―九）中の「天龍寺供養日記」参照。
（21）小秋元段『太平記・梅松論の研究』（汲古書院、二〇〇五年）七六頁。

（22）Girard, Rene. *Violence and the Sacred*. Baltimore: Johns Hopkins University Press, 1979, chapters 1-2. 日本語版は、ルネ・ジラール『暴力と聖なるもの』。

（23）大津『軍記と王権のイデオロギー』二一七頁。

（24）高橋文二『物語鎮魂論』（桜楓社、一九九〇年）。

（25）巻四十に「左馬頭基氏逝去事」「三井衆徒訴詔事」「冣勝講砌喧嘩事」「将軍義詮損館事」などの不吉な事件を描くエピソードがある。

（26）松尾剛次『太平記―鎮魂と救済の史書』（中央公論新社、二〇〇一年）三―四頁。

（27）巻三「主上御夢事付楠事」に、「主上万里小路中納言藤房卿をもて仰られけるは、東夷征罰の事子細あつて正成を憑欲され、勅使を立らる、処に、時刻を移さす馳参る条、睿感浅さる所なり、抑天下草創の事何なる謀をめくらしてか、勝利を一時に決し、太平を四海に致さるへき、所存を残さす申へしと、勅定有けれは、正成畏て申けるは、東夷近日の大逆、只天譴をまねき候うへは、衰乱の弊にのりて天誅を致れむに、何子細か候へき、但天下草創の功は、武略・智謀の二にて候、若勢をあはせて戦は丶、六十余州の軍勢をあつめて武蔵・相摸の両国に対すとも正く勝ことを得かたし、若謀をもて争は丶、東夷の武力、利をくたき堅をやふる中を出す、是欺にやすくして懼にたらぬ処なり、合戦の習にて候へは一旦の勝負をは必も御覧せらるへからす、正成一人生て在と聞食され候は丶、聖運は終に開かるへしと、思食され候へと、憑気に申て正成は河内え帰にけり」。これに加えて、幕府に対する草創は巻五「相摸入道翫犬事付北条四郎時政事」に、「抑時已に澆季におよむて武臣天下の権をとる事、源平両家の間におちて已に度々におよへり、然而、天道盈をかく故に、或は其時一代にして亡ひ或は一世を不待して失へり、今相摸入道の一家天下をたもちて已に九代およへる事故あるへし、鎌倉草創の始、北条四郎時政、榎嶋に参籠して、子孫の繁昌をいのる事切なり」など。

（28）Foucault, *The Order of Things: An Archaeology of the Human Sciences*, p. xx.

（29）平家は王権的秩序を変えようとしたが、清盛は王権を消滅させる意図はなかっただろう。このため、平家はある意味でエピステーメー破裂であるが、王権分裂ほど極端な状況は引き起こさなかった。

（30）巻十五「将軍都落事付薬師丸皈京事」に、「倩事の心を思案するに、只高氏浸空に朝敵たる故也、さらは何ともして持明院殿の院宣を申玉はて、天下を君と君との御争に成して、合戦を致はやと思也」。

（31）Conlan, Thomas D. *From Sovereign to Symbol*. Oxford University Press, 2011, pp. 118-22.

（32）佐藤進一『日本歴史　九　南北朝の動乱』（中央公論社、一九六五年）参照。

（33）北村昌幸『太平記世界の形象』（塙書房、二〇一〇年）三三三頁。

（34）Wakabayashi Haruko. *The Seven Tengu Scrolls: Evil and the Rhetoric of Legitimacy in Medieval Japanese Buddhism*. Hawaii: University of Hawaii Press, 2012, chapter 2.

（35）Girard, *Violence and the Sacred*, p. 290.

2

『太平記』巻二十七「雲景未来記事」の編入過程について

●小秋元段

こあきもと　だん
現職○法政大学文学部教授
研究分野○日本中世文学・書誌学
著書等○『太平記・梅松論の研究』（汲古書院、二〇〇五年）、『太平記と古活字版の時代』（新典社、二〇〇六年）など。

◉要旨

観応擾乱の展開を予言する記事である巻二十七「雲景未来記事」には、その有無と配列をめぐり、諸本の大幅な異同がある。この記事は、神宮徴古館本・玄玖本になく、神田本・西源院本には巻末に、その他の諸本には巻の半ば「左兵衛督欲誅師直事」の前に置かれている。従来の見解では、神宮徴古館本の形態を最古態とし、神田本のごとき形態をそれに次ぐ段階、他の諸本の形態を最終的な姿を示すものとされてきた。

だが、神田本の形態で「雲景未来記事」を読み進めたとき、気になる点が一つ出てくる。記事中の太郎坊と雲景の問答のなかで妙吉侍者のことが話題になる部分があるのだが、そこで妙吉は「村雲の僧」と呼ばれている。しかし、この「村雲の僧」が妙吉をさすことについては、神田本の本文では一切説明がなされていない。考えてみればこれは不可解なことで、「雲景未来記事」をはじめて増補する本であれば、「村雲の僧」が妙吉をさすことの説明を事前に適切に行っていてもよさそうである。

一方、吉川家本の巻二十六「妙吉侍者事」には、妙吉が「一条堀川村雲橋ト云所ニ寺ヲ立テ」という記述があり、これに従えば、「村雲の僧」が妙吉をさすことは自然に了解される。「雲景未来記事」を最初に増補した本には、このような説明づけが本文中になされていたのではないか。吉川家本は最古態の本文を伝えるものではないが、巻二十七の基底となっている本文は神宮徴古館本等のそれと同じものである。このことから、吉川家本は「雲景未来記事」をはじめて増補した本の形態を継承していることが推測される。また、吉川家本の「雲景未来記事」は「左兵衛督欲誅師直事」の前に配置されている。だとすると、「雲景未来記事」はまず「左兵衛督欲誅師直事」の前に置かれ、観応擾乱の発端部ですべての事件展開を予言する記事として増補されたものと考えられる。これを巻末に置き、貞和五年の政変を語ったあとに増補する神田本等の形態は、本来的なものと見ることはできない。

1　はじめに

今日にいたる『太平記』の本文研究は、鈴木登美恵氏による諸本の四分類法の提唱[注(1)]と、鈴木氏と長谷川端氏による古態本の研究・公刊[注(2)]によって、多くの恩恵を受けてきた。『太平記』の諸本は四分類法により古態本とその他に整理され、甲類本のなかでも神田本と神宮徴古館本・玄玖本を見くらべてゆくことにより、古態の本文を概ね想定できるという認識が研究者間に共有されている。もちろん、それに異論はない。だが、より細かく見るならば、本文の古態性は巻によって事情を異にする。巻四・三十六・三十八の三巻においては、甲類本よりも乙類本の方に古態の本文が保たれている。[注(3)]筆者にその注意を促したのは、本文に残された微妙な矛盾の存在である。当該の諸巻では甲類本の本文に辻褄の合わないところがあり、それらは先行する本文を改編した際に生じた不整合と判断される。そして、その先行する本文は乙類本に残されていたのである。

本稿も微妙な矛盾に着眼するという方法で、巻二十七の諸本の本文の先後関係を考察するものである。ただし、本巻において神宮徴古館本・玄玖本が最古態の本文をもつことは動かしがたい。検討の対象とするのは、神田本・西源院本の位置づけである。すなわち、「雲景未来記事」[注(4)]を巻末に置く神田本・西源院本が、「雲景未来記事」をもつ諸本のなかで、果たして古態を保っているのかということを問いなおしたい。

2　巻二十七の異同の概要

『太平記』巻二十七は、楠正行を討ち、幕府内で擡頭する高師直と、幕府の実権を握る足利直義との抗争を描いている。両者の抗争は、すでに巻二十六のなかの、仁和寺六本杉に会合した天狗の謀議の記事によって予告されていた。

巻二十七の構成を神田本の本文中の章段名によって示すと、**図1**のようになる。その内容は巻の半ば、「直冬西国下向之事」と「天下怪異之事」との間で大きく二つに分けられる。山場は高師直がクーデターを決行し、足利直義を失脚させる後半にあり、前半はいわばその前史にあたる。ちなみに乙類本のうちの多くの伝本は、「直冬西国下向之事」までを巻二十六、「天下怪異之事」からを巻二十七とし、この部分に内容上の区分を認めている。

巻二十七は諸本の中でも異同の大きい巻で、大規模な異同は後半に集中している。その要点をいえば、「雲景未来記事」の有無と位置、そして基底となる詞章の繁簡である。図1に示したとおり、神田本・西源院本の巻末にある「雲景未来記事」(「出羽雲景記天狗語事」「天下恠災之事」の二章段)は、神宮徴古館本・玄玖本・京大本には存在しない。一方、神田本・西源院本以外の「雲景未来記事」をもつ諸本は、これを「山門釈迦堂長講伴天狗事」と「左兵衛督欲誅師直事」の間に置いている。このほか、南都本・天正本・流布本にはさらに相違があるのだが、その詳細は図1の注記にとどめ、ここでは触れない。

「雲景未来記事」は羽黒の山伏雲景が愛宕山で天狗の太郎坊から、これから起こるであろう師直のクーデターと、その後の師直の敗死、さらには正平一統までの見通しを聞き、これを未来記にまとめたという「出羽雲景記天狗語事」と、師直のクーデターに先だち八幡宝殿の振動、天文の異変、奇怪な電光の出現などがあったとする「天下恠災之事」から成っている。つまり、師直のクーデターにはじまる観応擾乱全体に対する予兆記事としての役割をもつものであるが、神田本・西源院本によるかぎり、師直のクーデターの記事のあとに置かれ、実はこれに先だちこうした未来記が著され、異変があったのだと、過去にさかのぼるかたちで叙述されている。それが、一応違和感なく読めるのは、太郎坊の未来予告が巻二十八以降に描かれる内容をも含んでいるためだろう。一方、神田本・西源院本以外の諸本のかたちによるならば、「雲景未来記事」は「天下怪異之事」から「山門釈迦堂長講伴天狗事」までで記された怪異記事とひと続きのものとして認識されていることになる。そして、師直のクーデターを誘発する出来事となった、直義による師直暗殺未遂事件を描く「左兵衛督欲誅師直事」の前にあって、「雲景未来記事」は観応擾乱全体を予兆する

図1　巻二十七の記事構成と主な異同（神田本の本文中の章段名による）

賀名生皇居之事
執事師直師泰兄弟奢侈之事
枝橋山荘之事
鋳塔之九輪於鑵子之事
上杉畠山猜高事
卞和璧之事
廉頗藺相如事
妙吉侍者事
秦始皇求蓬莱事
咸陽宮之事
徐福文成偽之事
始皇帝龍神退治之事
趙高謀叛之事
直冬西国下向之事
天下怪異之事
清水寺炎上之事
田楽桟敷崩倒之事
山門釈迦堂長講伴天狗事
左兵衛督欲誅師直事
高師泰自河内国上洛之事
高師直囲大樹事
妙吉侍者逐電之事
足利右兵衛佐直冬筑紫落之事
〔足利直義出家、玄恵法印死去〕
上杉畠山遠流之事
出羽雲景記天狗語事
天下恠災之事

※本稿では、この二章段を「雲景未来記事」と略称する。

南都本系は「天下恠災之事」に相当する記事をこの部分に置く（「出羽雲景記天狗語事」はもたない）。乙類本諸本は二章段に相当する記事をこの部分に置く（慶長八年刊古活字本以降は、「天下恠災之事」に相当する記事を「清水寺炎上之事」と「山門釈迦堂長講伴天狗事」の段末に分けて配置）。天正本系は二章段をこの位置に置くが、「山門釈迦堂長講伴天狗事」に相当する記事がない。

天正本系・南都本系とその影響を受けた諸本には、この間に足利義詮が関東より上洛する記事がある。

玄玖本・神宮徴古館本・京大本等にこの二章段はない。

天正本系・南都本系とその影響を受けた諸本には、巻末に「大礼事」がある。

記事としての役割を果たしているのだ。

詞章に関しては大きく異なる二系統が存在する。一方は簡略な形態で、一方は詳細な形態である。ここでは仮に簡略な方をA型、詳細な方をB型と称することにしよう。巻二十七後半の本文を見てゆくと、諸本はA型とB型のどちらかの形態を基底としていることがわかる。その具体的な姿を理解するために、ここでは「高師直囲大樹事(こうのもろなおたいじゅをかこむこと)」のなかから、師直のクーデターに際して直義邸に参集した武士を列記したくだりを見てみよう。まずはA型の神田本である。

> 去程に洛中に八只今かせん有べしとひしメキたつて、八月十二日ノ宵より、数万ギノ兵共、上下へはせ違フ、マヅ三条とのへ参りける人々ニハ、石堂入道　上杉いつの守重能　同左馬助　畠山大蔵小輔直宗　石橋左兵衛佐　高南遠江守　大高いよの守　嶋津四郎左衛門　曾我左衛門尉　饗庭弾正小弼尊宣（饗庭命鶴丸イ）　梶原河内守　須加（賀イ）左衛門　齋藤左衛門大夫　ヲ始として、日来より弐ヲ存ぜさる人々已上三千ヨキ、三条殿へトはせ参る、

一方、これに相当するくだりがB型では以下のように詳細となる。ここでは南都本をもって示そう。

> 去程ニ洛中ニハ只今合戦有ヘシト周章騒テ、貞和五年八月十二日ノ宵ヨリ、数万騎ノ兵、上下ヘ馳違フ、馬ノ足音草摺ノ音、鳴休間モ無リケリ、先ツ三条殿ヘ馳参ケル人々ニハ、吉良左京大夫満義、同上総三郎満貞、石堂中務大夫頼房、同右馬助頼直、石橋左衛門佐和義、子息治部少輔宣義、尾張守高経、子息左近大夫将監氏頼、桃井刑部大夫直常、同三郎直頼、細川刑部大夫頼春、同兵部大夫顕氏、荒川三河守詮頼、畠山大蔵少輔直宗、岩松治部大夫直国、吉見治部少輔氏頼、上杉伊豆守重能、同弾正少弼朝房、同弾正忠朝定、高土佐守師秋、長井大膳大夫広光、同治部少輔時春、嶋津四郎左衛門尉、秋山新蔵人光政、千秋三河左衛門大夫惟範、和田越前守宣茂、須賀壱岐守清秀、宍戸安芸守朝重、二階堂美濃守道行、佐々木豊後守、同四郎左衛門尉、狩野三郎、里見蔵人義宗、

苅田美作守宗清、波多野下野守宣直、同因幡守道貞、根津小次郎行貞、斎藤左衛門大夫知康、飯尾修理進入道、饗庭命鶴丸ヲ始トシテ、両殿ノ近習格勤ノ輩ニ至マテ、其勢七千六百余騎、轅門ヲ固テ扣タリ、

両者の違いは一目瞭然である。加えてB型には、「足利右兵衛佐直冬筑紫落之事」と直義出家の記事の間に「左馬頭殿御上洛事」があり、さらに巻末に「大礼事」が存在している。このようにB型は大幅に増補された形態といえるのである。

以上、巻二十七の諸本の本文を分類してみると、**表1**のとおりとなる。諸本はまず「雲景未来記事」の有無と位置とによって三つの形態に大別できる。そして、「雲景未来記事」をもたない諸本、巻末に置く諸本においては、南都本を除き、すべてA型の詞章を基底としている。一方、「雲景未来記事」を「左兵衛督欲誅師直事」の前に置く諸本では、吉川家本を除き、すべてB型の詞章を基底とする。なお、吉川家本はA型を基底としつつも巻末に「大礼之事」をもつため、表1では「A（＋B）」と表記した。この点は後に詳しく触れたい。

表1　巻二十七における諸本の系統

※A・BはA型・B型を示す。

「雲景未来記事」なし	「雲景未来記事」巻二十七巻末に位置	「雲景未来記事」「左兵衛督欲誅師直事」の前に位置
・神宮徴古館本A ・玄玖本A ・京大本A ・南都本B（ただし、「天下恠災之事」はある）	・神田本A ・西源院本A	・吉川家本A（＋B） ・今川家本B ・前田家本B ・米沢本B ・毛利家本B ・梵舜本B ・流布本B ・天正本B

3　巻二十七の本文異同にかかわる主な先行研究

巻二十七の本文異同をめぐる先行研究のなかで、最も重要なものは鈴木登美惠氏の論考「太平記の本文改訂の過程―問題点巻二十七の考察―」である。▼注(5) 鈴木氏はまず記事構成のうえから諸本を六分類し、さらにこれに詞章の形態も加味し、全体をつぎのように九分類した。

第一類　玄玖本・松井本
第二類　京大本・豪精本・金勝院本
第三類　西源院本・織田本・神田本
第四類　南都本・相承院本・教育大本・内閣文庫本・簗田本・正木本
第五類　前田家本・毛利家本・釜田本・今川家本
第六類　米沢本
第七類　梵舜本・天理本・神宮文庫本
第八類　流布本
第九類　天正本・義輝本・野尻本

そのうえで鈴木氏は、「雲景未来記事」をもたない玄玖本・京大本の類より西源院本の類が派生し、これとは別に「雲景未来記事」のうち「天下恠災之事」しかもたない南都本の類から前田家本の類が、さらには前田家本の類から米沢本・天正本の類が生まれたとする見解を示した（**図2**）。そして、玄玖本と南都本の先後関係については、玄玖本の方

図2　鈴木登美恵氏の想定した諸本の先後関係

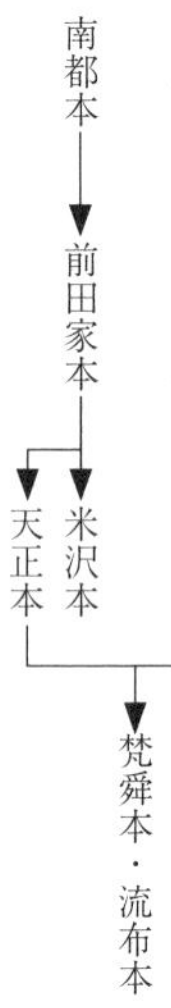

に最も古い形態があるとしながらも、玄玖本系列の一本から南都本の類が生まれたのではなく、差異の著しい二系列の本文がかなり古くより存在していたと説いた。

『太平記』には早い段階より系統を異にする二つの本文が存在したというのは、鈴木氏の提唱する重要な所説である。[注(6)]ただし、巻二十七において玄玖本と並び立つ一方の系統の祖に南都本を認めることはためらわれる。筆者はかつて南都本の本文を検討し、同本が巻十三・十七・二十七では西源院本の、巻十二・十五・十六・二十六・二十七では天正本系の影響を受けていることを指摘した。[注(7)]巻二十七に関していえば、南都本の本文は当初、玄玖本のごとき形態をもっていたが、西源院本系により「天下恠災之事」を増補し、さらに天正本系によって本文を全面的に改修したものと考えられる。つまり、巻二十七における一方の系統の祖型は南都本ではなく、天正本にあるというべきなのだ。A型の玄玖本に対して著しい差異をもつB型の本文形態は、全編にわたって本文改編の志向を強くもつ天正本があってこそ、はじめて生みだされたというわけだ。以上の関係を図示すれば**図3**のとおりとなる。

巻二十七の本文に関する主要な研究の来歴を見てきた。南都本系の位置づけについては注意を要するものの、「雲景未来記事」をもたない神宮徴古館本・玄玖本の古態性の優位は動かない。以下、この「雲景未来記事」の位置をめぐる問題を、編入の過程という観点から検討してゆこう。

図3　巻二十七における玄玖本と南都本の関係

4　「雲景未来記事」の位置と評価

まずは、「雲景未来記事」における愛宕山の太郎坊の未来予見を確認しておく。

雲景重て問フやう、さてかやうなる世ニて候らへハ、是非も有まじキニて、今比人ノ申さたし候ブケ主従ノ霍執、始終ハ何レか理ニか成候べキ、又仏神も御綺ヒ候まじキやらんと申けれハ、さのミいかが仏神ならて行末迄の事ヲハしるべキなれ共、村雲の僧の事可忩之由申しかは、何様ニ目ヲ驚スほとのふしギハ可㆓出来㆒、道理僻事ハ以前申つる如ク、とても末世の風俗、上下共ニ不当不善の行跡なれハ、孰如理有べし共申かたし、其ゆへハ武家も君主ヲ軽シ奉れハ、執事家人等も武将ヲ軽スル事、末代ニてハ同し事也、有まじキ事ならス、①然共今度ハ地口天心ヲ呑ト云フ事アレハ、何にも下剋上の時分ニて下勝ヌヘシト申ければ、雲景重て申やう、さてハ下ノ道理ニて僻事上ニ逆て、天下ヲわがまゝニ治ムベキかととへハ、いやさハ又有まじ、末世乱悪ノ儀ニて先下勝テ上ヲ可犯、②され共上ヲ犯ス科モのかれかたけれハ、重て下科ニ伏スヘシ、是より当代公家武家忽ニ変化シテ大逆有べしと申せハ、さてハ武家の代尽て君天下ヲ治メさせ給ふべキかととへハ、それハいさしらス、③今日明日武運モ尽べキ時分ならねハ、南朝の御治世ハ何とかあらんすらん、大変ハ何にも此中ニ有へしト申けるヲ、（神田本による。以後、断りのない場合は同じ）

人々の間で持ちきりの武家主従の確執はこの先どうなるのかという雲景の問いに、太郎坊は傍線部①で、下剋上の時勢に従ってまず師直が勝つであろうと予見する。しかし、太郎坊は傍線部②で師直の滅亡と、そのあとに公家・武家の立場に逆転が起こることも予告する。これはいうまでもなく、正平一統（しょうへいのいっとう）により、南朝軍が一時的に京都を制圧することをさす。しかし、傍線部③にあるとおり、南朝の天下は長続きしないとも語られており、太郎坊の未来予測が正平一統の破綻までを見とおすものであったことがわかる。

神田本・西源院本では本記事が巻二十七の巻末にあるため、傍線部①に相当する出来事はすでに叙述されている。それを「出羽雲景記天狗語事」では、雲景が愛宕山で太郎坊より未来予告を聴聞したのが貞和五年六月二十日、未来記をしたためたのが閏六月三日のことと記し、さらに「天下恠災之事」に描かれる怪異を六月三日から閏六月五日にかけての出来事であったと記すことにより、師直のクーデター（八月十二日）に先だつものであったと説明しているのである。神田本・西源院本ではこの日付から、太郎坊の未来予告が師直のクーデターよりも先になされていたことが了解できる仕組みになっている。また、前述のとおり、事後に未来記の記事が掲出されていても一応違和感なくこれが読めるのは、未来記の内容が傍線部②③にあるように、巻二十八以降の内容をも含んでいるためだ。これに対して、「雲景未来記事」が「左兵衛督欲誅師直事」の前にある諸本では、師直のクーデターに先だって未来記が置かれることになるから、時間の流れのうえでも、物語展開のうえでもより自然な構成を示しているといえよう。

鈴木登美恵氏は前引の論考で、諸本における「雲景未来記事」の位置をめぐる評価も行っている。そのなかで鈴木氏は、「雲景未来記事」を巻末に増補した西源院本の段階では、同記事が全体の構想に結びつく位置を与えられていないと述べる。それが「左兵衛督欲誅師直事」の前に置かれる段階になると、雲景と太郎坊のやりとりは、これより前に起こった四条河原田楽桟敷倒壊事件や、このあと起こる直義と師直の抗争に呼応し、同記事が構想の展開に関連するようになったと評価する。鈴木氏はこうした形態の本文が成立するのは「かなり後の前田家本の類の段階に至ってから」と述べており、諸本の成立のなかでも後の段階に認めている。「雲景未来記事」の創出とその位置の移動は、

『太平記』諸本展開のなかで文学的な達成の面からとらえられているといってよい。

これと異なる見解を示したのが大森北義氏である。▼注(8) 大森氏は「雲景未来記事」の巻末から「左兵衛督欲誅師直事」の前への移動は、「天下怪異之事」から「山門釈迦堂長講伴天狗事」までと巻末とに分散していた予告・予兆記事に叙述の整合性をもたせ、事件の前に集中させる目的から行われたととらえた。だが、大森氏は、西源院本の「天下怪異之事」から「山門釈迦堂長講伴天狗事」までの記事は、巻二十七の前半から後半への展開のなかで、「人事の変を不安げに、ぶきみさをもって予兆している点で、一応緊張をもってつづいている」と指摘する。それに対して、「山門釈迦堂長講伴天狗事」のあとに「雲景未来記事」が加わる形態では、「前半から後半への緊張度が著しく弱められている」と評価するのである。そして、巻二十七の巻末にある西源院本の「雲景未来記事」は、これまでの事件を総括するとともに、今後の展開を予測して未来記としての性格を生かしていると説き、しかるべく配置されていると論じる。大森氏は結論として、「雲景未来記事」の「左兵衛督欲誅師直事」の前への移動は、文芸性の面では逆に後退した操作と見なしており、鈴木氏の見解とは異なる見方を示している。

このように「雲景未来記事」の位置をめぐっては、鈴木氏と大森氏がそれぞれ異なる評価を下している。しかし、ここで注意したいのは、両氏とも「雲景未来記事」は最初、巻二十七の巻末に増補され、後に「左兵衛督欲誅師直事」の前へ移されたということを自明の前提としている点だ。「雲景未来記事」を巻末にもつ神田本・西源院本は甲類本に属し、他の諸巻では古態性を多分にとどめる伝本である。一方、「雲景未来記事」を「左兵衛督欲誅師直事」の前に置く諸本は、乙類本・丙類本が中心である。これら諸本の形態が、神田本・西源院本の形態をさかのぼることはないと考えるのは、一応自然な理解といえよう。現に筆者も「雲景未来記事」の未来予見を論じた過去の論考で、つぎのように述べたことがある。▼注(9)

これらの異同から、「雲景未来記事」は本来の『太平記』には存在せず、ある段階になって増補されたことが予測される。はじめは最も付加しやすい巻末に置かれ、のちに直義・師直の抗争の直前に移されたものと思われる。

だが、神田本・西源院本の形態とその他の諸本の形態のどちらが先行するのかという点については、これまで厳密に検討されることはなかった。果たして神田本・西源院本の「雲景未来記事」の配置は、「雲景未来記事」をもつその他の諸本に対してより古いものなのか。この問題の解明は本文研究だけでなく、作品研究にとっても少なからぬ意味をもつといえるだろう。

5　神田本・西源院本の古態性に対する疑問

神田本・西源院本の「雲景未来記事」を読み進めたとき、本文の整合性の観点から、一つの疑問が浮かびあがる。それは妙吉侍者（みょうきつじしゃ）をめぐる記述である。

『太平記』は巻二十六より巻三十まで、観応擾乱を描く一つのまとまりのある物語を形成している。巻二十六「大塔宮霊足利直義内室宿胎内事（おおとうのみやのれいあしかがただよしのないしつのたいないにやどること）」では、護良（もりよし）親王をはじめ天狗道に堕ちた南朝の僧侶たちが仁和寺六本杉に会合し、直義と師直を対立させ、世を争乱に陥れることを画策したと語られる。そのなかで峯僧正春雅（みねのそうじょうしゅんが）が妙吉の心に入れ替わり、直義に邪法を説き聞かせることが定まった。こうして妙吉は政道に容喙する僧として、以後の物語に現れる。

妙吉が最初に登場するのは、巻二十七「妙吉侍者事」である。夢窓疎石（むそうそせき）の法眷の妙吉は、直義の帰依を受けて繁栄する夢窓をうらやみ、仁和寺の志一房（しいちぼう）より吒祇尼法（だきにのほう）を習ってこれを修する。その結果、妙吉は夢窓の推挙を受けて直義の師となり、政治を左右する存在になった。注目したいのは以下の一節である。

直義朝臣一度ヒ此僧ヲ見奉りしより信心肝ニ銘し、渇仰類ヒなかりけれハ、唯西天の初祖達磨大師、二度我朝に西来シテ、直指人心ノ正宗ヲ示サル、かとソ思ハれける、やかて一条反橋に寺ヲたてゝ宗風ヲ開基スルニ、左兵衛督日夜ノ参学、朝夕ノ法談隙なかりけれハ、其趣ニ随ハン為に、山門寺門の貫首ハ宗ヲ改メて衣鉢ヲ持チ、五山十刹の長老モ風ヲ顧て吹挙ヲ望ム、

妙吉に対する直義の尊崇ぶりがうかがえるが、そんな妙吉は傍線部のとおり、一条反橋(いちじょうもどりばし)に寺を建ててそこに住したという。▼注(10) このあと妙吉は直義に対し、高師直・師泰(もろやす)を讒したため、直義と師直の関係は一気に険悪となってゆく。そして、貞和五年八月の師直のクーデターにいたるのであるが、ここで師直は直義を屈服させ、側近の上杉重能(うえすぎしげよし)・畠山直宗(はたけやまなおむね)の身柄を差し出させ、妙吉の捕縛を命じる。「妙吉侍者逐電之事(みょうきつじしゃちくでんのこと)」にはつぎのように記される。

翌ノ朝、やかて人ヲ遣して吉侍者ヲからメとらんトするに、さきだつてはやちくてんシテけれハ、力なく其堂舎ヲこほたせて十方に取ちらス、浮雲ノ富貴忽ニ夢ノ如クニ成にけり、

師直側が捕縛しようとしたところ、妙吉はすでに逐電していた。そのため、手の者は妙吉の寺を破却したというのである。

このあと妙吉が物語に現れることはなくなるが、神田本・西源院本では巻二十七巻末の「雲景未来記事」において、雲景と太郎坊の話題のなかに登場する。

此僧も其比京ニ罷出しか共、村雲ノ僧に申ベキ事アツてまかりしニ、菜なときらめきしニよつて、時剋うつりて見侍らスと申けれハ、雲景、さて今ほと村雲の僧とて、行徳権勢世に聞え候ハいかなる人ニて候やらん、京童部ハ一向天狗ニて御座ナド申ハ、いかやうの事ニて候らんと問けれハ、此老僧ノ曰ク、其はさる事候、かの僧ハ此

ニさがしキ人ニて候間、天狗ノ中より撰出して、乱世ノ媒ノ為ニ遣したる也、世ノ中乱レハもとの住所にかへるベキ也、さてコソ所コソ多キニ村雲ト云所ニ住スルニ、雲ハ天グノ乗物なるによつて、かの在所にハ居住スル也、

雲景が四条河原田楽桟敷の倒壊事件について語ると、太郎坊は自らも当日、京都まで出かけたのだが、「村雲の僧」のもとで饗応を受けていたために見物しそびれたと答える。そこから話題はこの「村雲の僧」のことへ転じ、彼が乱世を導くために遣わされた天狗なのだということに話が及ぶ。ここで傍線部のように繰り返し言及される「村雲の僧」とは、妙吉のことをさすと考えてよい。行徳権勢評判の人で、天狗の世界から世を争乱に陥れるために派遣されたと記されていることから、これが妙吉の通称であるのだろうという想像がつくのである。だが、実際に神田本を厳密に読んでみると、この「村雲の僧」が妙吉であることの説明は、右の文章中でも、またそれ以前の場面でも一切なされていない。

しかし、現実には神田本では唐突に、そしてあたかもそれが自明なこととして、妙吉は「村雲の僧」の名で雲景と太郎坊の話題に登場する。考えてみれば、これは少々不自然なことではないだろうか。もし、はじめて「雲景未来記事」を増補するのであれば、記事の増補と同時に、妙吉が村雲に居住し、世間から「村雲の僧」と呼ばれるようになった経緯を説明していてもよかったはずである。こう考えてみると、「雲景未来記事」をはじめて増補した本は、この「村雲の僧」が妙吉の通称であることを説明する記述をもっていた可能性がある。そのように筋の通った本はないのであろうか。

6 諸本の検討

実は、その点で西源院本では、「妙吉侍者事」において妙吉に対する適切な紹介がなされている。

直義以下一度此僧ヲ奉レ見シヨリ信心肝ニ銘シ、渇仰タクヒ無リケレハ、只田天ノ(ママ)初祖達磨大師、二度ニ我朝ニ再来シテ、直指人心之正宗ヲシメサル、歟トソ思ハレケル、廳一條堀川村雲橋ト云所ニ寺ヲ立テ、宗風ヲ開基スルニ、左兵衛督日夜之参学、朝夕之法談隙無リケレハ、其趣ニ随ハン為ニ、山門寺門之貫首、宗ヲ改メテ衣鉢ヲタモチ、五山十刹之長老モ風ヲ顧テ吹挙ヲ望、

神田本で「一条反橋に寺ヲたて、」となっていた箇所が、傍線部のように西源院本では「一條堀川村雲橋ト云所ニ寺ヲ立テ」となっている。これであれば、妙吉が村雲に住していたことが事前に示されることになるので、「雲景未来記事」のなかで妙吉が「村雲の僧」と呼ばれても唐突な感じを与えない。

しかし、西源院本の本文は古態をとどめているとはいいがたい。というのも、西源院本の巻二十七には後出の本からの影響を受けた箇所が存在しているからだ。例えば、「師泰奢侈事(もろやすしゃしのこと)」にはつぎのような一節がある。

又此山庄ヲ造リケル時、四条大納言隆蔭卿青時(ママ)、大蔵少輔重藤、古見源左衛門尉宗久ト云ケル者二人、此地ヲトヲリケルカ、

このなかで四条大納言の青侍として名前のあがっている「古見源左衛門尉宗久」は、神田本をはじめ、多くの伝本に「宗久」の実名を載せない。これを載せるのは米沢本・梵舜本(ぼんしゅんぼん)といった後出の伝本に限られる。また、「左兵衛督(さひょうえのかみ)欲被誅師直事付師直打囲将軍屋形事幷上杉畠山死罪事(もろなおをちゅうされんとほっすることつけたりもろなおしょうぐんのやかたをうちかこむことならびにうえすぎはたけやましざいのこと)」のうち、上杉・畠山が越前へ流される際の道行文には、つぎのような一節がある。

嵐ノ風ニ関超テ、紅葉ヲヌサト手向山、暮行秋ノ別マテ、身ニ知レタル哀也、①ノカレヌ罪ヲ身上ニ、今ハ大津之東ノ浦、浜ノマサコノ数ヨリモ、思ヘハ多キナケキ哉、②聞ヘヌ思ヲ志賀之浦、渚ニヨスル佐々浪之、皈ルヲ看モ裏山シ、七在神ヲ臥拝ミ、身ノ行末ヲ祈テモ、都ニ又モ可レ皈ル、事ハ堅田ニ引網ノ、目ニモタマラヌ我涙、

傍線部①と②の詞章の順番が、神田本・玄玖本・神宮徴古館本・京大本といった諸本では、いずれも②①の順で記述されている。一方、西源院本の詞章は南都本、今川家本、前田家本、米沢本、毛利家本、梵舜本、流布本、天正本に一致しており、後出本の影響を受けているらしい。このように考えてみると、西源院本が「妙吉侍者事」において「一條堀川村雲橋ト云所ニ寺ヲ立テ」と記していたのは、他本からの影響によるものではないかと考えられる。実際に米沢本・梵舜本がこれと同一の詞章をとっており、両本とも右に掲げた二つの事例で西源院本と同じ本文をもっている。したがって、西源院本の本文は神田本とほとんど同じ詞章をもちながら、一部において米沢本・梵舜本のごとき本文を用い、加筆を行っていると判断できるのである。さらにいえば、もしも、西源院本の「一條堀川村雲橋ト云所ニ寺ヲ立テ」という詞章が本来の形態であったとするならば、それが神田本になって「一条反橋に寺ヲたて、」のように、説明不足の詞章にあえ省筆するとは考えがたい。この点からも、西源院本には後の手が加わっていると見てよいだろう。

B型の本文ではどうであろうか。ここではその祖である天正本を検証する。妙吉がはじめて登場する「妙吉侍者行跡事」では、つぎのようにある。

直義朝臣一度此僧ニマミヘ玉シヨリ信心肝ニ銘シ、渇仰無レ類ケレハ、只西天ノ初祖達磨大師、再ヒ吾朝ニ来テ、直指人心ノ正宗ヲ被レ示カトソ思ハレケル、尓者ヤカテ一條返橋ニ寺ヲ建テ、宗風ヲ開基スルニ、直義朝義朝臣（ママ）日ヤ参学ノ為ニ、朝夕法談間無レハ、其趣ニ随ハン為ニ、山門寺門ノ貫首、改レ宗衣鉢ヲ保チ、五山十刹ノ長老

モ願レ風ヲ吹挙ヲ臨ム、

天正本でも神田本同様、「一條返橋ニ寺ヲ建テ」とあって、妙吉が村雲に住したことは記さない。一方で、直義の失脚後、妙吉の寺が師直の手の者によって捜索される「御所囲事」の一節は、つぎのような記述となっている。

其ノ次ノ朝、ヤカテ吉侍者ヲハ召取ラントテ、人ヲ遣シタレハ、早逐電シテケレハ行方ヲ不レ知、サリナカラ坊内ヲ扱ヘシトテ、反橋村雲ノ寺ヲ扱ニ、外法雑行ノ秘書、邪行頓法ノ秘天像、其外希有ノ秘薬、不思議ノ穢物、其ノ類多ク求出ス、前代未聞ノ不思儀也トテ、堂舎仏閣悉ク壊タセテ取散シケレハ、浮雲ノ富貴忽ニ蟻穴ノ夢ト成ニケリ、

B型の本文は著しく改編されているため、さきに引用した神田本の「妙吉侍者逐電之事」とは大きく異なる。ここでは妙吉の寺が「反橋村雲ノ寺」と確かに記されている。ところが、天正本をはじめB型の本文では、「雲景未来記事」のあとに「御所囲事」があるため、ここで妙吉の寺が村雲にあることが記されていても、問題の解消には役立たないのである。よって、天正本も神田本と同様、「雲景未来記事」を最初に増補した本と見ることはできない。天正本の本文はB型の祖と位置づけられることから、その他のB型の諸本についても同様のことがいえる。

7 吉川家本の検討

さきに「妙吉侍者事」において「一條堀川村雲橋ト云所ニ寺ヲ立テ」と記す伝本に西源院本のほか、米沢本・梵舜本があることを記した。実はこれ以外に、吉川家本にも同章段に類似する詞章が存在する。

直義朝臣一度此僧ヲ見給シヨリ信心肝ニ銘シ、渇仰類無リケレハ、只西天ノ祖達磨大師、一度我朝ニ西来シテ、直指人身ノ正宗ヲ点セラル、カトソ思ハレケル、驄テ一条堀川村雲橋ト云所ノ北ノ頰ニ寺ヲ立、宗風ヲ開基スルニ、左兵衛督日夜ノ参学、朝夕ノ法談隙無リケレハ、其趣ニ順ハン為ニ山門寺門ノ貫首宗ヲ改テ衣鉢ヲ持シ、五山十刹ノ長老モ風ヲ顧テ吹挙ヲ望、

ここでは傍線部のように、「一条堀川村雲橋ト云所ノ北ノ頰ニ寺ヲ立」とあって、妙吉が村雲の地に寺を建てたことが記される。これならば「雲景未来記事」において妙吉が「村雲の僧」と呼称されていても、違和感なく読み進めることができる。類似する形式を備えるのは米沢本や梵舜本なのであるが、吉川家本が殊に注目されるのは、同本の巻二十七の本文がA型をとるからである。A型は神宮徴古館本・玄玖本といった最古態の伝本が基底とする本文である。「雲景未来記事」をはじめて増補した本も、やはりA型の本文を基底としていたと考えるべきである。だが、神田本・西源院本はA型をとりながら、「村雲の僧」に関する事前の説明を行っておらず、「雲景未来記事」をはじめて増補した形態とは認定できない。「雲景未来記事」を最初に増補した本文は、A型を基底の本文として、さらに「雲景未来記事」の前で「村雲の僧」が妙吉をさすことを説明をしていたはずである。A型の本文をもつ伝本でこれに該当するのは吉川家本のみであり、だとすると吉川家本こそ、「雲景未来記事」をはじめて増補した本文形態を継承していると見なすことができるのではなかろうか。

吉川家本巻二十六・二十七の記事構成を巻頭目録の章段名によって示すと、以下のようになる。

巻二十六　賀名生皇居事
執事兄弟奢侈事

枝橋山庄事
九輪鑵子事
卞和玉之事
廉頗藺相如事
妙吉侍者事
上杉説師直事
秦趙高事
四条桟敷倒事付清水寺炎上事
巻二十七　出羽雲慶天狗語記事
執事兄弟囲将軍事
直冬筑紫落事
恵源禅巷事
上杉畠山死罪事
大礼之事

吉川家本の巻次区分はやや特殊なものとなっているが、「出羽雲慶天狗語記事」(「雲景未来記事」)は「執事兄弟囲将軍事」(「左兵衛督欲誅師直事」)の前に置かれている。これはA型の詞章をもつ諸本のなかで、例外的なものである。だが、「雲景未来記事」をはじめて増補したのが吉川家本のごとき形態であるとするならば、最初の配置も現存の吉川家本のように、師直のクーデターに先だつこの位置になされたのではあるまいか。「雲景未来記事」は後の段階で、巻末から巻の半ばに移されたのではなく、当初より観応擾乱全体を見わたす位置に増補されたと考えるのである。

神田本・西源院本で「雲景未来記事」は巻二十七の巻末に置かれている。その前章段「上杉畠山遠流之事」の末尾は、「去程に天下ノ政道、併武家ノ執事の手に落て、今ニ乱レヌト見えなから、今年ハ無為ニてくれにけり」と締めくくられている。「今年ハ無為ニてくれにけり」と巻末にふさわしい句で結んでいながら、次章段で「又此比天下第一のふしギアリ」と「雲景未来記事」をはじめる。この不自然さも「雲景未来記事」がもともと巻末にはじめて増補されたのではなく、後の段階になって巻末に付加されたことを物語るのではないか。神宮徴古館本・玄玖本のごとき形態のある本が、他本を通じて「雲景未来記事」の存在を知り、その増補を図った。しかし、「左兵衛督欲誅師直事」の前に増補することはせず、やや機械的ながら、巻末にその記事を増補した、といったあたりが神田本・西源院本の増補の実情であったのだろう。

なお、現存の吉川家本は巻末に「大礼之事」を置き、B型本文からの影響も受けている。▼注(11) また、「四条桟敷倒事付清水寺炎上事」には、

四条ノ橋爪ニテ古哥ヲ翻案シテ、
　高桟敷あかりてみれは煙立茶毘の烟はにきはひにけり

の独自の落首も掲出する。さらに、「上杉畠山死罪事」には上杉の妻女の和歌として、つぎの二首を載せる。

サテ伊豆守ノ女房京都へ上トテ、帰山ニテヨメリ、
　無行苔ノ下道つれもせて独帰るの山の名そうき
伊豆守ノ首京都へ上ケレハ、其ヲ乞テ鳥辺野ノ草陰ニ葬シケル時、後家読給ヘリ、
　思きやこし路に消し夕煙宮この空に又たゝむとは

これは今川家本・毛利家本に一致する形態である（二首目の和歌は京大本巻二十「一のみやのみやすところの事」に所収）。このように現存の吉川家本には後出本の影響を受けた箇所もあるようで、現存本がすなわち「雲景未来記事」をはじめて増補した形態をそのままとどめると見ることはできない。加えて、肝心の吉川家本の雲景と太郎坊の問答には、誤読等による本文の乱れが散見される。▼注(12) 現存吉川家本の祖型にあたる本が必ずや存在し、その本が「雲景未来記事」をはじめて増補した形態をもっていたと推測するべきなのである。

8 むすび

以上、本稿では「雲景未来記事」に言及される「村雲の僧」が妙吉であることを事前に説明している本が、「雲景未来記事」をはじめて増補した形態をとどめていると考えた。そのうえで「雲景未来記事」は吉川家本の祖本の段階で、はじめて巻二十七に増補されたと推測した。すなわち、「雲景未来記事」は「左兵衛督欲誅師直事」の前に増補されたのが、当初の形態であった。したがって、「雲景未来記事」は、「天下怪異之事」から「山門釈迦堂長講伴天狗事」までの一連の予兆記事に連続して、師直・直義の抗争をより明確に予告する記事として配置されたのである。この位置において、貞和五年の政情を予告し、さらに観応擾乱の全過程と正平一統までの展開を示唆する役割を担ったのだ。

それに対して、「雲景未来記事」を巻末にもつ神田本・西源院本の形態は、吉川家本の祖本の形態より後出のものである。神田本・西源院本の形態は、神宮徴古館本・玄玖本のような「雲景未来記事」をもたない形態を基底としたが、他本より「雲景未来記事」の存在を知り、増補を行った。その際、本文に手を加えて同記事を「左兵衛督欲誅師直事」の前に置くのではなく、巻末に付加する形式にとどめた。よって、神田本・西源院本が「雲景未来記事」を巻末に配置したこと自体に、何らかの特別の意図を読みとることはできない。つまり、神田本・西源院本は貞和五年の政情を確認し、巻二十八以降への橋渡しとしての役割を果たさせるために、「雲景未来記事」をあえて巻末に増補したと見ることには慎重であるべきだろう。

【注】

（1）鈴木登美恵氏「玄玖本太平記解題」（『玄玖本太平記』五、勉誠社、一九七五年）。
（2）鈴木登美恵氏注（1）前掲書。久曾神昇氏・長谷川端氏『神田本太平記』（汲古書院、一九七二年）。
（3）小秋元段『太平記・梅松論の研究』第一部第四章「巻三十六、細川清氏失脚記事の再検討」（汲古書院、二〇〇五年。初出、『日本文学誌要』第六十九号、二〇〇四年）、「『太平記』の古態をめぐる一考察―巻三十八を中心に―」（『中世文学』第五十三号、二〇〇八年）、「『太平記』巻四古態本文考」（『国語と国文学』二〇〇八年十一月号）、「歴史叙述と本文改編―『太平記』における二系統の本文をめぐって―」（佐伯真一氏編、中世文学と隣接諸学4『中世の軍記物語と歴史叙述』竹林舎、二〇一一年四月）。
（4）本稿では「出羽雲景記天狗語事」と「天下怪災之事」の二章段を仮に「雲景未来記事」と称することとする。
（5）鈴木登美恵氏「太平記の本文改訂の過程―問題点巻二十七の考察―」（『国語と国文学』一九六四年六月号）。
（6）鈴木登美恵氏「太平記諸本の先後関係―永和本相当部分（巻三十二）の考察―」（『文学・語学』第四十号、一九六六年）。
（7）小秋元段注（3）前掲書第二部第三章「南都本『太平記』本文考」（初出、『駒木原国文』第九号、一九九八年）。
（8）大森北義氏「太平記巻二十七の本文異同の性格と意味」（『太平記研究』第五号、一九七七年）。
（9）小秋元段注（3）前掲書第一部第二章「『太平記』観応擾乱記事の一側面―「雲景未来記事」を中心に―」（初出、『三田国文』第十五号、一九九一年）。
（10）細川涼一氏は、妙吉の住した寺院の位置の考証をするとともに、妙吉は禅僧になる以前、「一条雲寺」の唐招提寺派の律僧ではなかったかと示唆する（『日本中世の社会と寺社』所収「三条大宮長福寺尊鏡と唐招提寺慶円―後醍醐天皇と南都律僧―」、思文閣出版、二〇一三年。初出、『中世文学』第四十七号、二〇〇二年）。
（11）吉川家本の本文については、長谷川端氏『太平記 創造と成長』第四章二「吉川家本」（三弥井書店、二〇〇三年。初出、『中京国文学』

第五号、一九八六年)、小秋元段注(3)前掲書第三部第三章「益田兼治書写本『太平記』について」(初出、『徳江元正退職記念 鎌倉室町文学論纂』三弥井書店、二〇〇二年)参照。

(12) 鈴木登美恵氏は、太郎坊の歴史論・政道論はどの伝本によっても文意が難解であったり、文脈が不自然であったりする箇所を含んでいるとし、基本的な本文批判が課題として残されていることを指摘する(「『太平記』における歴史論—山伏雲景と天狗太郎房の問答—」『中世文学』第四十二号、一九九七年)。

コラム

『太平記』の古態本について

●兵藤裕己

ひょうどう・ひろみ
現職○学習院大学文学部教授
研究分野○日本文学・芸能
著書等○『太平記〈よみ〉の可能性』（講談社学術文庫、二〇〇五年）、『琵琶法師』（岩波新書、二〇〇九年）、『平家物語の読み方』（ちくま学芸文庫、二〇一一年）など。

わが国で著作物のオリジナルということが問題となり、その知的所有権が議論されるようになるのは、活版印刷の技術が普及した明治以降、一八八〇年代の福沢諭吉の著作権運動からである（『岩波講座 文学』第1巻「テクストとは何か」二〇〇三年）。だが、著作物を特定の作者のオリジナルな所産と考えることは、近世の木版印刷の時代や、それ以前の写本の時代にもそれなりに存在した。

漢籍や仏典などの典籍類のばあい、その書写は、原典に忠実であることが求められた。一字一句もゆるがせにしない書写の典型的な例は、仏陀をオリジナルな発話者とする仏典のコピー、すなわち写経である。そして写経を一つの極とすれば、その反対の極には、書写者が自由に改作の手を加えられる写本の領域も存在した。作者名が固有名詞として伝わらず、匿名的・集合的な作者による語り伝え・書き伝えという立て前で伝わる物語草子である。たとえば、鎌倉初期に『源氏物語』本文の校訂を行った藤原定家が、諸本の異同について「狼藉にして未だ不審を散ぜず」と慨嘆したように（『明月記』元仁二年〈一二二五〉二月十六日条）、転写されるそのつど恣意的な改変の筆が加えられるのは、成立当初の『源氏物語』でも同様だった。

だが、『源氏物語』は、藤原定家らの尽力によって、鎌倉初期には「証本」として固定化する。それは『源氏物語』が歌人必読の書として、また王朝の故実・典礼を伝える書として正典化されたからだが、それにともなって、『源氏物語』は物語草子としては例外的に作者名が伝えられ、作者紫式部は石山寺観音の霊験によって『源氏物語』を書いた、あるいは紫式部は観音の化身であるなどの、テクストの起源をめぐるさまざまな神話的な言説が行なわれた。それは物語草子の正典化にともなうテクスト概念の変容によってもたらされた事態だった。

『平家物語』のばあい、その語り物や読み物としての多様な生成過程のなかで、おびただしいかずの異本が作られた。多様な異本群は、単一のオリジナル（いわゆる原平家物語）を想定することさえ困難にしているが、しかし南北朝期に琵琶法師の座組織（当道座）が成立し、座の内部支配を支える権威的な拠りどころとして正本（覚一本など）が制作されると、『平家物語』の流動状態は急速に終息し、それにともなって、「信濃前司行長」作者説や「性仏（生仏）」作者説など、テクストの起源をめぐるさまざまな言説がつむがれた。物語草子（語り物）の「作者」という定義矛盾ともいえる存在は、正本（証本）の制作にともなうテクスト概念の変容とともに生まれたのだ。

ところで、『平家物語』の後継ジャンルとして成立した『太平記』のばあい、現存の四十巻形態の成立当初（あるいは当時）の応安七年（一三七四）、「太平記作者」に関する風聞が取り沙汰された（『洞院公定日記』同年五月三日条）。『太平記』は成立当初から作者名が取り沙汰されるような書物として、すなわち物語草子とは次元の異なる一種の典籍――拠るべき歴史書――として認知されていたのだが、しかしその『太平記』も、けっして単一なオリジナルへ遡行できないことは、今川了俊の『難太平記』が伝える段階的な成立過程からうかがえる。

『難太平記』によれば、『太平記』の元になった本は、法勝寺の「恵珍上人」（恵鎮）が足利直義のもとに持参した「三十余巻」だったという。恵鎮の手元には、「三十余巻」を足利直義に進呈したあとも、その草稿本のたぐいが残されたろう。また、足利政権周辺で行われた改訂作業においても、さまざまな段階の改訂本や書き継ぎ本が作られたはずだ。『太平記』は足利直義の死（観応三年〈一三五二〉二月）を巻三十に記しているが、『太平記』の改訂・書き継ぎ作業はその後も継続され、現存の四十巻形態が成立したのは、三代将軍の足利義満の時代である。

だが、『太平記』の編纂事業は、最終的な完成をみないまま終わったらしい。すなわち、『太平記』の古本系の諸本は、いずれも巻二十二を欠いている。巻二十二は、後醍醐天皇の崩御を記す巻二十一につづく巻であり、おそらくかなり早い時期になんらかの政治的配慮により削除されたのだが、その巻二十二の欠を補訂する作業は保留とされたまま、『太平記』の編纂事業は終息したようなのだ（流布本等の巻二十二を有する諸本は、巻二十三以降の記事をくり上げるなどして、巻二十二の欠を形式的に補填している）。要するに、『太平記』の編纂は未完のまま放置されたわけで、とすれば、『太平記』の古本といわれる諸本は、いずれも草稿本段階のテクストが複数残ったということになり、それらのどれが真正なオリジナル（に近い）かという問いは、そもそも成り立たないことになる。

コピーにたいするオリジナル（原本）という観念は、はじめに述べたように、活版印刷の技術が普及したヨーロッパ近代の文献学(フィロロジー)の所産である。印刷という複製技術は、オリジナル(原本)とそのコピーという区分を生み、オリジナルの起源としての「作者」の観念を法的・形而上学的な次元で成立させた。とすれば、そのようなオリジナル(とその作者)をめぐる近代の思考を無前提に近代以前の写本に適用してしまうことは、あきらかにカテゴリー・エラーである。

写本時代のテクストに証本(正本)が成立するためには、テクストの正典化と、それにともなうテクスト概念の変容が必要だった。たとえば、鎌倉時代の源氏学者や、南北朝時代の当道座(その上層部)においてそうだったように、そこには規範的なテクストを創出することで、みずからの歴史的・文化的な過去を単一なものとして同定しようとするアイデンティティ形成の力学(政治学)が作用していた。

『太平記』本文は、十七世紀後半に、水戸藩の史局彰考館で校訂作業が行われた。元禄二年(一六八九)に成立した『参考太平記』(今泉弘済・内藤貞顕編)である。だが、真正な「南北朝時代史」の復元をめざしたはずの校訂作業が、けっきょくテクストの複数性のまえで立ち止まらざるをえなかったことは、『参考太平記』に記された詳細な異本注記が伝えている。

現代の私たちにできることも、『太平記』の真正なオリジナルへ遡行することではありえない。『太平記』のいわゆる「善本」を認定するにしても、「善本」というカテゴリーじたいが大きな難問をかかえている。『太平記』の諸本研究にできることも、起源の複数性を認めたうえで、テクスト相互の相対的(総体的)な位置関係を呈示するにとどまるのだが、そのような問題関心において、最近発表された今井正之助「永和本『太平記』の復権」(『國學院雑誌』二〇一三年一一月)という論文は興味深かった。

永和本は、『太平記』の巻三十二相当巻のみが伝存する零本である。紙背に記された『稙夜長物語(あきのよのなが)』の末尾に、永和三(一三七七)年二月の書写年時があり、そのおもてに書写された『太平記』巻三十二(に相当する巻)が、それ以前に書写されたことはたしかだろう。すなわち、永和本の成立の下限は、永和三(一三七七)年二月ということになり、それは『太平記』の大尾、巻四十「細川右馬頭西国より上洛の事」の年時である貞和六（一三六七）年十二月からは九年後であり、『洞院公定日記』で、「太平記作者」「小島法師」が死去したとされる応安七（一三七四）年四月からは、わずか三年たらずである。零本ではあっても、『太平記』成立の直後（あるいは当時）の写本として貴重である。

永和本の紹介者である高乗勲（たかのりいさお）は、永和本には流布本に近い箇所があり、永和本（さらに流布本）は神田本・西源院本等の古本系諸本とは「伝来の系統」が異なることを示唆している（「永和写本太平記（零本）について」『国語国文』一九五五年九月）。鈴木登美恵は、永和本と、いわゆる甲類諸本の巻三十二とを比較し、甲類諸本のなかでは玄玖本が、永和本とともに古態の本文を保ち、『太平記』には早い段階から二系統の本文があったとした（鈴木登美恵「太平記諸本の先後関係」『文学・語学』第四〇号、一九六六年）。永和本をほかの古本系諸本とは別系統とする指摘は、高乗の指摘とも基本的に共通するが、また、宝徳本（現存本は巻一〜十）の巻十一以降の本文を復元した長坂成行は、宝徳本が永和本と近い系統の本文をもつこと、宮内庁書陵部本も同系統の本であるとした（「宝徳本『太平記』復元考」『奈良大学紀要』第一四号、一九八五年）。

高乗や鈴木、長坂の指摘は、いずれもオリジナルの複数性を示唆するものとして興味深いが、小秋元段は、鈴木の研究を受けるかたちで、神宮徴古館本（玄玖本）と永和本との先後関係を問題にし、両本における五例の異同箇所を検討した結果、神宮徴古館本は永和本に先行する本文であるとした（「『太平記』成立期の本文改訂と永和本」『太平記・梅松論の研究』汲古書院、二〇〇五年）。

小秋元があげる五例の異同箇所を再検討した今井正之助（前掲論文）は、「逆の立場に立てば別な解釈も可能である」として、神宮徴古館本（および西源院本、南都本等）には記事の矛盾が多く、矛盾の少ない永和本系統が先行本文であるとする。本文の先後関係の論は、今井もいうように、たしかに「立場」によって「別な解釈」が可能である。それは今井の解釈にかんしても例外ではないと思うが、ただ小秋元があげる五例の異同箇所のうち、巻三十二「神南合戦の事」の異同については、一定の判断をしめせるように思う。

巻三十二「神南合戦の事」で、永和本（および神田本、書陵部本、毛利家本等）は、後藤三郎左衛門の戦死を二度にわたって記す。この重複を、小秋元は、ほかの箇所への配慮を忘れた永和本の不用意な改訂ゆえの重複とする。だが、後藤三郎左衛門の二つの戦死記事のうち、あとの方の戦死記事だけを持つ神宮徴古館本（および西源院本、南都本、米沢本、天正本等）にたいして、流布本や梵舜本は、まえの方の戦死記事だけを持つ。

永和本の記事と、西源院本・神宮徴古館本等の記事との先後関係は不明である。だが、流布本や梵舜本に先行する本文として、後藤三郎左衛門の二つの戦死記事を持つ永和本系統の本文があったとはいえると思う。永和本にあきらかな脱文箇所があることは長坂によって指摘されている（「宝徳本『太平記』巻三十三本文劄記」『奈良大学紀要』第一五号、一九八六年）。永和本には、その永和書写本のさらに元になった本が存在したことになるが、そのような成立年時の古い永和本（その元本）よりも以前に、すでに西源院本・神宮徴古館本等の本文とはべつに、流布本・梵舜本系統の本文も行われており、永和本がその両系統を合成してなったとはどうも考えにくいのだ。

なお、神宮徴古館本（玄玖本）は、たとえば、巻八「摩耶城合戦の事」、巻二十五「天龍寺建立の事」、巻二十六「宝剣執奏の事」、巻三十三「三上皇吉野出御の事」などで、あきらかに後出の本文をもつ。いまは詳述している余裕がないので、それぞれの箇所を参照されたいが（この問題については、いずれ詳論する予定である）、注意したいのは、神宮徴古館本や玄玖本にみられる後出本文が、しばしば南都本に近い本文であることだ。簡単に述べておくと、巻二十五「天龍寺建立の事」、巻二十六「宝剣執奏の事」、巻三十三「三上皇吉野出御の事」などは、神宮徴古館本（玄玖本）は南都本とほぼ同文。巻八「摩耶城合戦の事」では、南都本は、神宮徴古館本（玄玖本）ふうの本文に、神田本・西源院本系統の本文を接合したかたちになっている。

南都本は、巻二十二をもたない古本系の諸本のなかでは、後出性の顕著な本である。古本系のいわゆる第一類の諸本のなかで、玄玖本はたしかに神田本と南都本との「中間に位する伝本」といえるし（高橋貞一「解説　太平記の古態本について」『新校太平記（下）』思文閣出版、一九七六年）、また後出性のいちじるしい南都本をもふくめた甲類諸本のなかでは、玄玖本はたしかに「標準的テキスト」であるともいえようか（鈴木登美恵「玄玖本太平記解題」『玄玖本太平記（五）』勉誠社、一九七五年）。――

オリジナルの複数性といいながら、本文の先後関係の論に終始したような感がある。しかしいずれにせよ、巻二十二を有する流布本等の諸本にたいして、巻二十二を欠く第一類ないしは甲類の諸本が、『太平記』の編成上の古態を伝えていることはたしかである。流布本は、係り結びなどの文法的な乱れがきわめて少ないことにみられるように、近世初頭の版行時における校訂・改訂のあとが顕著である（そのかぎりで、さほどの校訂をせずに読める『太平記』テクストは流布版本のみであり、写本として伝わる『太平記』伝本で、校訂や補訂なしで読めるようなテクストは存在しない）。

『太平記』で相対的（総体的）な古態を伝えるテクストは、従来の研究でいわれてきたように、やはり神田本、西源院本、玄玖本（神宮徴古館本）の三本だろう。この三本は、それぞれに古いかたちを伝える一方で、独自の改変箇所や誤写・誤脱もあり、古態性という点では、いわば三すくみのような関係にある。永和本（零本）や宝徳本（長坂による復元宝徳本）の存在から示唆される、起源の複数性というプレモダン（ポストモダン）的な問題の可能性はみとめつつも、どのテクストで南北朝・室町期の『太平記』を読むかという問いは依然として残されるのである。

3 神田本『太平記』再考

1

神田本『太平記』に関する基礎的問題

●長坂成行

ながさか　しげゆき

現職○奈良大学名誉教授

研究分野○中世軍記文学

著書等○『伝存太平記写本総覧』（二〇〇八、和泉書院）など。

◉要旨

標題の写本は早く明治の末ごろに翻刻が刊行され、昭和四十七年に影印が公刊された。全四十巻のうち二十六巻しか残存しないこともあって、底本として使用するにはやや躊躇されるが、しかし古態本として引用される場合も少なくない。この写本は他本に比べて、以下のような特異な点が見られる。まず書写年代が比較的古く室町中期かと目されること、全体的に草稿かと思わせるほどに書写のあり方が格段に異様であること、切継補入、校異、その他の注記など、親本からの書写の様相が残存していること、などである。こうした条件が残されてはいるものの、本写本について十分な検討がなされているとは言えず、専論としては巻三十二の二種本文併記や混態の問題を扱った鈴木登美恵氏、影印解題で切継ぎを詳細に指摘した長谷川端氏、本文に付された符号について論じた鈴木孝庸氏の論に尽きるといってよいだろう。

本稿では①書写の時期と筆跡、伝来に関すること、②二重・三重・四重の符号、③「可糺」とある注記について、④人名列挙の実名部分の符号、などの基礎的な諸問題について考察した。各冊の行数や字高が整わず、書き込みが多いなど、形態的には一見雑なように見える書写だが、対偶符号の書き込み、一字二字の表記を用字の異同まで注記するなど、内容的に細かい所にも気配りがなされた結果の写本ともいえる。小稿では、二重・三重の符号は異本の重なり数を示したものであること、および、二種本文併記が見られる巻三十二の本文についてその書写態度を考察し、いわゆる校合の上での校訂本の作成とか、混態本の生成とはやや異なる、既存本文を集成しようとする意識が窺えるのではないかとの私見を述べた。

1　はじめに、研究史の紹介

神田本『太平記』は漠然と古態本として使用されることが少なくない本である。しかし、四十巻のうちの三分の二程度しか残存しないこともあり、西源院本（せいげんいんぼん）などに比すると底本としての使用度は劣る。一九七四年（昭和四十九）九月に刊行された日本文学研究資料叢書『戦記文学』（有精堂）の解説「太平記—研究史の展望」（梶原正昭氏）は、神田本『太平記』について、

明治三十二年には重野安繹による〝神田本〟の紹介があり、明治四十年、諸本にさきがけてこれが翻刻・刊行されている。国書刊行会版のこの書は、切継補入部分を区別せずに上梓している点など問題は多いが、古伝本の最初の翻刻としてこの後の本文研究に資するところ大なるものがあった（三〇七頁）。

と評価する。しかしながら、神田本についての専論はさして多くなく、以下研究史をたどりつつ基礎的な問題点について私見を提示したい。

本書を初めて紹介したのは、①重野安繹（しげのやすつぐ）〔雑録〕「太平記の古写本」（『史学雑誌』一〇編一号、一八九九・一）で、細かく引合わせした結果「普通本とは痛く異なるもの」と認識し、「兎も角も希有の古写本なり、但し来由書に草案の元本とあれども、巻中文字の異同を糺し（イニ）の印し間々あれば、太平記作者の元本にあらざることは明かなり、されど紙質と云ひ字様と云ひ、又片仮名平仮名かきまぜの体裁等、元本を去ること遠からざる時代のものには疑ひなし」（四二頁）とする。この部分は、つぎにあげる国書刊行会本の例言にも引用されており、古色を残すという重野の発言に、後進の研究者は少なからず影響されたであろうが、その検証が十分になされたかといえばおぼつかない。

それから十年も経ず明治四十年に②『太平記 神田本 全』（国書刊行会、一九〇七・一一）が刊行された。すでに言い古されたことだが、切継補入箇所を原態と区別せずに印行したという問題はあるものの、読みにくい写本が翻刻されたことは画期的であった。校訂者である黒川眞道・矢野太郎・馬瀬長松・友年亀三郎の四氏（六六四頁）の力量は、大いに顕彰すべきものであるが、著名な黒川眞道はともかく、矢野太郎が国史叢書第二期の編集や史料大成の校訂者として知られる程度で、馬瀬・友年のお二方については未勘である。▼注(1)

昭和に入ってからでは、③亀田純一郎「太平記」（岩波講座日本文学）（岩波書店、一九三七・七）は諸本を総合的に考究したもので、神田本については保阪潤治氏蔵本（この当時）を披見、天正本系統から切継補入があることを指摘し、神田本・西源院本の記事の有無に関する特徴を述べたのは特筆すべき成果である。

戦後の諸本研究で神田本にふれたのは、④高橋貞一「神田本太平記について」（『言語と文藝』五巻一号、一九六三・一、のち増補して『太平記諸本の研究』所収、思文閣出版、一九八〇・四）で、本文にいくつかの誤脱があることを例示し、元本でないことを指摘し、また多くの切継ぎ箇所を明らかにした。巻三十二に二種の本文が併記される特徴に注目したのは、⑤鈴木登美恵「太平記諸本の先後関係―永和本相当部分（巻三十二）の考察―」（『文学・語学』四〇号、一九六六・六）で、神田本は永和本・玄玖本の混合形態であること、西源院本は玄玖本に独自の増補がされたもの、など本文研究上重要な指摘がなされた。

昭和四十七年に影印本として世に出た、⑥久曾神昇・長谷川端解題『神田本 太平記 上・下』（古典研究会叢書）（汲古書院、一九七二・二、一〇）は国書刊行会の翻刻と並んで、神田本のもっとも重要な基礎文献である。解題で切継箇所が詳細に考察されたこと、西源院本との異同がかなり詳しく指摘されたのは特筆すべきであるが、版面から切継箇所が見分けられるような精緻な複製印刷でないのは惜しまれる。なお「本影印によって研究可能である」（解題一一三四頁）とされたいくつかの問題は、ほとんど今日まで持ち越されている。

その課題に挑戦した貴重な論考が、⑦鈴木孝庸「神田本太平記の符号に関する覚え書」（『太平記研究』七号、一九八二・

一二、のち『平曲と平家物語』所収、知泉書館、二〇〇七・三）で、平家琵琶の演誦に通暁しかつ平曲譜本の調査の実績を踏まえて、神田本に記される符号、とくに対偶符号と読物および乱という書き込み、二重・三重について検討し、前者は語りに関わるもの、後者は異文注記らしいという見通しを示したのは貴重な成果であった。

2　伝来について

本書は、穂久邇（ほのくに）文庫の蔵に至るまでに幾人かの手を経ていることが外部資料によって知れる稀有な写本である。旧著▼注(2)と重なるのでなるべく簡略に、その後のわずかな知見も加えて伝来について触れておく。

神田本に附属していた「家珍草創太平記来由」（寛永八年（一六三一）正月十五日）及び「覚」という二巻の文書▼注(3)（国書刊行会本の巻頭に写真・翻刻あり）がある。後者「覚」は自得子（じとくし）の子である一壺斎養元（いちこさいようげん）の作で、備前岡山で行なわれた『太平記秘伝理尽鈔（たいへいきひでんりじんしょう）』講釈について詳述したもので、神田本と直接には関わらない。▼注(4)引用は省くが、前者によるとつぎのような伝来になる。

（足利将軍家、義昭）→豊臣秀吉→高台院（こうだいいん）→木下利房（としふさ）→木下利当（としまさ）→自得子。

またこの文書が収められる箱蓋裏書に、

この太平記古写本は、京都桂宮の御家臣山本要人といふもの伝来す、先公の御好古を承り及ひてゆつり奉らんと庶幾す、依てもらひ受給ひて、永く珍襲し給ふもの也、／欠本ありて今十三冊存す（国書刊行会本三頁下段末尾）

とある由である。桂宮家の家臣山本要人が[注(5)]「先公」の「好古」を聞き及び、是非譲りたいと願うので貰い受けて珍蔵したというのである。この「先公」は松平定信（一七五八〜一八二九）と推測できるのだが、その理由を述べておく。

阿波国文庫に神田本『太平記』巻一・二を摸写した本があり（不忍文庫旧蔵、昭和二十五年の火災で焼失、阿波国文庫旧蔵一冊本・（巻一・二）、これは屋代弘賢が白川少将（松平定信）から借用し、門人山本篤盈に書写させたもので（焼失、奥書の写し（高橋貞二）のみ残る）、屋代弘賢の奥書に「右太平記第一第二拝借　白川少将朝臣秘蔵古鈔本」と記されていて、神田本は白川少将すなわち定信秘蔵本であったことがわかる。[注(6)]また定信は『集古十種』に代表されるように古物を好んだ。その『集古十種』四・印章に「菅家」と読める長方形双郭陽刻印が載り、「同上太平記古写本所印」とある。[注(7)]「同上」とは、この直前に「家蔵尊純親王書翰所印」と記されることから「家蔵」の意味で、となると「菅家」印のある太平記古写本を松平定信が所持していたことになる。神田本がその候補と考えられるのだが、現存の同本に「菅家」印は見当たらず、また菅家所蔵の『太平記』写本の存在は知見になく疑問が残る。さらに、現存本の「表紙は、藍色の花模様のある表紙で、江戸中期頃の改装にかかるらしく（この論文の後に花月草紙の表紙と同一なることを知る）」（④高橋著書）や、「表紙の藍色花鳥模様は『花月草紙』（天理図書館蔵）のそれより少々大柄であるが、いかにも松平定信好みのものであり、題簽は、定信筆と認めてよい[注(8)]」などという指摘があり、改装は定信のもとで行なわれたとみてよいだろう。また、天保時代前後における、知名の人物の逸話集ともいうべき『想古録』（山田三川著、平凡社、東洋文庫、一九九八・四）に「甲子山曰く、桑名侯の蔵書中に古代の「太平記」あれども、世に伝ふる所の「太平記」に比すれば其兵数に著大なる相違ありと云へり」（1・三二三頁）とあるのも、[注(9)]本書が一時期松平定信のもとにあった状況証拠となろう。なお、巻三十二の目録下に「定政作（花押）」とあり、その右肩に「桑名侯歟」とあるのも注意されるが、意味する所は未勘である。

本書には三種の印記があり、「松田本生」は各冊の前表紙右下、各巻の第一紙（内題がある丁）・本文冒頭（第二紙）の右下、及び尾題が記される巻尾左下に捺す。「文昌堂」「磯部氏」は各冊奇数巻目の目録右下の、「松田本生」印の上または左に捺される。その位置から「松田本生」印が先行するものと思われる。自得子以後、山本要人までの伝来は未詳だが、印記および近代の所蔵者についての記述（亀田純一郎③ほか）などからつぎのように想定できる。

（桂宮家家臣）山本要人（かなめ）→松平定信（一七五八～一八二九）
→松田本生（もとなり）（一八一四～、一八七七に六四歳で存命）
→「文昌堂」「磯部氏」（素姓未詳）→神田孝平（たかひら）（一八三〇～九八）
→神田乃武（ないぶ）（孝平養嗣子）→保阪潤治→久邇宮家（くにのみやけ）→穂久邇文庫。

3　書誌的事項の補足

書誌全般についてはほぼ⑥影印本解題（一一〇〇～一一〇二頁）に譲るが、稿者も竹本泰一氏のお許しを得て閲覧でき（平成二十五年十一月）、その際の印象も含め用紙と筆跡について述べておきたい。

まず書写時期について従来の見方を紹介しておく。長谷川端氏は「凡そのところ十五世紀中期頃の写しにかかる」「永和本を除く他の古写本に比べて格段の古さを保つ、草稿本的な編纂本である」（『太平記の研究』、三〇八頁）、別の箇所では「十五世紀後半の書写と推定される神田本」（三一四頁）とし、この微妙な違いを和田英道氏が指摘する▼注(10)が、奥書か何か確かな根拠がない写本の年代の数十年程度の懸隔の判定は困難であろう。その後、長谷川氏は講演の中で▼注(11)、影印本の解題執筆の折、久曾神昇氏と相談し「応仁の乱前後っていうことにしておこうか」、「この判断には紙の質もあります。紙に穴がボコボコ空いている（中略）その穴の部分を避けるようなかたちで、あるいは薄くなっている部分を避けるようなかたちで書き継いでいる」と回想している。実見した印象では、本書は『太平記』写本ではごく普通の、楮紙袋綴でとりたてて美麗な本ではなく、むしろ簡素な感じを受けた。「全紙に裏打ちが施され、むしろ裏打ち料紙を台紙のようにして補修してある」（解題一一〇二頁）状態は、そのとおりである。本文中の料紙にわずかに穴の空いている箇所はあるが（例えば五七八・五九〇頁）、傍線部の表現は講演の際の言い回しで、やや大げさに過ぎるとは言っておきたい。また高橋貞一氏は「又紙の下方を補つて紙の不足を加へて書写した巻もあつて、紙の欠乏を示す巻がある。その紙質書写の筆跡を見るに、応仁以前のものとは認め難いやうである。これは応仁の乱以後、紙の欠乏のために、行数なども多くして細字にしたのではあるまいかと推測せられる」（④前掲書五〇頁）という。

微妙なずれはあるが、おおむね十五世紀後半の書写とみなされているようだ。現存の『太平記』には十五世紀の写本はなく、一三七七年の永和本についで古い書写となる。稿者としては、応仁の乱後あたりという従来の説を積極的に否定する論拠があるわけではない。本書を古態と見るのは、整備されていない、いわゆる草稿本的な書写状況などの印象に影響されての判断かとも思われ、もう少し時代を下げてみてもよいのではないかとの印象を持つ。これは後述の、二重・三重の符号の問題とも関連する。

書体について解題は、「本書は一筆書写にかかるもので、字に大小があり、また書写時期に多少の隔たりを感じさせるので、便宜上四種に類別して」（一一〇二頁）いる。稿者も書写者は同じで筆の相違によるものとの印象を持ち、これを首肯したい。以下、神田本の書影は汲古書院刊の影印本で示す。

（A）

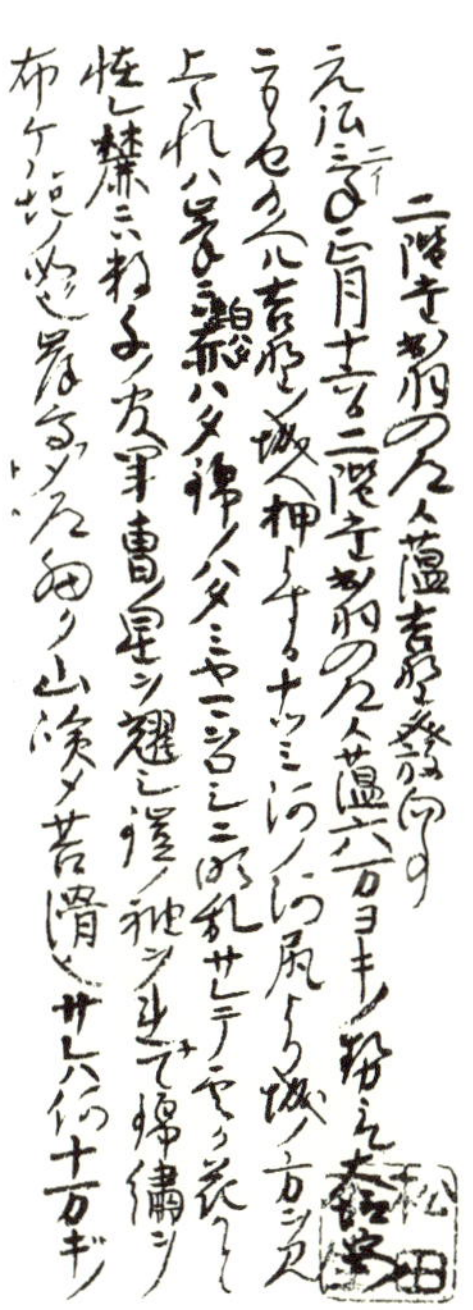

（巻七・125頁）

（B）

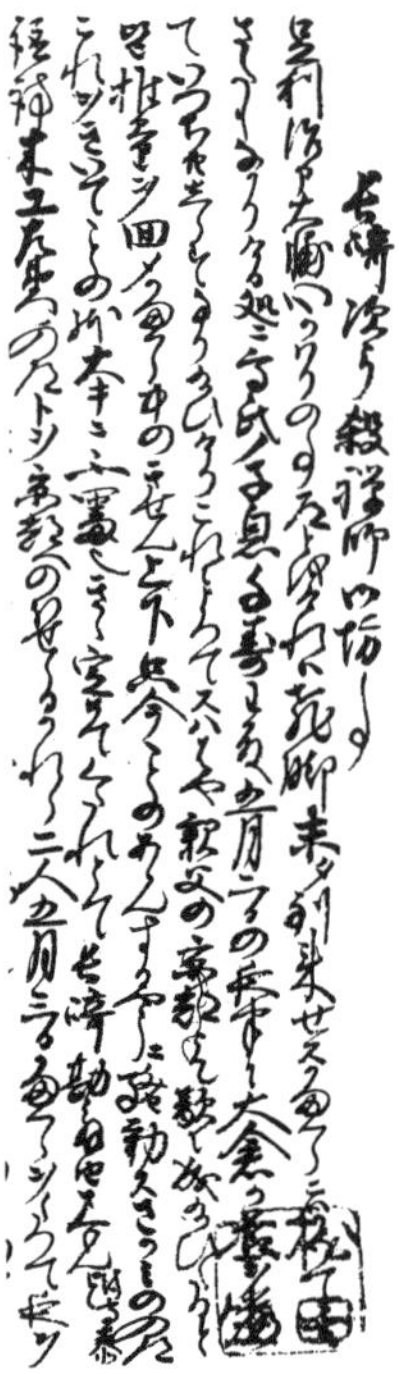

（巻十・269 頁）

（C）

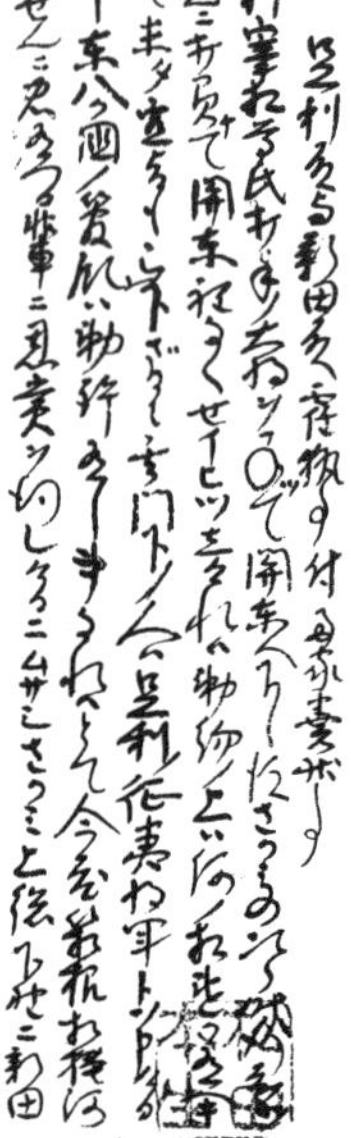

（巻十四・341 頁）

（D）

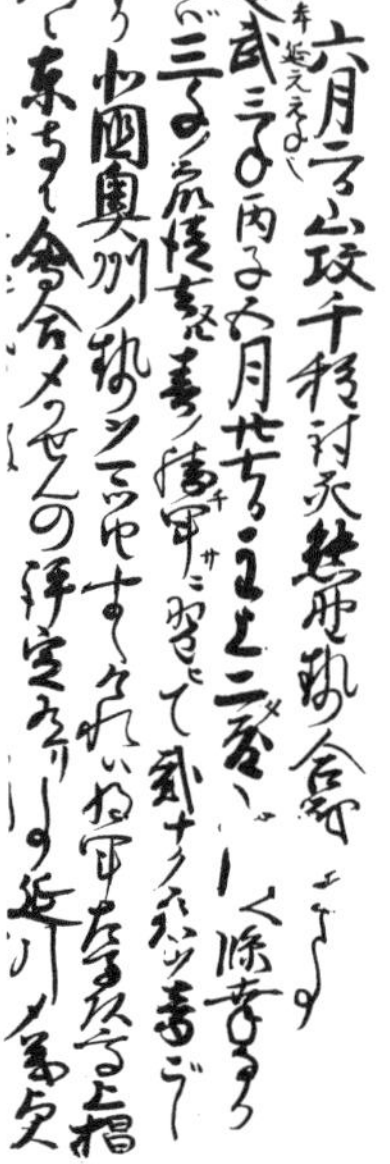

（巻十七・465 頁）

（D）

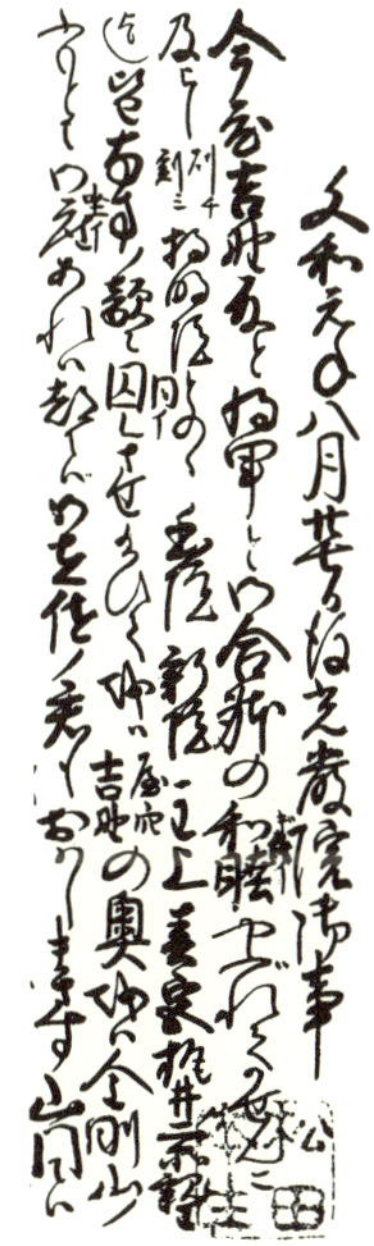

（巻三十二・919頁）

言葉で表現すれば、解題のいうAの書体はやや大らかな文字で、一冊目（巻一・二）、二冊目（巻七・八）、三冊目の巻九がこれである。同じ冊で巻十はB筆と判断できるが、こちらはやや切れのある文字で、新しい筆を使ったためであろう。また巻九までの比較的ゆったりした書き方では、用紙が足りないと意識したのであろうか、巻十は急に一面行数が増えている。詰めて書くための筆ともいえる。B筆は十冊目の巻二十七、十二冊目（巻三十三・三十四）がそれである。四冊目（巻十三・十四）以降は、巻十七・巻三十二を除いて十五巻分がC筆で、これはAと似るが小ぶりな文字で、筆がすり減っているためだろうか、文字の末端に切れがなくややかすれた印象を与える。D筆とされる巻十七・三十二は、おそらく新しい筆によるもので、比較的行数も少なく、大らかな麗筆といえる。D筆の巻十七・三十二の二巻については、後述の双行表記がみられるという問題と関連があろう。これらの相違は比較的識別しやすい。

用字の問題では高橋氏も指摘するように、漢字に片仮名平仮名が混在する点が大きな特徴である（前掲著④五〇頁）。この特徴は何によるか、依拠本のままか、あるいは書写者の傾向か判断に迷う所だが、この書き方は切継ぎ補入部分も同様である。例えば天正本系本文から補入したと思われる巻二の冒頭（影印四七・四八頁）は漢字片仮名平仮名交りであるが、同系統の天正本・野尻本（のじりぼん）・龍谷大学本は、ともに漢字片仮名交りの本文を持つ。また南都本（なんとぼん）系統からの補入とされる一箇所（巻八、一六三頁の四行ほど、活字本になし、解題一一一頁に翻字あり）も漢字片仮名平仮名交りで表記されている。この用字の傾向は全冊通じて同じである。現存神田本の依拠した本が一系統本ならばともかく、別系統の本文から補入された部分の用字も同じであることを考えると、書写者は意識的に漢字片仮名平仮名混用で表記したとみるべきだろうが、その理由はわからない。

ただし、つぎのような例をどう考えるべきか。巻十七「金崎城攻事」に「一ト足モ〈シリゾカズメ／のかず〉戦フ」（五五三頁四行）とある。〈　〉内は双行表記で、この部分に二とおりの詞章があることを示すが、右列は片仮名表記、左列は平仮名である。神田本の書写者が書き分けたと考えるよりも、依拠本がそうなっていたと見るべきだろう。因みに、この部分、神宮徴古館本（じんぐうちょうこかんぼん）は「不退して」（五五〇頁）、玄玖本（三・一一一頁）・西源院本（五二二頁）は「退ス」。

書写の態度としては、本文に追記や書きこみが少なくなく、整然と書写する意識が薄く、とりあえず写したという印象が残る。草稿とまではいえないが、清書本ではないといえよう。そうした中で、勢揃いの場面など人名列挙の箇所が四段書きにされているのは注意される。主な箇所をあげておく。

・巻二「南都北嶺行幸事」四九頁（天正本系からの補入部分）。
・巻九「五月七日京合戦事」二三三頁（三段書き、天正本系からの補入部分）。
・巻九「江州於番場六波羅方自害事（本文中に章段名なし）」二五九～二六一頁。

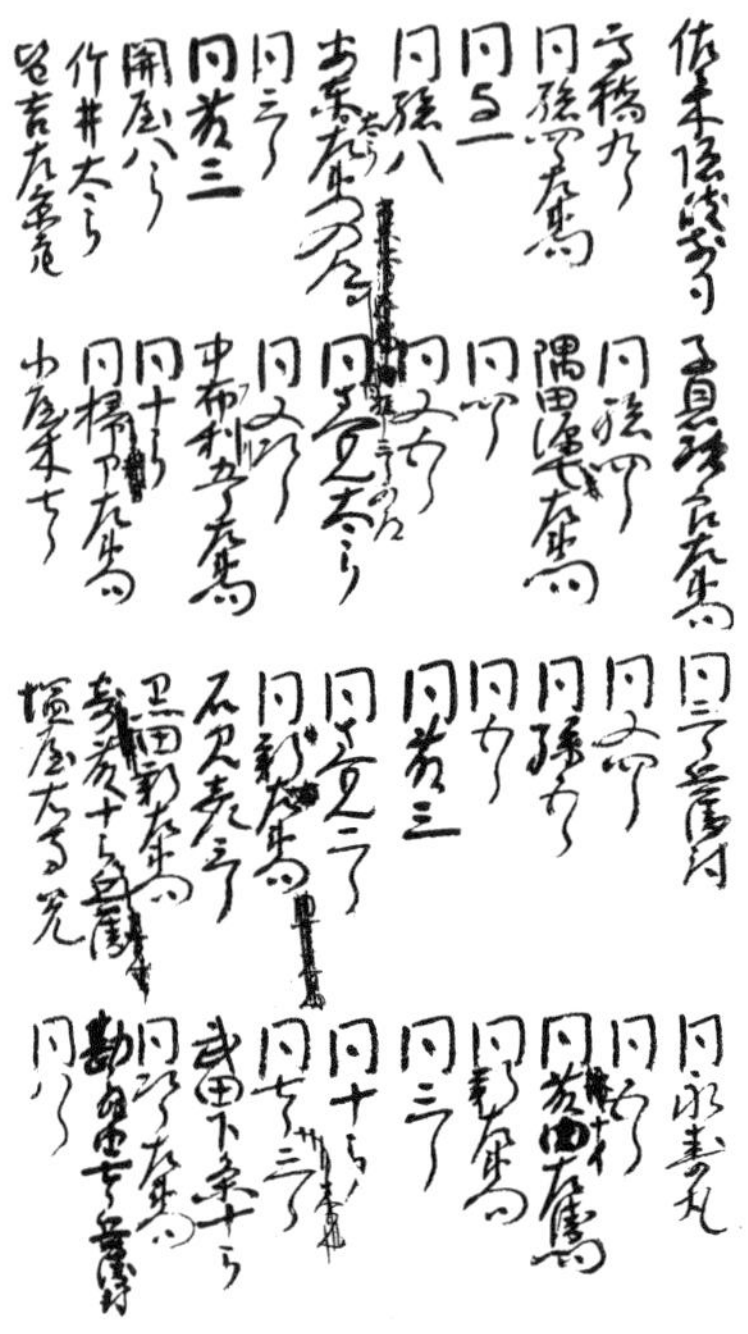

（巻九・259頁）

・巻十「相模入道自害之事并面々腹切事」二九七頁。
・巻十四「籏紋月日堕地事」三四九〜三五一頁、三五三・三五四頁。
・巻十六「重臨幸山門之事」四五四頁。
・巻十七「主上洛都還幸事」五三三頁。
・巻十七「春宮義貞已下北国下向事」五三三・五三四頁。
・巻二十七「高師直囲大樹事」八三三頁。
・巻二十八「三角入道謀叛事」八五三頁。
・巻三十一「武蔵国小手差原合戦之事」八九三〜八九五頁。＊このすぐ前の、新田方に参じた人名を列挙する部分はべた書きであり（八九二・八九三頁）、同じ用紙（八九三頁は用紙の表）の初めの方と後の方と、どのような意識の差があったのかはわからない。
・巻三十一「笛吹峯軍之事」九〇二〜九〇四頁。
・巻三十二「佐々木秀綱討死事」九三五・九三六頁。
・巻三十二「神南合戦事」九七五頁。
・巻三十三「菊池与小弐軍之事」一〇〇〇〜一〇〇二頁。
・巻三十四「畠山入道誓上洛之事」一〇一八頁。
・巻三十五「京勢重下向天王寺并大樹逐電仁木没落之事」一〇四四頁。

べた書きにすれば確実に紙の節約になるはずだが、整然と四段に書き、個々の人名のあとに空白ができるようにしているのは、読み易さを意識したもの、あるいは後人が書写する際の誤写を防ぐためもあったかと思われる。なお四段書きをしていない例外としては以下の二箇所がある。巻十九「本朝将軍補任兄弟無其例事」に将軍に任じた人名が列挙される（六〇四頁）が、ここはべた書きである。巻二十五「武将被参天龍寺事」七三六〜七三八頁もべた書きに近い。

神田本書写者としては、人名列挙は四段（または三段）書きにするという意識があったものかと思われる。他の写本では人名の区切りで一字開ける例はよく見られるが、本書のような例は稀である。

人名列挙に関連して、いま一件気になるのは、実名に相当する部分に、文字でなく符号を記していることである。巻十四「簱紋月日堕地事」の三四九頁の終りから二行分を示す。

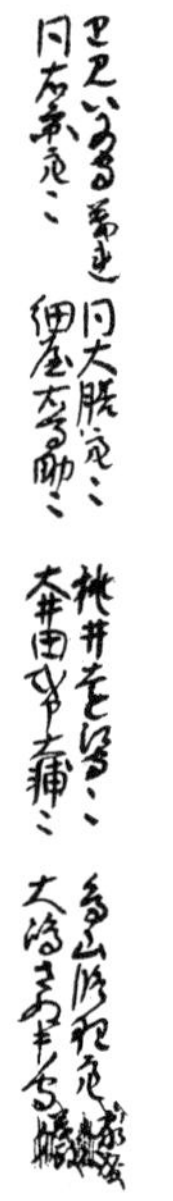

里見いか守義連　同大膳亮、、　桃井遠江守、、　鳥山修理亮人人
同右京亮、、　細屋右馬助、、　大井田式部大輔、、　大嶋さぬきノ守人人

このうち傍線部は上から消してあり、右傍にそれぞれ「家成」と「義政」と訂正されており（同筆）、翻刻には訂正後の文字が記されている（一六三頁下・一六四頁上）。ここから判断すると「、、」「人人」は実名を書くつもりだが、分からない場合、とりあえずこの符号で示したものと思われる。なお「、、」と「人人」は同じ意味を持つであろう。巻三十二（九七五頁）、巻三十三（一〇〇〇～一〇〇二頁）、巻巻三十四（一〇一八頁）にも同様な符号が見られる。この現象は毛利家本などにも見られる。

最後に一面の行数について、写本の場合、一冊内では同じ行数で書写するのが一般的であるが、本書では一面行数のばらつきが甚だしい。例えば第一冊目（巻一・二）は大ぶりな文字で書かれ行数も少ないが、後の方の冊は小さい文字で行も詰められており、全体を見渡すと一面十行の巻もあれば、一面二十二行の巻もある。また、一巻内でも行数が一定しておらず、概して巻の後半は行が増える傾向がある。管見の限りの『太平記』写本ではこうした事例は稀有で、神田本は見ばえよくきちんと清書するという意識が薄いようだ。すでに指摘されているように、用紙が不足するという懸念があったゆえかと思われる。

なお影印本で確認できることだが、解題に示される各巻の行数は次のように訂正できる。

巻二〔11→10～11〕
巻七〔12～13→12～15〕
巻八〔13→12～14〕
巻十三〔13～14→13～16〕
巻十四〔15～16→15～17〕
巻十五〔17～18→17～20〕
巻十六〔20～21→19～21〕
巻十七〔12～13→12～15〕
巻二十〔18～19→17～20〕
巻二十三〔13～16→13～17〕
巻二十四〔16→15～16〕
巻二十五〔16～19→16～21〕
巻二十六〔16→11～19〕
巻二十七〔17～18→17～19〕
巻三十五〔18～20→18～21〕
巻三十六〔18～20→18～22〕

4　二重・三重・四重の符号について

この問題については、⑦鈴木孝庸氏の論に負う所が多く、それに積み上げる知見に乏しいが稿者なりの考えを述べたい。氏は本文の左右に二重・三重などの符号が付された二〇九例を検出した上で、表記の仕方を基準にA～Jの十の型に分類した。「これらの符号が、語りの符号というよりは、異文注記に関連する符号であるらしい」としながらも、「問題はさらに二重、三重、四重、という符号の字義にかかわってくるわけで、異本注記に関わる右の符号をきいたことがない」と慎重な態度を保持される。恐らく氏には、何らかの成案があったかと推測されるが、「あとは、太平記の本文比較研究などの成果からの判断を仰がなければならないのではなかろうか」と問題を投げかけた。

では符号はどのようなものか。十の型のうちから、紙幅の都合上代表的な五つの型をあげ、稿者なりの理解を提示

する。（本文の脇（右・左）にやや小字で記された符号が、本文のどの箇所を問題にしているかを**太字**で示した）

A……火矢ヲケサンタメ**又**ノドノ……（巻七・一三六頁）
（**又**：或イ　二重）

C……義卒不招馳加**義貞**嚢沙背水之謀（巻十四・三四三頁）
（**義貞**：義詮　三重）

F……利生ニ預ル人よと**智**者聞人……（巻十三・三一五頁）
（**智**：知イ　四重）

G……倒ニ落給フ糟**谷**七郎……（巻九・二四九頁）
（倒：サマ）
（**谷**：屋イ　二重／二重）

H……猶都近キ**所**ナレハ……（巻十三・三一四頁）
（**所**：アタリ　三重／二重）

Aは「又」の字に対して異本の「或」が注記され、「**又**」に二重が付される。これは「又」と表記する本が二本あることを意味する、と解釈するのはいかがであろうか。ごく単純な理解であるが、とりあえずの試案とする。以下、Cは「義貞」とある本が三本あり、別の本（一本か）には「義詮」とある意味。Fは基幹本は「智者」とするが、「知者」と表記する異本が四本あることを示す。Gは基幹本を含めて二本に「糟谷」とあり、異本二本は「糟屋」とある。Hは基幹本を含めて二本に「近キ所」とあり、別の三本には「近キアタリ」とある。

では実際にこのような異同を持つ写本が存在したのか、当時の写本での検証はできないが、現存本の調査である程度の傾向はつかめるだろうと考え、五例の異文を点検する。

Aは巻七「千剣破城事」で楠正成が予め用水の用意をした話の一節、「火矢ヲケサンタメ**又**ノドノ」の部分で、「又」とするのは玄玖本（一・四〇九頁）・松井本・松浦本・書陵部本・野尻本・梵舜本（二・一〇〇頁）など多く、神宮徴古館本（一六五頁）・筑波大本・内閣文庫本・島津家本・陽明本などは「亦」と表記する。「或」とあるのは毛利家本・天正本（一・三三九頁）・龍谷大本（四〇四頁）・教運本（一・四八二頁）で、実際に「或」とする本が天正本系統を中心に散在することが確認できる。

Cの例は巻十四の尊氏奏状の文中で、義貞が嚢沙背水の謀で勝利したという場面。「**義貞**」とするのは神宮徴古館本（三七九頁）・島津家本・内閣文庫本・筑波大本・書陵部本・陽明本・毛利家本・天正本（二・一四八頁）・教運本（二・九一一頁）など多くの諸本（玄玖本は「義貞」の右に「義詮」と改める（二・三六一頁））で、「義詮」とするのは西源院本（三五四頁）・織田本・松井本である。「義貞」とある本が圧倒的に多く、三本存在した蓋然性が高い。

Fは巻十三の万里小路藤房遁世の最後の箇所で、「利生ニ預ル人よと**智**者聞人感歎せぬハなかりけれ」という評文である。この箇所は諸本によって微細な異同があり、たとえば松井本は「知ル者ハ聞テ感歎セリ」などとあるが、神田本の符号の記者が問題にしているのは「智」と「知」の一文字の相違であろう。詞章の揺れは除外して、「智」を用いるのは内閣文庫本・筑波大本・野尻本・梵舜本（三・二〇四頁）と少数で、西源院本（三三三頁）・玄玖本（二・三一〇頁）など「知」を使う本が大多数である。この傾向は「知イ—四重」とあるのに大むね合致するといえるだろう。

Gは巻九の六波羅探題都落ちの一節、野伏の矢に射落とされた北条時益を介抱する場面、糟谷七郎の姓を「糟**谷**」と記すか、あるいは「糟屋」とするかの違いを問題にして、後者が二本あるとする。神宮徴古館本（二三六頁）・内閣文庫本・筑波大本・松浦本・松井本・書陵部本・陽明本・天正本（一・四六〇頁）・教運本（二・六二〇頁）・龍谷大本（五四九頁）・梵舜本（二・二四三頁）など前者の方が比較的多い。「糟屋」とするのは玄玖本（二・五〇頁）・西源院本（二二四頁）・織田本・島津家本・米沢本・野尻本・毛利家本である。

Hは巻十三で岩倉辺に遁れた万里小路藤房についての記事で、「近キ**所**ナレハ」が二本、「所」を「アタリ」とする本が三本というのである。筑波大本・内閣文庫本・陽明本は「所」で、「アタリ」とするのは西源院本（三三一頁）・織田本・米沢本（よねざわぼん）・書陵部本・毛利家本である。このほか「渡」（神宮徴古館本三五四頁）、「渡（ア）」（玄玖本三〇七頁）、「渡（アタリ）」（島津家本）、「傍リ」（梵舜本三・二〇一頁）、「辺」（野尻本）、「辺（ホト）リ」（天正本九八頁）などゆれの大きい部分であるが、「所」「アタリ」が二本、三本あるとするのは現存本の状況とも矛盾しない。

もう少し長い範囲を扱った例として鈴木氏があげる⑦（二三二頁）、巻十六「備中国福山かせんの事」でみてみよう。

死ヲ軽シ名ヲ重スル**ヲ以テ義士トス無か**誰々も此ニテ打死（巻十六・四四二頁）
者ヲコソ人トハ申セ　イ三重

神田本の太字の部分を、異本では「者ヲコソ人トハ申セ」としこれが三本ある、と理解できる。「義士」という語を含む本は神田本以外には見出だせなかったが、管見の範囲のすべての本（例えば、西源院本四四〇頁・神宮徴古館本四七四頁・教運本二・一〇八六頁・梵舜本四・一八七頁など）は異本の表現に合致し、三本は存在したという書写時の状況に符合する。

わずかな例しか扱わず、厳密には二〇〇余例すべてにこのような調査をすべきではあるが、神田本に掲示された異文が実際に確認でき、またそうした写本が複数存在することは認められるであろう。二重・三重は異本の数を表しているという推測は、あながち的外れではないだろう。ならば、神田本の書写者は何本かの写本を見て比較したと考えられる。最大はF・Hの例で基幹本をふくめて五本となろう。

ここに示された例のうち、Cは固有名詞の相違だが、F・Gは微細な用字の違いに過ぎず、A・Hも文意に大きな違いはない。こうした傾向は、他の箇所でもほぼ同様で、「一文字相当の用字ないし表現に関わる異文注記」という鈴木氏の指摘のとおりである。問題は、これが異文注記であると認めても、異同を注記した目的がわからないことである。例えば、よく言われる功名書き入れのため、というような次元の問題ではない。またこの程度の微細な異同ならば、他にも無数に見られるはずで、異同を摘記した箇所はどのような基準で選択されているのか、も分からない。

さらにこれら符号は、写本を見たところ、書写時とさほど隔たらない時期に書き込まれたと思われるが、これがどのような作業過程で残されたものかも疑問である。一人で見比べて作り上げたものか、または複数の人がいて、誰かが読みあげて異同のある部分を指摘したものか。神田本の書写者の手許に、最大五本もの写本が存した環境とはどのようなものであろうか。

室町時代の一四〇〇年代は『太平記』写本の流布が極めて限定された時期であることは、周知されている。先学の成果に導かれた「『太平記』写本（含『太平記抜書』の類）関連年表」▼注(13)でみると、永享八年（一四三六）五月から九月にかけて後花園天皇が、伏見宮貞成親王に『太平記』を書写させている（『看聞日記』）。また文明十七年（一四八五）十月から十二月には後土御門天皇の命で、三条西実隆・近衛政家・甘露寺親長らが『太平記』を書写・校合している（『実隆公記』『十輪院内府記』『親長卿記』など）▼注(14)。この二件は複数人で手分けした書写しているが、写された当該本がどのようなものかは未確認である。このほか、十五世紀当時に書写された現物ではないが、転写本に十五世紀の年次奥書が記されるものとして、梵舜本巻三十九（宝徳元年（一四四九））、宝徳本（同三年（一四五一））がある。前者は細河右馬頭から十五日間だけ借用して、これも数輩で写したとある。このように、当時のかなり有力者の周辺においても、複数の写

【二重、三重、四重符号の巻ごとの分布】

〔影印本頁数を示す。下線は三重、　　　は四重、他は二重を示す。《　　》は天正本系統からの補入箇所。①②…は同頁に二箇所以上あることを表し、＊は一箇所に二つの符号が付されることを示し、二重と三重とがある場合は三重として数えた。〕

巻一　22・23・25・27・42

巻二　50＊・61

巻七　136・142・143

巻八　179・201・204

巻九　221・223・231・249＊・250①＊・250②＊・250③＊・250④＊・260＊・261・262＊

巻十　273・290・291・294①・294②・294③・297

巻十三　309①・309②・310・312＊・313・314①＊・314②・315・317＊・318・321・325＊・332＊・333＊・336＊

巻十四　343①・343②・344①＊・344②・345①・345②＊・346①・346②・373・375・386①・386②・389

巻十五　397・402・411・421・423＊

巻十六　438・442①・442②・447①＊・447②＊・449＊・456

巻十七　469・473・475①・475②・479・512・529・536・547①・547②・547③・547④・548・549

巻十八　581①＊・581②＊

巻十九　603・605・607＊・611＊・615・618・620①＊・620②・621①・621②

巻二十　634・637①・637②・639・644①・644②・645①・645②・648・649①・649②・651・653①＊・653②・653③・653④・653⑤・654①＊・654②＊・655・656

巻二十三　665・668・669・671①・671②・671③・683・685

巻二十四　691＊・694・700・703・707・708・710

巻二十五　728・729①・729②・736①・736②・《737》・745①・745②

巻二十六　749・767・768

巻二十七　811・813①・813②・813③・813④・814＊・816①・816②・816③・816④・822・823・825＊・828・834・843・846

巻二十八　853①・853②

巻三十一　891＊・893①・893②・897・898・901・902・907・908①・918②・914

巻三十三　999＊・1001・1002・1011①・1011②

巻三十四　1018①・1018②・1020①・1020②・1020③・1021①・1021②・1022・1024①＊・1024②・1024③・1026・1035・1037①・1037②

巻三十五　1048①＊・1048②・1059・1060＊・1061①・1061②＊

巻三十六　1072①＊・1072②＊・1072③＊・1088①＊・1088②＊・1088③＊

本が披見でき、ゆとりをもって書写校合できるという条件はなかったかと思われる。根拠に乏しいものの、神田本の書写校合がなされたのは、従来言われている応仁の乱後にしても、もう少し時代を下げて写本が多く出はじめる十六世紀に入ってからとみるのは、いかがだろうか。

なお鈴木氏はこれら符号を十の型に分けて分布を示すが（⑦の著書二三三頁）、その驥尾に付してここでは巻ごとの分布を示しておく（一五四頁）。

すでに指摘されていることだが、この符号は巻三十二を除く現存巻のすべてにわたって分布しており、大部分は二重符号で、三重は三十八箇所、四重は九箇所だけで少ない。

5　巻十七について

さて異文と思われるものを、一行中に左右双行の割注形式で記すのは巻十七、三十二の二巻に見られる特徴である。筆跡の項で言及したがこの二巻は全く同筆で、書写の時期を同じくするだろう。まず巻十七についてみると、例えば、

矢がかりまでも〔進ミ得ズ／近付ズ〕大津（四六九頁）
（近付ズ―四重）

とあり、「近付ズ」に四重が付される。これなどは基幹本文の右傍に記しても良いようなものだが、割注形式にしたようだ。因みにこの部分、西源院本（四六九頁）・神宮徴古館本（五〇三頁）・内閣文庫本・毛利家本・米沢本・正木本・天正本（三二六頁）・教運本（三・一一三五頁）・梵舜本（五・八頁）など、手許で確認できたすべての本は「近付ス」とあり、古活字本のみが「進ミ得ス」（大系二・一七六頁）とする。この状況は、「近付ス」とあるのが四重、すなわち四本

あるという理解に矛盾しない。

双行表記とみなせる箇所は、判定に難しい箇所もあるがほぼつぎのとおり（括弧内は同頁中の数）。

469②・473・474・475・478・482・492・497・509・520②・535・549③・550・553

いずれも短い語句で、後述の巻三十二のような長い異文はない。また巻十七には他の巻と同じように、二重・三重の符号も存在する。ただこの巻の二重符号は、双行の場合左列を基幹本文とみなすならば、（四六九頁の例のように）すべて基幹本文に付されたもので、「イ」とある部分に付された符号はなく、異本との校異を示さず基幹本文と同じ表現をする本の数を示すようだ。また「山徒道場坊祐覚死期ノ詠一首事」のはじめの辺に、

臨幸ニ軍用ヲ**支**（サ）へ・シ事偏ニ（与歟／二重／タリイ）　（五三六頁）

とあることや、「十六騎ノ勢入金カ崎ノ城事」に、

忍**ヒ**テ越後へ（二重／ン歟）　（五四七頁）

落人ト**見**・ぬ事（二重／へ歟）　（同頁）

とある例をみると、基幹本文と同じ表現を持つ本が二本あるが、「〇欺」とするのは「忍ンテ」、「見へぬ事」とあるべきかという、書写者の判断を示しているものであろう。異本で確認したならば「イ」とするであろう。以上、巻十七は双行表記が採用されるものの、二重・三重の符号も併用される点で他の巻と大きな変わりはない。

6　巻三十二の双行表記をめぐって

すでに指摘されているように、巻三十二の本文の特徴は、比較的長い詞章が左右双行の割注形式で表記されており、他の全巻にあった二重・三重の符号がないことの二点である。鈴木登美恵氏⑤は本文研究の立場から、神田本の詞章の重複や不自然な箇所に注目し、巻三十二全体は「永和本的な詞章と玄玖本・西源院本的な詞章との混合形態であると認めることが出来る」と結論づけた。

本節では神田本の詞章のあり方について若干の意見を述べたい。鈴木氏が前掲論文で引用し、また永和本の後出性について論じた小秋元段（こあきもとだん）氏の論文[注(15)]にも引かれる（小秋元氏は神田本には触れていない）、「神南合戦事」のはじめ近くの、軍勢参集の場面を例にする。

去ほとニ、将軍ハ持明院の主上ヲしゆごし奉ツて、近江の四十九院におち止マリ、宰相中将義詮朝臣ハ西国より上洛せんずる敵ヲ支へん為ニ、はりまの鵤ニかねて在庄し給ひたりけりと聞えしかバ、近江み濃尾ハリ三河遠江イがいせノ勢ハ**四十九院へはせ参り**、とき佐々木仁木左京大夫義長、三千よきニて**四十九院へはせまいる**、阿波サヌキビぜん備中ハリマみ作の勢ハ、**鵤へハセ集り**、四国西国ノ兵ハ二万よきニて**鵤へはせまいる**、其外畠山尾張守も東八か国ノ勢を卒メ、今日明日ノほとニ参着仕ルべしと、飛脚度々ニ及て申されけれハ、将軍父子ノ御勢、たゞ龍ノ天ニ翔ツて雲ヲ起し虎ノ山ニ靠ツて風ヲ生スが如シ、（九六一頁、読点私意）

傍線部は玄玖本・神宮徴古館本・西源院本に見え、二重傍線部は永和本にある詞章で、神田本は両者を混合したことによって生じた、というのが鈴木氏の論旨である。たしかに太字部は直前にある表現が繰り返され、「重複のために文脈が不自然な形となってゐる」という指摘は否定できない。ただ、すぐ前に見える、同じような表現に不自然さを感じたならば、何らかの処置を施すのが自然であろう。しかしそれをしなかったというのは、現代の目で見れば不自然ではあるが、書写者にとっては矛盾とか間違いという感覚はなかったのだろう。

傍線部の前者について、近江は佐々木、美濃は土岐、伊勢は仁木の住人で、最初出身の国名で示したのを、つぎは氏族名で記したと理解できる。後者の傍線部は、阿波讃岐備前備中播磨美作も四国西国に該当し、矛盾ではない。現代の感覚からすれば、文章として整備されていないが、神田本の書写者（あるいは編集者）は繰り返しをいとわず、こうした詞章を採用した。恐らく目の前に二種の詞章を持つ別々の写本があり、それらを矛盾なく集成する方法をとったのだろう。集成というのは、新しく写す本文に、より多種の情報を取り込むという意識であろう。いわゆる混態本をつくるというような感覚ではなく、本文あるいは異文集成というべきか。何の目的かといえば、次に書写する際にどの本文を採用するかの判断のためであろう。原本を作成するための草稿ではなく、すでに複数の写本が存在し、それらを検討しつつ、つぎの段階の写本のためで、その意味で言えば中つぎ的な草稿とは言えるだろう。

つぎに「無三種神器即位無例事」の中ほど、梶井宮の南山脱出の条を引く。

先皇両院梶井ノ宮、敵ニ囚レて南山ノおくニ御坐①〈アレ／せ〉バ、さこそ②〈叡襟／御心〉ヲなやマ③〈サル／ス〉らんと、④〈主上／此君〉御心ぐるしキ御事ニゾ思召ケ⑤〈レハ／ル、将軍ハ〉武家へも内々仰られて、然ルべき近臣にも仰合せられて、いかにもして南山よりヌスミいだし奉らんと、方便ヲめぐらされけれ共、主上両上皇ハ南山ノけいごノ兵きひしくて、たやすく御出有べキやうもなかりけり、遥かニほどへて梶井ノ宮⑥〈計／計ヲゾとかく〆〉ヲハ、金剛山ノふもとニ御ざ有けるを、けいご仕ル山人共ヲかたらふてぬすミいだし奉らせ

ける（九二二頁）

表記の都合で双行部分は〈　〉内に入れて小字表記し、〈右列／左列〉で示した。なお玄玖本系統は神宮徴古館本を引く。双行部分、①「アレ」は神宮徴古館本・永和本に同じ、②「叡襟」は神宮徴古館本に、「御心」は永和本に同じ、③「サル」は神宮徴古館本・永和本に同じ、④「主上」は永和本に、「此君」は神宮徴古館本に同じ、⑤「レハ」は神宮徴古館本に同じ。⑥「計」は西源院本に、「計ヲゾとかくシテ」は永和本に同じである。わずかな例であるが、ここからいえることは、右列が永和本、左列が神宮徴古館本に近いと厳密に区別されているものでもないようだ（②と④）。

二重傍線部は永和本にはなく、神宮徴古館本に見える詞章である。⑥の「計ヲゾとかくシテ」は漠然とした言い方だが、その後の二重傍線部は宮を盗み出した「とかく」の具体を説明した詞章である。「とかくシテ」、「かたらふて」は文脈としては重複になるが、神田本はそれを嫌わずに情報を書き込む。これは校合という意識とは異なり、先行する多様な表現をとりあえず採録するということだろう。その際の書きかたとして、神田本がこの巻について工夫したのが割注形式であったのではないか。

さらに「山名右衛門佐為敵事」の京合戦の一節、赤松氏範の戦いの部分を例にする。

赤松弾正少弼氏範ハ、いつも①〈うちごミの軍ヲコノマズ／このむものなれば〉、手勢計五十ヨキ計引②〈スグツ／わけ〉て、返す敵③〈あれハ／ヲ〉追立々々せメけるが、切て落す名もなき葉武者ハ千人切ても詮なし、あはれよからんずる敵ニあハばやと願ヒて、北白河ヲ今路へ向ケてあゆませ行処ニ、洗革の鎧の④〈マダ巳ノ尅なるニたつ／ツマどつたるにし、〉首の、かふとの緒ヲしメ五尺計なる太刀ヲ二振リ帯て、歯ノわたり八寸計なる大鉞（カリ）ヲ、手もとながくとりのべてふりかたげて、ちかづく敵あらハ唯一打ニ打ひしがんと、尻目ニ敵を睨（ニラマヘ）ンて、

閑かニ落行武者あり、（九三一頁）

①の部分、赤松氏範は大勢の兵が乱れあう戦闘を嫌い、五十余騎で敵に攻めかかるという文脈で、右列が正しいはずだが（神宮徴古館本九四九頁・永和本四二頁上も）、神田本左列は「このむものなれば」と逆の意味になる詞章も取り上げている。波線部は、例えばこれを欠く神宮徴古館本のようでも文意は通じるが、より具体的に赤松の心中を説明したもので、永和本の「切テ落ス名モ無キ敵共ヲハ何百人切テモ由無キ」に近い。ただ「葉武者ハ千人」という表現は神田本以外に見出していない。また点線部「手もとながくとりのべて」の直後に、二重傍線「ふりかたげて」があるが、これは動作の形容が繰り返されているといえる。永和本（四三頁上）は点線部がなく、神宮徴古館本（九四九頁）は二重傍線部を欠く。どちらかあればそれで意味は通じるのだが、神田本は両者を取り集めた表現をする。このような形容や説明の重なりは、他の箇所でも容易に見つけることが出来る。④の箇所、右列は神宮徴古館本に、左列は永和本の詞章に近く、これも異なった情報を集成する意識だろう。

もう一例、「南朝与直冬合躰事」の冒頭を見る。

翌ル年の春、新田左兵衛佐義興脇屋左（右歟—右に傍書）衛門佐義治、共ニさかミの河村ノ城ヲ落ヌ、①〈脇屋左（右歟—右に傍書）衛門佐義治ハ、越後国へ越てツハリノ郡ニかくれ居タリト／ていつくニありとも〉聞得②〈シ後ハ／ザリケレハ〉東国心安ク成て、今ハ用心ノ備へも怖畏スベキ方もなしとて、将軍尊氏上絡し給へバ、主上還幸なつて、京都又大勢ニなり③〈て、畿内山陰ノ敵共恐ル丶ニたらズト思へリ／にけり〉、（九四〇頁）

①②③の部分、右列は神宮徴古館本（九五四頁）に近く、左列は永和本（四五頁下）の詞章に近く、①②はそれぞれ正反対の意味が併記されている。これも相反する情報を捨てることなく拾い上げ、つぎの清書に備えるという意識から

であろう。

以上の例から、神田本巻三十二は先行する詞章を幅広く取り入れるという意識があり、基幹本文の行に収め得るならば、今日からは重複と見られるようなこともし、一行には書き得ない場合は双行表記をしたと想定しておく。双行表記の部分の依拠本文は、神宮徴古館本（玄玖本）系統及び永和本に比較的近いが、現存本に全同ではなく、また右列・左列の本が厳密に区別されているわけではない。書写者の前に二本があり、それを読み比べながら双行に表記したのだろうか。巻三十二も少なくとも三本は見ていた徴証（九四〇頁九行目、九七三頁一一行目）があり、あるいは数本が存在し、その中から適宜異文を取捨して二通りの本文を作成したものか。巻三十二が取り上げた異文には、比較的長いものが多く、それらが二本・三本と合致するものではないゆえに、二重・三重の符号を用い得なかったのか。いずれにせよ、巻三十二の書写方針が他の巻とは異なるとはいえるだろう。

また、神田本には本文の脇に「可糺」と注記されるものが、管見では十箇所ほどある。内容・用字に関するもので、書写時の疑義をメモし、後に調査確認する目的があったかと推定される。以下に列挙する。傍線は「可糺」が当該詞章の傍に記されることを示す。

①巻十四・三六三頁「義貞ノ中ニ榎〔杦イ〕原下総守〔一人たらス可糺〕同高田薩摩守義遠……小山六郎左衛門とて党ヲ結たる精兵ノ射手十六人アリ」

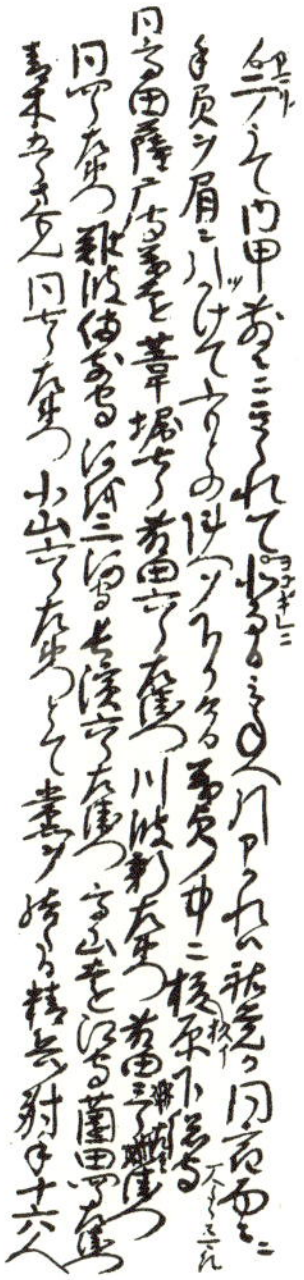

②巻十七・五三四頁「或ハ〔可糺〕再会ノ期なき事ヲ悲ミ＝或ハ一身ノ置所なき事ヲ思ヘリ」

③巻十七・五三七頁「顔子〔可紀〕か一瓢水清クメ独リ道アル事ヲ雖レ知ト相如か四壁風冷フメ衣ナキニ不レ堪」

④巻十七・五五二頁「ちか〔可紀〕づいてよすれバ城墎一片ノ雲ノ上ニ峙ツ＝遠フメ射れハ其箭万仭ノ谷ノ底ニおつ」

⑤巻三十二・九五二頁「天竺〈震旦／笠辰恩〉の旧ルキ記ヲ〈尋ヌ／討ヌ〉ルニ〔可紀〕「親ノ為ニ道〈無ケレ／違ヘ歟〉バ忠アレ共罪せらル獅子国ノ例是也＝父ノ為ニ孝アレハ賤シけれ共賞せらる虞舜ノ徳是也」」

⑥巻三十二・九六八頁「敵ニ合ヒて打死する者ハ少しトいへ共己ガ太刀長刀ニ貫ヌケて兵死する類者〔可紀〕ハ数ヲしらず」

⑦巻三十二・九六八頁「真前ニ進ムうへハ相随フ兵共たれかハ少しも擬々〔可紀〕スヘキ」

⑧巻三十二・九七七頁「血ヲふくミ疵ヲ〔可紀〕咀のミニあらズ亡卒の遺骸ヲハ帛ヲ散して収めしも」

⑨巻三十二・九七九頁「詞にも似ずもゝの井あまりニたゆく〔可紀〕覚えけれハ甲ヲひつきりなげすて」

⑩巻三十二・九八三頁「御方ヲ助よと二三度迄被レ招ける間〔可紀〕氏範小牧五郎ざへもんヲかいつかんで」

例えば①は、義貞の十六騎党の人数が一名足らないことに疑問をはさみ、⑤では「親ノ為ニ」以下の対偶表現の典拠を探索しようということであろう。ただこの「可紀」が、①以外が巻十七と巻三十二に偏在していることは、双行表記がこの二巻にのみあることと、何らかの関連があるだろう。書写の意識に他の巻とは異なるものがあった、と捉え得る傍証にはなろう。

7 結びにかえて

このほか神田本には、つぎの影印に見るような符号が付され、鈴木氏はこれを対偶符号と呼び、巻により繁簡の差はあるものの、全巻にわたって記されることを明らかにしている（⑦二二四頁）。そもそも神田本は巻一冒頭の序相当部分においても、対句的表現を意識し、改行した表記をする。

巻一「関所停止事并施行事」の半丁分から例示する。

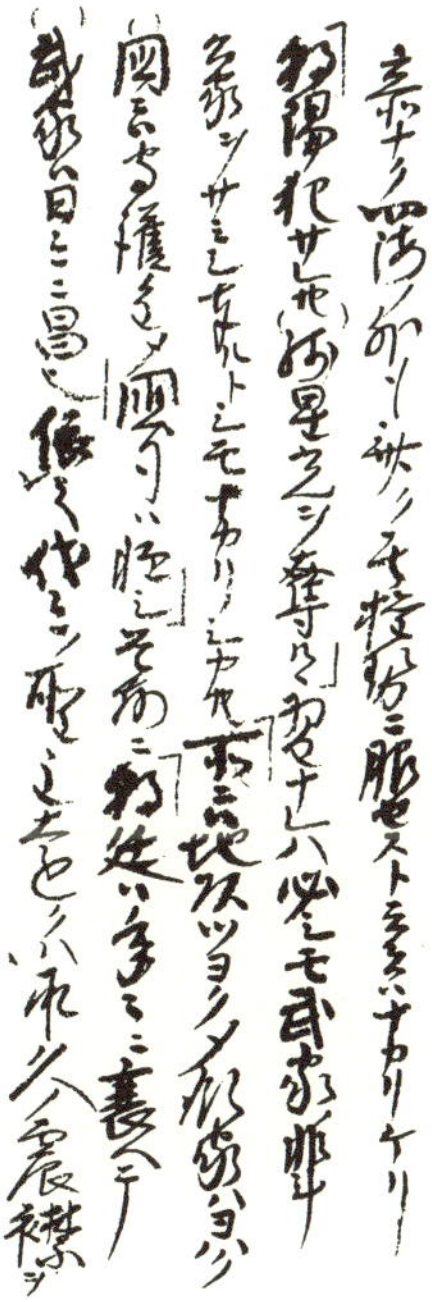

（巻一・9頁）

①「朝陽犯サレ共＝残星光ヲ奪ル、」（9頁2行目）

②「所ニハ地頭ツヨクメ領家ハヨハク＝国ニハ守護重メ国司ハ軽シ」（同3行目）

③「朝廷ハ年々ニ衰ヘテ＝武家ハ日々ニ昌也」（同4行目）

鈴木氏は、対偶符号が「このままでは特に語り（口頭演誦）との関わりを示す積極的な証拠は見いだせない」（⑦二二四頁）として、考察の重点を神田本の「読物」に移し、対偶符号が「乱」符号との組み合わせで使用された場合は、口頭演誦の色合いが濃くなるとする。語りについての知見を全く持たない稿者としては、上記①～③のような例の場合、これが口頭演誦とどう関わるのか想像できない。右の影印をみると、この符号は本文を写してから、その後で書き込んだように見える。一方、つぎに示す巻十七・五〇一頁の対偶記号のつけ方などからは、＝にあたる部分がその長さ分だけの余白がある。これから判断すると本文を写し終えてから後に＝を記したのではなく、本文詞章を写しながら、この箇所に＝が入ると予測して余白を用意し、そこに書き入れたものと思われる。

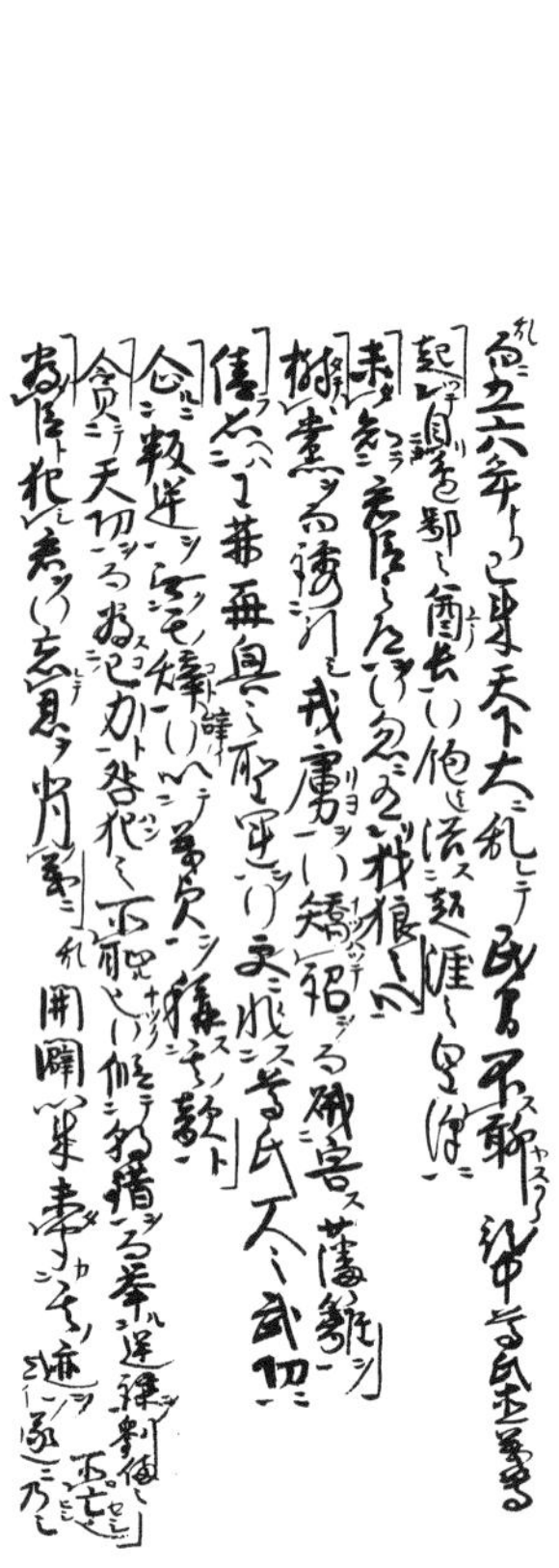

（巻十七・501頁）

ということは先行する依拠写本にすでに対偶符号が存在したものか。それでなければ、書写をした者がこの前後が対になる表現だと読み解いて対偶符号を記入したものであろうか。符号をどの段階で書き入れたのか、判断するのはむつかしい。また、語りに関わるものでないとすると、一体何の目的だろうか。対偶的表現を確認しつつ表記の誤りを点検する、ある種の校正のようなものか、はたまた後日に対句的表現の例文集ごときものを作るためか、それにしては繁簡もあり網羅しているとも思われない。二重・三重の符号同様、これもその目的がつかめない。▼注(16)

現存神田本は、複数の写本を比較できる環境のもとで書写された。恐らく応仁の乱後、足利政権の規制力が衰えた時期、あるいは十六世紀に入るかもしれないが、永和本も玄玖本も西源院本もあり、切継補入した天正本系統もあり、さらには現在は失われた写本も存在した頃に、いくつかの本文を見集め『太平記』の集成の如き写本を作ろうとし、その草稿的な意味で準備したものかと想像する。玄慧・恵鎮あるいは小嶋法師などといった、いわば原態あるいは初期作者の創作のためではなく、すでに天正本も存在した時期に、新たな校訂『太平記』をもくろんだその草稿本であろうか。数本を見ての細かい用字の確認や、異文の双行表記、対偶表現の点検、また「可糺」と記した疑問点の提示、人名列挙の際の四段表記や実名未記入など、これらは次の段階の清書本のための周到な用意と考えれば、ある程度納得が得られる。しかし、往時の写本のうちどの程度の数が、今日まで伝存しているかが、明確には把握できない以上、神田本『太平記』写本の清書本が、作成されたかどうかは不明である。ただ本書をもとにして、もう一度書写され清書本が出来ていたならば、本写本にみるような痕跡は消えてしまうはずで、その意味で本書の伝存を幸とすべきである。稿を終えるにあたり、どの問題にも確定的なことがいえないもどかしさが残るし、また書写態度を中心に扱い、具体的な依拠本文の問題（注17）に踏み込めなかったことにも忸怩たる思いがあるが、すべては今後の課題としたい。

【注】

（1）本書の刊行について、国書刊行会代表者の市島謙吉氏は「第一期刊行顛末」の中で、「欠点の多い古書の中から成るべく完全に近いものを撰んで、これを底本と定め又は対校に用ひる方針であるから、善本の発見について非常に骨折つた。（中略）珍稀なる者には神田本太平記の如き先年修史局へ貸した外一切閲覧も許されなかつたと聞いてゐる、この古写本を採つたのは苦心の存ずる所であつたが、意外にも少数の会員から、なぜあんな零本を出したかと詰問を受けた」（「善本の捜索」一一頁上、『国書刊行会出版目録附日本古刻書史全』所収、明治四十二年四月）と、すでに全巻揃わないことへの批判があったことを告白しつつ、一方で「神田本太平記の巻首に古色掬すべき由緒書の摹影を掲げた事などは、些細の様でも編纂者は工夫を用ひた積りである」（「材料の取捨配合」一三頁上）とも述べて、編集上の周到な配慮を強調している。「先年修史局へ貸した」とあるのは①で重野氏が「修史局に借用し数年留め置」いたことをいうのだろう。

（2）長坂『伝存太平記写本総覧』（二〇〇八・九、和泉書院）。

（3）この二点は汲古書院影印本の刊行時には、神田本『太平記』と離れ所在未詳であったが、『中尾堅一郎氏追悼 古典籍善本展観図録』（二〇一〇・六、大阪古典会）に『古写太平記由来書』二巻として出品され、某氏個人蔵となった。

（4）「覚」は一壺斎松庵養元の作で年月はないが、その第八条につぎのようにある。

評判并本書ノヨミクセ等ニ至迄、格物窮理シテ、往々改正焉、仮令大塔宮ノ大ノ字〈ダイノ／音ニ〉正ス、是モ山門ノ僧衆ト遂ニ吟味一申候ヘハ、ヲウノ音ニヨミ候事不レ可レ然候、ソノ子細者、此宮ハ大塔ノ座主ニテ候ヘハ、誤ニテ候、（中略、妙心寺授翁、万里小

路藤房説の否定〉、大卒挙二是等之例一而校正之、猶精密ナル事ハ、於二両書面一〈評判与二／本書一也〉、而又私淑焉、〈国書刊行会本三頁、一部写真で訂す〉

この条項は若尾政希氏が、「『理尽鈔』と『太平記』の「ヨミクセ」について論じる」（『「太平記読み」の時代 近世政治思想史の構想』〈平凡社ライブラリー、二〇一二・一二〉二一三頁）と指摘するとおりだが、「評判并本書ノヨミクセ」とある点が気になる。時代は近世に入ってからの記述だが、本書は明らかに神田本をさし、その読み癖を子細に検討したとあるのは、些細な一字にこだわる本写本のあり方に通じるものを覚える。この一節は、室町中期の神田本への接し方の一部を後代に反映したものか、とも想像したくなる。

（5）鹿児島大学附属図書館のサイトによれば、同館蔵『諸家文書』中『伊勢家文書目録』の一点〈進物目録〉に、「使者山本要人」とある由だが、未調査である。

（6）注（2）の旧著一三五頁。

（7）『集古十種』〈名著普及会本〉五二九頁につぎのように載る。

家藏尊純親王書翰所印

同上太平記古寫本所印

長谷川延年著『平安・鎌倉／室町・江戸秘奥印譜』（一九九二・八、国書刊行会）にも「尊純法親王書簡所用印」（四一五頁）、「菅家印（太平記古写本所印）」（五〇八頁）は掲載されるが、「家蔵」「同上」という記述はない。その理由はつきとめていない。渡辺守邦・島原泰雄編「影印改編・博愛堂集古印譜」（『調査研究報告』五号、一九八四・三）一一五頁・一六〇頁も同様で、所蔵者の記述はない。

（8）長谷川端『太平記　創造と成長』（二〇〇三・三、三弥井書店）五〇頁。

（9）長坂「天理図書館蔵中山正善氏寄贈『太平記』写本覚書―付、旧著『伝存太平記写本総覧』補訂―」（『奈良大学紀要』四〇号、二〇一二・三）五〇頁。

（10）和田英道「書評・長谷川端著『太平記の研究』」（『国語と国文学』六〇巻四号、一九八三・二）。

（11）国文学研究資料館編『田安徳川家蔵書と高乗勲文庫 二つの典籍コレクション』〈古典講演シリーズ9〉、二〇〇三・三、臨川書店、所収「永和本『太平記』をめぐって」一七三頁。

（12）この符号はもちろん国書刊行会本にも記されているが、活字の字組みの制約で影印を見ないと判断しにくい箇所や、翻刻の見落としもある。たとえば巻一の翻刻七頁上（無礼講事の段）の隣り合った行につぎのようにある。

此字フシン
伊達三位游雅聖護院
遊重
伯耆十郎頼時同左近
有イ

これでは正確には理解しづらいが、影印22頁を見るとつぎのようにあり、

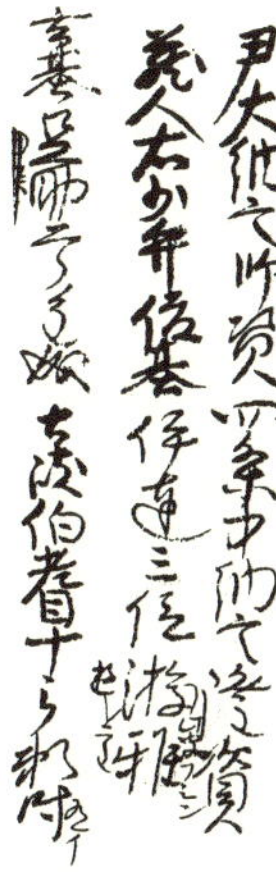

「此字」がどの字をさすか指示があり、「重」は「二重」の誤刻で、この符号は「游」と「遊」にかかることがはっきりする。

同七頁下段の例を示す。

折イ
理ヲ分ツ

は影印をみると、「分」「折」ともに「二重」の符号がついている（23頁）。

巻九・八九頁上に、

貝イ二重
金具ニスリたる

とあり、「具」の箇所が「貝」とされる異本が二本ある、と理解できるが、影印には、

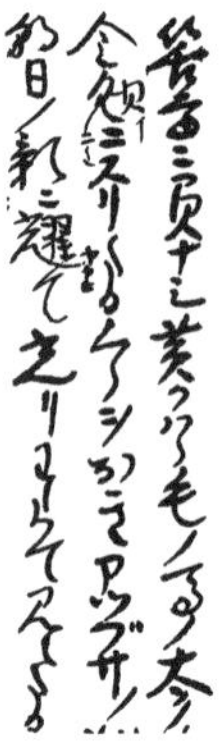

となっており（二二一頁・二行目）、「金具」とあるのが二本で、異本には「金貝」とあることになる。狭い行間に小字を書き込む翻刻には限界があることを示している。国書刊行会本は驚くほど正確に翻刻されているが、時に失誤もあり、影印での確認が必要なことはいうまでもない。

（13）注（2）の旧著所収。
（14）加美宏『太平記享受史論考』（一九八五・五、桜楓社）所収、第一章第四節「『太平記』の書写と校合―『十輪院内府記』」、第二章第三節「『看聞御記』―公家の『太平記』読みと物語僧」参照。
（15）「『太平記』成立期の本文改訂と永和本」（『太平記・梅松論の研究』所収、汲古書院、二〇〇五・一一）。

（16）写本の問題ではないが、国書刊行会本は翻刻の際、脱文と思われる箇所を天文本および流布本と対校し補訂している（例言七頁）。以下に一覧しておく。

巻七46頁上8行目　瓦（◎天文本作九）原ノ苔ニ
巻七48頁下6　押へて煦（◎天文本作喝イキ／スミ）
巻七54頁下1　綴流（◎綴流二字流布本作深淵）
巻八70頁上1　聖主宸ヒ（◎宸天文本流布本共作屒ヲ）
巻八71頁上後2　西ノ岡ノ兵・左衛門（◎天文本流布本共作西岡ノ坊城左衛門）
巻八頁76上2　ハラワレて方（◎流布本作御方天文本味方以下同）
巻十132頁上2　同音ニ曰（◎天文本作鳥吼（ハツ））となく
巻十五194頁下後5　南都（◎三字虫損天文本流布本共作又声聞）
巻十五220頁下後2　院（院流布本作猛）火重焼
巻十七249頁上後6　サケビノ〔声ソト〕（◎声ソト三字據流布本補以下加〔〕者同）
巻二十六431頁上後6　〔サテ何ソ天下ノ下ノ主（キミ）タルヘキ物ヲ生サランヤトテ日ノ神ヲ生玉フ〕（◎據二天文本一補）
巻二十八501頁上後6　河ヲ渡リて後（◎此間恐有脱文）閉てかううヲ
巻三十二569頁上2　片手打ニうたんトス（◎此間恐有脱文）金乗ヲとつてさしアゲ
巻三十五628頁下9　平氏ノ相州ハ（◎此間恐有缺文）無礼邪欲大酒遊宴

お茶の水図書館蔵の天文本は巻一～十五まで存、また関東大震災で焼失した天文本〔黒川本〕はすでに巻五～八・二十二が欠であったらしい（注2の旧著一三四頁）。従って上記の巻十七以降の五項は黒川本に依拠したと思われる。

（17）今井正之助「永和本『太平記』の復権」（『國學院雑誌』一一四巻一一号、二〇一三・一一）は、複製・翻刻はあるものの、専論のなかった永和本の本文研究を開拓した要論で、神田本の本文形成を考える上にも示唆に富む。

＊依拠本文

神田本の書影は汲古書院影印本による。

本文の頁数は、公刊されている以下のテキストの該当頁数を便宜的に示した。

永和本（原装影印 古典籍覆製叢刊、雄松堂書店）・神田本（汲古書院影印本）・西源院本（刀江書院刊本）・玄玖本（勉誠社影印本）・神宮徴古館本（和泉書院刊本）・天正本（新編日本古典文学全集刊本）・教運本（義輝本、勉誠出版影印本）・龍谷大学本（思文閣出版影印本）・梵舜本（古典文庫影印本）。その他は紙焼写真による。

2 神田本『太平記』本文考序説
——巻二を中心に——

●和田琢磨

わだ　たくま

現職○東洋大学文学部准教授

研究分野○太平記・室町軍記

著書等○「近世における軍記物語絵巻の一様相——『平家物語絵巻下絵』『根元曾我物語絵巻』『楠公一代絵巻』——」（『絵が物語る日本　ニューヨークスペンサー・コレクションを訪ねて』三弥井書店、二〇一四年）。「『太平記』「序」の機能」（『日本文学』六一・七、二〇一二年）など。

◉要旨

本論は、久曾神昇氏・長谷川端氏「神田本太平記解題」（一九七二年十月）以来、本格的な研究がなされていない、古態本を代表する伝本である神田本について改めて検討を加えようとするものである。今回は、今後の研究の基礎を固めるために先行研究を整理・検証した上で、これまでもしばしば注目されてきた巻二を取り上げる。いったい、神田本はどのくらい「古態」性を有しているのだろうか。本論は、この疑問に取り組もうとする論考の第一歩である。以下、各節の内容を略記する。

第一節では、神田本の研究史をまとめ、以下の内容が指摘されていることが特に重要であることを確認した。すなわち、神田本には原本に多くの切り継ぎ補入が施されていて、その本文は天正本系統本文であること。そして、この切り継ぎ部分を取り除いた本文が古態をよく残していると考えられてきており、「原態神田本」とも称されてきたこと。続く第二節では、仁和寺蔵本（巻二のみの零本）を検討した。これは、仁和寺本が神田本に近い本文を有するという指摘がなされてきたが、未だ検討されていないからである。ここでは、仁和寺本は神田本に近い部分と、異なる部分を持つことを明らかにし、神田本と比較するのに有効な部分もあることを明らかにした。第三節では、神田本本文を「原態神田本」本文と「切り継ぎ」本文に分けて考え、両本文の特徴を指摘した。「原態神田本」には神宮徴古館本や西源院本といった、系統を異にする古態本伝本には認められない詞章も認められ、それらは梵舜本や吉川家本といった後出形態とされる伝本の詞章と重なることがある。また、「切り継ぎ」本文は、従来、天正本系統本文であるという指摘にとどまっていたが、毛利家本や天正本系統の中でも野尻本と共通する特徴が認められることが分かった。第四節では、以上の内容をまとめ、今後の課題等を述べた。

はじめに

穂久邇文庫（ほのくにぶんこ）蔵『太平記』（以下、神田本）は、古態本に位置付けられている重要な伝本である。さらには、室町時代中期（長谷川端によると応仁の乱前後[注(1)]）の書写という、現存諸本中、永和本（永和三年以前写）に次ぐ古写本であることからも注目されてきた。しかしながら、神田本は多くの巻を欠いている（巻三・四・五・六・十一・十二・二十一・二十二・二十九・三十・三十七・三十八・三十九・四十の十四巻を欠く）上、数多くの傍記や天正本系統本文の切り継ぎ部分を有するなど複雑な様相を呈している伝本であるためか、この本について総合的に論じた論考はない。また、最近では神田本の専論は見当たらない。一九七二年に汲古書院から刊行された影印本『神田本　太平記』の下巻に収められた、久曾神昇（きゆうそじんひたく）・長谷川端「神田本太平記解題」がその最後である。この解題によって基本的な書誌情報は整理されたものの、神田本の本文について他の古態本と全巻に渡って詳細に比較した論考[注(2)]も、天正本系統といわれている切り継ぎ本文の分析も、神田本に数多く記された傍記の研究も、切り継ぎ等の作業を通して神田本が志向した作品の姿の解明も未だなされていない。影印本が刊行されてから四十年以上経った今、新たな成果を踏まえて神田本本文について見直してみる余地が残されているように思われる。個人蔵であるため、原本を実見しにくいという困難はあるのだが[注(3)]、現在出来ることまでは整理しておく必要があるのではないか。

　本稿では、諸先学の成果によりながら、神田本の問題点を整理してみたい。巻二を主に扱う理由は、切り継ぎ部分をも多く有する巻でもあることから、これまで神田本を論じる際にしばしば取り上げられてきているため、研究史を把握し問題点を具体的に明らかにするのに好都合であると考えたためである。

1　研究史概観

古写本・古態本という位置付け

神田本には、「家珍草創太平記来由」という豊臣秀吉から木下長嘯子（ちょうしょうし）弟利房（としふさ）に与えられたとする一巻が備わっている。この添え状がいつから加わったのかは不明であるが、寛永八年（一六三一）の奥書を有する。その冒頭には「夫此書者草案之元本也」とある。神田本を初めて世に紹介した重野安繹（しげのやすつぐ）は「太平記の古写本」（『史学雑誌』十一-一、一八九九年一月）で、この「元本」という指摘は否定しつつも、「紙質と云ひ字様と云ひ、又片仮名平仮名かきまぜの体裁等、元本を去ること遠からざる時代のものには疑ひなし」「此の古写本は作り卸しの儘の真面目なるを以て、草案の元本と云ひ伝へしならん」と極めて古い写本であることと、古態であることを指摘した。▼注(4) その後に刊行された『太平記 神田本 全』（国書刊行会、一九〇七年）は神田本の唯一の活字本である。切り継ぎ部分を分けずに翻刻しているなど使用するに際し細心の注意を要するが、貴重な仕事である。この本の「例言」は重野の指摘を紹介して、「元本」に近い古写本であることを認めている。また、「是等は当時筆者の手に成りしか、或は後人の加筆か、今知り難けれども、墨色には自ら区別あるが如し」と、神田本の傍記の問題を考える際に無視できない情報も伝えている。

その後、亀田純一郎『岩波講座日本文学 太平記』（岩波書店、一九三二年）により、切り継ぎ本文にも目が向けられるようになった。亀田は神田本の特徴として切り継ぎ補入が多く見られることをあげ、「切継補入が天正本系統の一本に依つてなされた」ことを指摘した上で、「神田本の原形はこれ等多くの切継補入を除去して考察してはじめて知られる」と述べている。さらには、神田本は「著しく簡古の趣を具へてゐる」ことを流布本との比較から指摘し、それは西源院（せいげんいん）本も同じこととする。その上で、「神田本の本文は概して西源院本より簡古」であること、「この両本を以て四十巻本中最も古い形に属するものとすべき」ことを説いている。諸本の整理が現在のようになされていない時期のことではあるが、神田本最古態説ともいうべき説が提示されたのである。

この神田本が古態本として重要な位置を占めているという説は、高橋貞一「神田本太平記について」（「言語と文芸」五-一、一九六三年一月）でも示されている。すなわち、高橋は、書写が「二人以上の手になって」いること、紙の欠之を補い書写している巻があることなどから「応仁の乱以後」の書写であろうこと、誤脱例が散見されることから元本ではないこと等、神田本の特徴を論じた上で、次のように述べている。

神田本の本来の形態は、天正本の同類本によりて補入せられない以前のものを追及（ママ）すべきである。したがって、巻二、巻九、巻十三、巻十九、巻二十五、巻二十六は天正本の類本による増補改訂（切継ぎ）があるから特に注目すべく、此等の巻々は本来西源院本に近い本文を有してゐたと認むべきである。……（中略。ただし、西源院本には後の補訂が加わっていることもあることについて言及する）……かくて神田本は西源院本と相補って太平記の原本追及（ママ）に極めて重要な伝本といひ得るのである。

神田本は西源院本と並び古態本の代表である、そう考えていたことが見て取れよう。

古態本という位置付けと混合本文の指摘

『太平記』諸本の研究史上、画期的な仕事をしたのは鈴木登美惠である。鈴木は「尊経閣文庫蔵太平記覚え書き」（「国文」十四、一九六〇年十二月）、「太平記諸本の分類——巻数及巻の分け方を基準として——」（「国文」十八、一九六二年二月）等において、現在の諸本分類の基準を提示したほか、後に古態本の標準的な伝本と位置付けられる玄玖（げんきゅう）本を紹介した。玄玖本系統が加わったことにより、西源院本・流布本と比較されてきた神田本研究も新たな段階に入る。その鈴木は、「太平記に於ける切継（きりつぎ）について」（「中世文学」八、一九六三年五月）を発表した。そこでは、亀田・高橋とは異なり、神田本が一筆書写であり（ただし、書写時期を異にする巻もあるとする）、巻十九・三十六以外の切り継ぎ本文も元の本と同筆であると指摘し、巻二を具体例として切り継ぎの様子について論じている。鈴木の「新しい形の詞章を作り出さうとする、改作者の積極的な態度から生まれたものと認められる」という発言は、とかく古態という側面が注視されがちであった神田本研究にあって、室町時代の本文生成の面を評価している点、重要であると思われる。さらに「太平記諸本の先後関係――永和本相当部分（巻三十二）の考察――」（『文学・語学』四十、一九六六年六月）において、神田本巻三十二に記された双行形式の本文の一方が永和本系統の本文であることを指摘したほか、「神田本は永和本と玄玖本との混合形態」であるということを指摘している。切り継ぎがなされていない部分に、すでに異本との対校の跡が見えること、対校部分以外にも混合形態が認められることが指摘されたのである。なお、長坂成行「宝徳本『太平記』巻三十三本文劄記」（『奈良大学紀要』十五、一九八六年十二月）もこのことについて追認している。さらに鈴木は「古態の太平記の性格――本文改訂の面からの考察――」（『軍記と語り物』九、一九七二年三月）において古態本諸本の関係について論じているが、そこで示されている巻十の例を見るに、「神田本形」は章段により「西源院本形」と一致する部分と対立する部分があることが分かる。

このように神田本にも混合本文があることが指摘されたのであるが、神田本古態説は根強く残っている。例えば、前掲影印『神田本 太平記』（汲古書院、一九七二年十月）において、切り継ぎ箇所を中心とした詳細な解題を書いた長谷川端も、「巻十四の本文異同とその意味」（『太平記の研究』汲古書院、一九八二年。初出は一九七三年十一月）で、

室町中期の書写になる神田本は、西源院本とともに古態を伝える最古の写本の一つであり、天正本系本文による切継増補箇所を除いて考えるならば、西源院本よりもよく古態を保っていると思われるところが多い。

と神田本を位置付けているほか、「太平記概観―成立から流伝まで―　四　諸本」（『太平記　創造と成長』三弥井書店、二

〇〇三年。初出は一九九八年七月）においても、

古態本を代表するという点では最右翼の神田本は、応仁の乱前後の書写かと考えられるが、神田本書写者（製作者というべきか）の手もとには、長谷川のいう「原態神田本」（現存の神田本から切り継ぎ補入された天正本系本文を取り除いたもの）とともに天正本系の伝本があって、書写者は「原態神田本」の本文を基礎にしながらも、天正本系本文を取り入れて継ぎ合わせ、新たな伝本を作り出しているのである（注17……総じて神田本と西源院本とに共通する本文は古態を保つといってよい）。

と述べている。また、鈴木登美惠「解題」（『玄玖本太平記（五）』勉誠社、一九七五年二月）も、

（古態本四系列の中で）いづれか一系列の本文が全巻を通じて古態を保つとはいひ難ひ……（中略）……古態を保つ箇所の比較的多い系列を求めるならば、右の二十二段を對象とする限りに於いては、第一は神田本系であり、玄玖本系はそれに次ぐ位置にあることとなる。

と、条件付きではあるが天正本系統本文を除いた神田本系本文を古態本の筆頭に位置付け、神田本は欠巻が多いことから古態本の標準的テキストとしては不向きで、「神田本系についで古態を保つところの多い玄玖本系」がよいとしている。このような神田本古態説は、例えば森茂暁「『太平記』の諸本と増補過程」（『太平記の群像　南北朝を駆け抜けた人々』二〇一三年、角川ソフィア文庫）が、（亀田の研究成果を継承したという高橋貞一『太平記諸本の研究』の）「結論の一つは、古態本を研究対象とするときは、神田本・西源院本を中心とすべきだということである」としているように、最近の一般書にまで浸透している。

課題

だが、先に神田本を古態本として重視していた高橋貞一は、『太平記諸本の研究』（思文閣出版、一九八〇年）に、前掲論文を再録した際、新たな論考も加えて、次のように述べている。

昭和五十一年二月、筆者は神田本に補入せられた天正本系統本文を除きて、本来の神田本を示すべき古態本を求めて、新校太平記を刊行した。この時に参考したのが西源院本、相承院本（後述参照）、今川家本（後述参照）の三本である。四本共に共通な詞章である時は古態本として妥当な本文と認められるが、相互に出入異同があり、神田本が最古とも認め難い所もある。

こうしてみると、神田本は古態であると位置付けられている一方で、部分的には混合が認められ、最古とは認められない部分もあるという指摘もなされていることが理解されるであろう。だが、神田本のどの点がどのように古態であるのか、逆にどの点に改作の手が加わっているのか等、いまだ全体的な検証結果は示されてはいない。すでに長谷川端「太平記の古態性に関する基礎的問題」（『太平記の研究』。一九八二年三月。本書が初出）が、（切り継ぎ部分を除いた）原態神田本がどのような性格の古態性を持つかを吟味するとともに、太平記諸本、特に古態本といわれるテキストの本文が神田本のそれとどのような位置関係にあるか、またそうした位置関係の生まれてきた理由は何か、古態本相互の関係はどうか、流布本への流伝関係はどのようなものであるか、などを調査することが要求されよう。

と問題点を整理しているが、これらの問題は多く未解決の状態にあるようなのである。長坂成行『伝存太平記写本総覧』（和泉書院、二〇〇八年）が神田本の書誌事項等を整理し、書き込みの位置付けの問題等の、残されてる課題を指摘しているが、この長坂の提起した問題も合わせて、神田本にはまだ検証の余地が残されているのだ。

現在、神田本は古態本の最初に紹介されていて、[注(5)]古態本を代表する伝本と位置付けられている。特に、天正本系統本文の切り継ぎ部分を除いた本文（以下、原態神田本。長谷川端の用語を使用する）は諸本研究の上で極めて重要な本文と目されている。[注(6)]だが、書写年次が十五世紀半ば頃という古写本であるにしても、『太平記』が出来てから約一世紀も後の写本である。[注(7)]その間に様々な手が加えられている可能性は高いのではないか。筆者には、巻数や巻の分け方から古態本の部類に位置付けられることは理解できるものの、原態神田本本文がどれほど古態なのか明確には理解できていないところがある。よって、以下、巻二を中心に神田本について考えていくが、その前に、高橋貞一が『太平記諸本の研究』で初めて紹介した仁和寺本の検討を行いたい。この本は巻二相当部のみの全四十六丁の零本だが、神田本に類する室町中期の写本であるとされている。もしそうであるならば無視できない伝本ということになるが、その詳細については未詳な点も多いのである。

2　仁和寺本『太平記』の検討

原態神田本との近似性

高橋の後、長坂成行『伝存太平記写本総覧』（67「仁和寺蔵（仁和寺本）」）も仁和寺本を紹介した。そこには、書誌情報が掲載されているほか、一部本文を検討し神田本との近似性や、切り継ぎにより失われた原態神田本本文に相当する本文を紹介した上で、「（高橋の指摘の通り）神田本に近い詞章を持ち、古態本では珍しい漢字仮名交の表記である点も注目される。ただし神田本が漢文表記する箇所を読み下しにしている」と述べている。長坂の指摘のように、この本は「（高橋は）室町中期写というが、かなり降るか」と思われ、筆者も近世中期以降の写本ではないかと考えている。だが、長坂も認めるように、神田本と近似している部分もあり、等閑視できない。長坂が例示していない部分の仁和寺本（一オ～ウ）を示しておこう（四角で囲んだ部分は虫損。神田本で補う。以下同じ）。

①　是のみならす智教教円二人も南都より召出されて同く六波羅へ出給ふ
②　二条三位為明は歌道の達者にて月の夜雪の朝褒貶歌合の御会に召れて宴に侍る事隙なかりしかはさしたる嫌疑の人にてはなかりしか［共叡慮ノ］趣を尋問れんために召取れて
③　斎藤これを預らる五人僧達の事［八］元来関東へ召下して沙汰あるへき事なれは六波羅にて尋究に及はす
④　為明卿の事にをいてはまつ京都にて尋沙汰ありて……

神田本との異同箇所は傍線部だけで、神田本は「斎藤、、ニ是を」となっている。このほかに豪精本も仁和寺本と同じである（前田家本・米沢本・毛利家本も近似）が、神宮徴古館本・玄玖本・西源院本・簗田本（南都本系）といった他の古態本は異なっている。神宮徴古館本（基本的にルビは省略する）を見てみよう（「三人僧徒六波羅捕事付為明詠歌事」）。

①　不是智教々円二人も南都より召捕れて
③　斎藤某にこれを預らる五人の僧達の事は元来関東え召下されて沙汰あるへき事なれは今六波羅にて尋究に及はす
②　二条中将為明は歌道の達者にて月夜雪朝褒貶の歌合の御会に被召て宴に侍る事隙なかりしかは指たる嫌疑の人にては無かりしかとも叡慮の趣をも尋問れむ為にこれを召捕らる
④　先京都におゐて尋沙汰あつて……

この神宮徴古館本本文と日置本は同文、簗田本も記事の順序は同じである。西源院本は異文で①③がなく、②から章を立てている。以上から、ここは神田本と仁和寺本は同系統の本文であるといってよかろう。もう一例示しておこう。同様に仁和寺本を引用するが、【　】内は仁和寺本の脱文かと判ぜられるので、神田本で補った部分である。

又①元弘元年、、山門東塔の北【谷より失火出来テ四王院延命院大講堂】法華堂常ノ行堂時に灰燼となりぬ是等をこそ天下の災難を兼て知する処の前相（ママ）を人みな魂をひやしけるを同年②十月三日大地震ありて紀伊国千里の浜の遠干潟（ヒカタ）ニはるかに陸地ニなる事廿余町なり又同七日の③酉の刻ニ地震ありて……

（三二オ～ウ）

仁和寺本との違いは、神田本は傍線①の部分が「元弘二年（四月十三日丑時）」となっている程度である。神田本は他本による改訂を施したのであろう。ちなみに、神宮徴古館本・玄玖本の傍線①部分は「元弘二年（玄玖本は「二（元）年」）四月十三日」に、同②は「七月三日」、同③はなし、となる。また、西源院本の傍線①は「元弘元年四月十三日」、同②は「七月三日」、同③はあり、となる。

なお、傍線①の部分を「元弘元年」とのみ記すのは吉川家本だけ、「丑時」という情報を加えているのは管見の限り神田本のみである。また、傍線②を神田本・仁和寺本と同じく「十月三日」とするのは、今川家本・前田家本（「七イ」と右傍あり）で、傍線③は簗田本ほか多くの諸本に記されている。つまり、神田本は他の古態本とは異なっており、仁和寺本と近似しているといえるのである。

原態神田本との相違点

その一方で、神田本と異なる部分もある。Aを仁和寺本、Bを神田本として、具体的に見てみよう（□は判読不能箇所）。

A　桂林房悪讃岐中房小相模二人左右より渡り合て鋒（キサキ）を指合て切り廻る其兵刃の交るをと暫もやむ時はなかりけり敵あまたに取籠られ奉に□□□讃岐と同所にて打れけれは……

（四二オ）

B　桂林坊悪讃岐。（中ノ坊ノ小さかみ）勝行坊侍従堅者宣（宗イ）快金蓮坊伯耆直源。四人（トテ）。（三塔にかくれナキかうの者）左右よりわたり合て鋒ヲさし合て切て廻ル其兵刃

ノ交ル音暫もヤム時ハなかりケリ敵アマタニ取こめられて悪讃岐ト直源ト同所（シ）にてうたれニケレハ（影印本109頁）

仁和寺本と同じ本文を有するのは梵舜（ぼんしゅん）本、今川家本・吉川家本・毛利家本もほぼ同文である。それに対し、補入を入れない神田本と完全に一致するのは豪精本だが、神宮徴古館本や西源院本といった古態本を含む諸伝本もほぼ同本文である。ちなみに、神田本の補入本文には異本を示す「イ」と記されていないが、天正本系統本文や毛利家本本文に認められる、やや特徴的な詞章である。後述するように、神田本には「イ」と記されていないものの異本の詞章を傍記していることがある。ここもそのように考えてよかろう。つまり、原態神田本本文ではない可能性をはらんでいるわけだ。

もう一例、諸本間に異同がある部分を見ておこう（四角で囲んだ部分は判読不能箇所。神宮徴古館本で補った）。

A　海東か若党八騎波多野か郎等十［三騎］真野入道父子平井九郎主従谷［底にして］打れに［けり］佐々木判官も馬を［射させて］（四三オ～ウ）

B　海東カ若党八キ波多野（カ）郎等十二キ平井四郎康景主従八キ（真野入道同シソク）。真野三郎平井又八。（主従）已下卅~~木キ~~（廿八キ）ヨキ谷底ニシテうたれニケリ佐々木判官モ馬ヲ射させて（影印本110～111頁）

仁和寺本は神宮徴古館本と同じで、神田本・西源院本・天正本・豪精本以外の多くの諸本がこの形態である。神田本は西源院本・豪精本とほぼ同じであるが、「卅六騎」の部分が西源院本は「三十余騎」となっている。また、豪精本の同じ部分は「廿八騎」（金勝院本も同）となっていて、神田本の傍記と一致する。興味深いことに、この部分の傍記は天正本系統や毛利家本とも一致しない。神田本の傍記には豪精本等の丁類本と一致する詞章が認められるところがあるので、ここも単なる誤写を訂したというわけではなく丁類本系の伝本の詞章による校訂と考えてよいと思う。▼注（8）

ちなみに、次の部分も仁和寺本と神田本は異なっていて、しかも神田本は西源院本や、豪精本・日置本といった丁類本系本文とも一致する（そのほかの諸本は仁和寺本と同じ）。

A　元暦の古へ後白川院山門を御憑ありて御登山ありし時も先横川へ御登山ありしをもやかて東塔の南谷円融房へこそ御移りありしか……（四四ウ）

B　寿永ノ古へ後白河院山門ヲ御憑有シ時もマツ横滽川へ御登山有しか共やかて東塔。南谷ノ円融坊へコソ御移有しか……（影印本112頁）

以下に、本節で論じた重要点のみ繰り返しておこう。一つは、仁和寺本には原態神田本と共通する特徴も存在するが、相違する場面も散見されるということ。そしてもう一つは、原態神田本の甲類本（古態本）諸本と異なる部分の中に、独自本文や乙類・丁類系本文と一致または類似する箇所も認められるということ。大略、以上二点である。

それでは、原態神田本の本文および切り継ぎ部分の本文について確認することにしよう。

3　神田本本文と他系統本文

原態神田本

『神田本　太平記』下巻の解題に示されている例の中には、乙類本系本文と一致する原態神田本の本文も認められる。もちろん、一般に後出形態と位置付けられている乙類と一致するからといって、原態神田本の本文に後出性が認められると結論付けようとしているわけではない。ここでの目的は、古態本の諸本の中での原態神田本の位相を例示しよ

うとすることにある。すなわち、巻二十三「土岐頼遠参會御幸致狼藉被死刑事」の冒頭、

暦應五年八月ノ初旧ヌル仙居幽閑ノ地ニ大方ノ秋ノ気色ヲモエイランノ為上皇伏見殿ニ御幸成ニけり（影印本680頁）

の傍線部分は乙類本系統の毛利家本や今川家本と一致する。また、巻二十四「楠正成為死霊乞劔事」の最後の部分、

凡ソ般若講読ノ砌ニハ悪鬼魍魎ソノ便りヲ得ズ仏法帰依ノ趣ニハ諸天善神ヲウゴノちからヲ加へて二世ノ願望ヲ成ズル事三宝ノ威験ニアリト見えたり（影印704頁）

は、古態本の中でも後出の伝本である南都本にも認められるが、毛利家本とも一致する。さらには、巻二の「資朝卿被切事幷阿新殿事」の解題中にも、「全体的にいって、原態神田本に最も近いと思われるのが梵舜本である」という発言がなされている。この指摘は見過ごせないように思われるのだが、解題では具体的事例が示されていないので、以下、神宮徴古館本や西源院本といった古態本と異なり、梵舜本と一致する特徴的な場面を中心に見てみよう。

事例1…仁和寺本・吉川家本・梵舜本・豪精本と同。

今ハ何事ニカ命ヲモ惜ムヘキ父ト共ニキラレハメイドノ供ヲモせヨかし下テ最後ノ様ヲモ見デハ叶マシ◆ト泣悲テトモナヒ行人なくハ……（影印本77頁）

＊◆印に、神宮徴古館本には和泉書院刊本で四行分の記事が入る（簗田本も同）。また、西源院本には刀江書院刊本で十一行分の記事が入る。

事例2…仁和寺本・簗田本・今川家本・吉川家本・梵舜本・毛利家本・前田家本・日置本・豪精本と同。

都ヲ出て十三日ト申ニ越前敦賀ノ津ニソ著ニケリ　（影印本78頁）

＊傍線部中、西源院本は「十三日」を「十日余」とし、神宮徴古館本は「越前ノ敦賀ノ津」を「越中国放生津」とする。米沢本は「三日」とするが脱字か。

事例3…仁和寺本・簗田本・今川家本・梵舜本・前田家本・毛利家本・豪精本と同。

是ハ若本間入道カ子息にてヤ有らんソレナリ共打ッて恨ヲ散ントヌケ入て見ルニ之ソレさへこゝニハ無シテ中納言殿ヲ切奉し本間三郎ト云者只一人ソこゝにハ臥たりケル　（影印本84頁）

＊傍線部、神宮徴古館本は「父卿」とし（米沢本も同）、西源院本は「資朝ノ頭」とする。なお、吉川本はこの部分なし。

事例4…仁和寺本・吉川家本・米沢本・天正本・豪精本と同。

さら〳〵ト押もうて行者加護猶如薄伽梵況や多年ノ勤行ニ於テヲヤ……　（影印本91頁）

＊傍線部、諸本間に異同あり。

神宮徴古館本「一持秘密呪生々而加護奉仕修行者猶如薄伽梵といへり況や多年の勤行におゐてをや……」（簗田本・前田家本同）

梵舜本「行者加護猶ヲ如ニシ薄伽梵ノ一持秘密呪 生々而加護 況ヤ多年ノ勤行ニ於テヲヤ……」

西源院本は大異、今川家本・毛利家本もそれぞれ異文。

このように、事例1〜3に梵舜本との一致例が認められることからも、解題の指摘が大筋で肯定されることが見て取れよう。また、2・3は南都本系簗田本とも一致するが、事例4も含め基本的に乙類や丁類系本文と一致していることも理解される。前節でも確認されたことであるが、やはり原態神田本には神宮徴古館本や西源院本には認められず、乙類系統などの本文と一致する詞章も散見されるのである。このような事例は、原態神田本と他の古態本諸本との距離を示す一要素といえよう。

ところで、神田本の研究史上、巻二が注目されてきた大きな理由として、切り継ぎ本文の存在があげられる。神田本の現状を示すのに都合のよい巻として認識されてきたのである。しかし、それなりの研究がなされてきたにもかかわらず、まだ指摘すべき点も残されているようなので、具体的に見ておくことにしたい。

切り継ぎ本文

先に紹介した、高橋「神田本太平記について」や鈴木「太平記に於ける切継（きりつぎ）について」等が、切り継ぎ本文の検討の具体例として巻二を取り上げている。その本文は天正本系統の本文であることが指摘されていることも前述した。しかしながら、それ以上のことについては言及されていないので、まだ検証されていない点を詳しく見てみたい。以下、枠で囲った本文が切り継ぎ部分である。最初に「南都北嶺行幸事」から引用する（影印本53〜54頁）。

……住吉ノ神主津守ノ国夏太鼓ノ役にて登山したリケルカ

> いかなる子細有けるにや出仕遅々したりける余りにし、ノ大こヲ沓ヲヌイて投うちに投てこそおんかくの拍子ヲ合せけれぶがくの儀式はて、帰けるか唐崎ノ一ッ松ヲ見おろしけるおりふし宿坊桂林坊ノ柱に［二首ノ歌ヲツ］かくそ書付ける
>
> 山のはの木すへヲ見こすからさきの松ハ一木にかきらさりけり

契アレハ此山モ見ツアノク多羅三藐三菩薩ノタ子ヤウヘケン

一行目の「登山」の右傍に「□イ」（□は判読不能）とありそれを墨で消してある。しばしば神田本に認められる改訂の痕跡である。

さて、枠で囲んだ部分は確かに天正本系統の本文であるが、ここで注目したいのは枠内の三行目の右傍記である。これは天正本・野尻本・龍谷大学本（教運本は巻二欠）といった天正本系統諸本には存在しない。また、他の諸本も「宿坊ノ柱ニ一首ノ歌ヲソ書付タル」（西源院本）となっている。そのような中で、傍記と一致するのが毛利家本である。ここは、神田本書写者が複数の伝本を有していて、切り継ぎ本文部分も校合していた可能性を示すものと考えてよいと判ぜられる箇所である。「かくそ」でも本文はよいのであるが、切り継ぎにより「一首」となったために具体的な数字を加えたのであろう。

もう一例、「資朝（すけとも）卿被切事幷阿新殿事」の切り継ぎ部分（影印本80～84頁）を見てみたい。

> 凡人間ノ。浮栄ハ浮雲ノ如シ有レ情者ハ誰か可レ不レ払二頭燃一ト常ニ口ズさ見給ひ只綿密ノ工夫の外ハ余念有共見え給ハス……（中略。阿新への手紙など「元徳三年五月廿九日　和翁」の署名あり）……是より十町計アルかはらへ出し奉りこしかきすへたれハちとも臆セ（以下、二文字分空白。改行）

シタル気。ナク。敷革ノ上ニ居なをりて。辞世ノ頌ヲ書給フ

五蘊仮成得　四大今帰空　将レ首当二白刃一　截二断ス一陣ノ風ヲ一

年号月日ノ下ニ名字ヲ書テ筆ヲ閣給へハ……

すでに長坂成行が『伝存太平記写本総覧』（67「仁和寺本蔵（仁和寺本）」）で指摘しているように、切り継ぎ部分の仁和寺本本文は「人間の事に於ては頭燃（ツネン）を払か如くにおほし成ぬと覚てたゝ綿密の大夫（ママ）の……」（21オ）と神宮徴古館本と

ほぼ同じ本文となっており、一行目の傍記と一致する。長坂がいうように「仁和寺本の詞章は原態神田本のそれと同じ」可能性がある。神田本の原態と切り継ぎの問題を考える上で注目される部分である。

傍記・改訂の本文

さらに詳しく傍記・改訂の本文を見てみたい。注目したいのは二行目の「余年有共見え給ハス（又ワサモおハしマサさりける）」である。この本文は毛利家本と一致し、天正本系の詞章とは異なるのである。そして、右傍記の方が天正本系統の詞章と一致するのだ。

天正本系統の本文が傍記されているのは、切り継ぎ本文に続く原態本文の一行目も同様である。原態部分は仁和寺本と一致し、「色」「シヅ〱ト」「硯ヲ乞て筆ヲソメ」「そか丶れけるイ」はすべて天正本系統本文の詞章なのである。さらにえば、墨で消されている「年号月日ノ下ニ名字ヲ」も看過することは出来ない。ここは高橋が『太平記諸本の研究』において仁和寺本について紹介している部分で、「異文による校正がある」と言及している箇所であるが、その詳細については触れていない。確認しておく必要があろう。なお、仁和寺本（西源院本・簗田本・今川家本・吉川家本・前田家本・豪精本・日置本も同）は原態本文と一致し、神宮徴古館本・玄玖本は原態部分を墨で消した形となってる。では、右傍記「元徳元（三イ）年五月二十九日　和翁ト」はどのような本文の詞章なのか。諸本を見渡すと以下のとおりとなる。

・梵舜本「元徳元年五月晦日和翁ト」
・毛利家本「元徳三年五月晦日和翁ト」
・米沢本「元徳三年五月廿九日和翁ト」
・天正本「五月廿九日和翁ト」（龍谷大学本も同）
・野尻本「元徳元年五月廿九日和翁ト」

一見して、天正本系統の野尻本とのみ一致していることが理解されよう。そして、異本注記で示されている元徳「三年」は毛利家本・米沢本と一致する。つまり、神田本は原態本文を野尻本の如き本文で訂正し、それに毛利家本の如き本文との校異を記した可能性があると考えられるわけである。

さらにもう一点、この改訂箇所は重要な情報を伝えている。すなわち、神田本は切り継ぎ本文で「元徳三年」という年時を含んだ記事を増補し、原態を書き換えた部分では「元徳元年」としてしまったがために、叙述に乱れを生じさせてしまっているのである（ちなみに、野尻本も同じ本文の乱れを有している。野尻本も混合本文であると考えてよいだろう）。ずさんな本文改訂を行っている神田本の姿勢を看取できるであろう。

以上、巻二の切り継ぎ部分を中心に、切り継ぎ本文の具体的な性格や、傍記の本文系統、改訂の姿勢等について確認してきた。すなわち、天正本系統の本文であるという指摘を一歩進め、現存諸本中では毛利家本とのみ一致する詞章が認められる部分があること、原態神田本の傍記には天正本系統本文も認められること、天正本系統でも野尻本とのみ一致する特徴的な詞章を有する部分が認められること、改訂により本文に不整合性を生じさせてしまっている部分があることなどについて指摘してきたのである。切り継ぎ本文や傍記についてもやはり検討の余地が残されていることが理解されたであろう。

最後に本論の内容をまとめ、現時点での課題を述べることにしたい。

4　まとめと課題

まとめ

本論の要旨を節ごとに略述しておく。第一節では神田本の研究史をまとめた。神田本には天正本系統本文による切り継ぎがなされていて、それを除いた本文（原態神田本）が古態であり重要であることが指摘されていた。だが、一方で古態とはいえない部分も指摘されていて、どの部分がどのように古態なのかを具体的に検討する余地が残されているなどの課題を述べた。第二節では、神田本系統といわれてきた仁和寺本の検討を行った。これにより、原態神田本と近似した部分と異なった部分とを有する伝本であることが明らかとなった。第三節では、原態神田本の中には神宮徴古館本や西源院本等の古態本には存在せず、梵舜本や毛利家本あるいは豪精本といった乙類・丁類系の伝本の詞章と重なる詞章もいくつか見られることを指摘し、古態本の中での原態神田本の一特徴を明らかにした。また、切り継ぎ本文や改訂の姿勢についても具体的に論じた。

原態神田本を復原することはできるのか？

このようにして見てみると、神田本には様々な要素が含まれていることが理解されるであろう。神田本を理解するにはこれらの諸要素を一々確認していかねばならないわけである。だが、影印本を開けばすぐに理解されるように、神田本は非常に読みにくい伝本で、しかも影印本では判読できない箇所が散見されるのである。第一節で紹介したように、高橋貞一や長谷川端は古態本研究には原態神田本が重要であると説いている。巻の分け方や巻数を基準にした諸本分類を行った鈴木登美恵も原態神田本の古態性を説いている。▼注(1) これらの指摘に対し全面的に異を唱えるつもりはない。だが、その古態性を考えるには原態神田本を復原することが前提とされているわけだが、原本を披見しにくい現状にあって、それはどこまで可能なのだろうか。さらにいえば、たとえ原本が披見できたとしても、それはどこまで可能なのだろうか。例えば、第三節で引用した次の部分を如何に理解すればよいのだろうか。

……シタル気(色)。ナク。敷革(シヅ〳〵ト)ノ上ニ居なをりて。「(硯ヲ乞て筆ヲソメ)辞世ノ頌ヲ書(そか、れけるイ)給フ
五蘊仮成得　四大今帰空　将レ首当(アツ)ニ白刃一　截ニ断ス一陣ノ風ヲ一

傍記はすべて天正本系統の本文であることは先述した。もし素直に文献学的に考えるとすれば、「……シタル気色ナクシヅ〈〜ト敷革ノ上ニ居なをりて硯ヲ乞て筆ヲソメ辞世ノ頌ヲ書給フ（そかゝれけるイ）」となるであろう。前三者は原態本文の補入で、最後は異本注記という扱いである。つまり、天正本系統本文の詞章がすでに原態神田本にも存在していたという理解となるわけだ。とすると、本文の性格を考える際に大きな問題となるのではなかろうか。天正本系統の本文を切り継ぎした現存形態の神田本は古態本とはいわない。もちろん部分的には天正本の詞章に古態性が認められることもあるが、この場面においてはその可能性は低いように思われる。そして、もし同じ後出系統の天正本系統本文の詞章が最初から存在していたのであれば、原態神田本も古態とはいえなくなろう。あるいは、巻三十二のように、巻二の原態神田本も混合本文となっていたのだろうか。さらに付け加えると、神田本には補入記号の右傍に「イ」と書いた本文が記されている場合も散見され、判断に迷うことがあるのだ[注(12)]。

これらをどう判断すればよいのだろうか。筆者としては、右の天正本系統の傍記は異本による校合の結果ではないかと考えている。神田本を見ていくと、「イ」と記された部分とされていない部分の違いがあまり明確には意識されていないように思われる箇所を見付けることができる。つまり、神田本書写者の書写態度や校訂の姿勢には厳格とはいえない部分もあることを指摘し得るのである。これは、例えば、誤脱例が散見されることや[注(13)]、本論で指摘した改訂により生じた文脈の乱れ、あるいはしばしば見受けられる誤字を墨で雑に塗りつぶした例などからも補強される。とすると、原態神田本を復原するには、数多く書き込まれた傍記をも検討し、それが原態からのものなのか、新たな本文を作るべく取り入れようとした異本の詞章なのかを判断する必要が生じてくるであろう。そこには各研究者の主観が入り込む余地が自ずと発生することになるはずである。こういったことから、原態神田本の復原は極めて難しいと筆者には思われるのだ。いったい、どれほど正確に原態神田本を読めるようにすることができるのだろうか。

神田本の位置付け

いうまでもなく、現存形態の神田本は古態本ではない。それならば、現存本文のどのような点に重要性を指摘することができるのだろうか。この問題を考える際、加美宏の次の指摘[注(14)]は参考になる。すなわち、

ほぼ十五世紀の終り頃には、単なる享受や書写から一歩進んだ諸本の校合、或いは校定本の作製が各所で行われはじめたわけで、この時期を『太平記』研究の第一期、校合開始時代として位置づけることができようかと思う。

と述べているのであるが、神田本が書写された時期（応仁の乱前後）はまさにこの頃なのである。つまり、異本注記・注釈・切り継ぎ・墨消し等が数多く記され、新たな異本を作ろうとする草稿的姿を残す神田本は、まさに室町時代中期の『太平記』の様相――諸本の校合・校定本の作製が行われていた時代の『太平記』の様相――を知る上で極めて貴重な伝本であるといえるわけである。神田本は、まずこのような伝本であることを念頭に置いて考えるべきではないか。現存本に記されている、異本注記や校訂に用いた本文の性格、注の典拠、あるいは記号の意味等[注(15)]を追究して、実際に存在する本の姿を明らかにする必要が先にあるのではないか。原態を求める以前に現状を正確に把握すべきなのではないかと思うのである。だが、その際に必要なことは、まず一度「古態」「代表的な古態本」という考えを脇に置いてみることだろう。長い間捕らわれてきた神田本＝古態本という観念から自由になって考えることが重要だと考えるのだ。原態神田本を読めるか否かは、その先にあるのではなかろうか。

【注】

（1）書写年代の判定については、長谷川端「永和本『太平記』をめぐって」（国文学研究資料館編『田安徳川家蔵書と高乗勲文庫』二〇〇三年、臨川書店）参照。

（2）鈴木登美恵『玄玖本太平記（五）』（勉誠社、一九七五年）「解題」が、現在の所もっとも詳しい比較を行っている論考で、五十七の章段を取り上げて古態本諸本相互の関係について考察したものである。
（3）影印本のほかに、東京大学史料編纂所には、汲古書院から刊行される十年ほど前に作製された神田本の写真帖があり、参考になる。
（4）そのほかに重野が古態と認定した理由として、流布本の文体・詞章が「卑俗」「野卑」であるのに対して、神田本のそれは「雅訓にして余計の文字を用ひず、仮名遣ひも正格を失はず、左も五百年前の文体と知られたり」という点が挙げられている。
（5）例えば、鈴木登美恵『玄玖本太平記（五）』「解題」、長坂成行『伝存太平記写本総覧』（和泉書院、二〇〇八年）等参照。
（6）長谷川「太平記の古態性に関する基礎的問題」に簡明にまとめられている。
（7）『太平記』の成立は応安年間（一三六八〜一三七五）と推定される。
（8）たとえば、『校訂　京大本　太平記』（勉誠出版、二〇一一年）の「解説」一四一一頁（「巻九」の部分。北村昌幸執筆）にも神田本の傍記の中に丁類系統の京都大学大学院文学研究科図書館所蔵『太平記』（京大本）と一致する部分があることが指摘されている。
（9）南都本については、小秋元段「南都本『太平記』本文考」（『太平記・梅松論の研究』汲古書院、二〇〇五年。初出は一九九八年三月）参照。
（10）小秋元段「毛利家本の本文とその世界」（『太平記・梅松論の研究』。初出は一九九三年十二月・一九九四年六月）は、毛利家本が神田本のような本文を取り入れたかと推測している。
（11）鈴木登美恵「太平記諸本の分類——巻数及巻の分け方を基準として」参照。この論文により現在の諸本分類の基本型（甲乙丙丁の四分類）が示されたのであるが、鈴木は「更に、本文校合から得られる結果によって、巻毎に諸本の性格を分析して行く方法が取られるべき」という、現在行われつつある諸本研究の方向性をも示唆している。なお、四分類については、『玄玖本太平記（五）』の「解題」に整理されている。
（12）重野安繹「太平記の古写本」には、巻十六の書き込みの様子が示されているが、異本の詞章を補入する部分もあり参考になる。
（13）誤脱例は、高橋貞一「神田本太平記について」や『太平記諸本の研究』「神田本」参照。
（14）加美宏「『太平記』の研究史　その一　研究以前と『太平記聞書』」（『太平記享受史論考』桜楓社、一九八五年。初出は一九七一年十二月）。
（15）符号についての先行研究として、鈴木孝庸「神田本太平記の符号に関するおぼえ書」（『平曲と平家物語』和泉書院、二〇〇七年。

初出は一九八二年十二月）がある。また、神田本には「文」という文字が記されていることがある。例えば、影印本七十三頁の二行目「君雖レ不レ君タラ臣以不レ可レ不レ臣タラ文」には、「文」はほかの文字と同じ大きさで記されている（小字の場合もある）。こういった例を『太平記』諸本で見たことはないが、宗教関係の本には見られるようである。これについては、橋本正俊氏の口頭発表資料「延慶本平家物語から中世山王縁起を考える」（二〇一四年四月二十日　軍記・語り物研究会例会　於・青山学院大学）中に同例を見つけ、橋本氏から教示を賜った。記して感謝申し上げる。その後、筆者が見つけた「文」の例は次のとおりである。『言泉集』（永井義憲他編『安居院唱導集上巻』、角川書店、一九七九年再刊。一五五・一七七・一七九頁他）、『烏亡問答鈔』（国文学研究資料館編『真福寺善本叢刊第四巻』、臨川書店、二〇〇〇年。四五四・四五六・四五七頁他）、『澄印草等』（小峯和明『中世法会文芸論』、笠間書院、二〇〇九年。一八七頁）。これらは典拠からの引用文の最後に記されている。神田本も同じであろう。

【付記】

本論で参照した諸本は以下のとおりである（括弧内の伝本については特に必要がない限り言及していない）。

甲類本　①神田本・仁和寺本　②神宮徴古館本（玄玖本）　③簗田本（南都本系）　④西源院本。

乙類本　今川家本・吉川家本・梵舜本・前田家本・毛利家本・米沢本。

丙類天正本（龍谷大学本・野尻本【教運本は巻二欠】）。

丁類本　豪精本・日置本。

なお、本論は科学研究費（若手研究B）「室町時代における『太平記』の異本生成過程の研究」（課題番号26770088）の成果の一部でもある。

コラム

天理本『梅松論』と古活字本『保元物語』

——行誉の編集を考える——

●阿部亮太

あべ・りょうた
現職○法政大学大学院博士後期課程
研究分野○日本中世文学
著書等○論文「古活字本『保元物語』編者考——『壒嚢鈔』を用いた評論群を中心に——」（『文学・語学』第二〇七号、二〇一三年）など。

『梅松論』は十四世紀中葉に成立したとされる上下二巻の歴史物語である。▼注(1) 鎌倉時代末期から南北朝時代にかけての戦乱を北朝の立場から綴った内容で、特に下巻では尊氏の動向や合戦の現場を詳述する。その諸本は古写本系統と流布本系統に二分され、古写本系統には天理大学附属天理図書館蔵本（以下「天理本」。嘉吉二年・一四四二）・彰考館蔵寛正七年書写本（以下「寛正本」。下巻のみ現存。寛正七年・一四六六）・京都大学史学研究室蔵本（以下「京大本」。文明二年・一四七〇）の三本がある。▼注(2) 研究に際して主に使用されるのは京大本だが、その理由は寛正本が上巻を欠く点と、天理本本文が編者「行誉」による大幅な改編を経ている点に求められよう。先行研究によれば、行誉の編集には『太平記』『神皇正統記』が多く用いられており、史実に忠実たらんとする傾向があるという。▼注(3)

行誉は『壒囊鈔』作者として著名な京都の真言宗の学僧である。▼注(4) 彼の名の奥書を有する文献は『八幡愚童訓』や『長谷寺験記』など、他作品にも数点現存している。筆者は以前、宮内庁書陵部蔵古活字本（以下「古活字本」。いわゆる「流布本系統」の代表伝本）▼注(5)『保元物語』の編集方法を調査し、行誉本人もしくは行誉の周辺人物がその本文改訂に携わっていたのではないかという仮説を立てた。▼注(6) この仮説を裏付けるためには、行誉の奥書を持つ文献の編集方法を調査し、古活字本『保元物語』のそれと比較検討する必要がある。

よって、本稿では天理本『梅松論』を取り上げ、その独自異文と古活字本『保元物語』本文及び『壒囊鈔』を照らし合わせた。この作業により、これらの詞章が一致もしくは類似する事例を抽出できた。

一つ目の事例を示す。まずは天理本『梅松論』の独自異文を確認したい。

天理本『梅松論』承久の乱に関する評論（上・二五一～二五二頁）

A 而ルヲ、承久ニ後鳥羽ノ上皇、関東ヲ亡シテ朝儀ヲ起サント思食シケルニ、剰ヘ官軍討負シカハ、①武威弥ヨ盛ニ成リ、公家増ス廃シ給ヘリ、

B倩ラ其乱ヲ思ニ、誠ニ末ノ世ニハ迷心モ有ヌヘク、下ノ上ヲ凌ク端共成ヌヘシ、能々御心得アルヘキ事也、兵衛佐、勲功類無キ程ナレハ、偏ニ天下ヲ掌ニス、是ニ依テ日本国ノ武士、皆彼ノ顧命也、サレハ其身ハ強チ朝家ヲ無シタテマツル義ハ無カリシカ共、君トシテハ不安一思食ル、事多カリキ、況ヤ其跡絶テ後室ノ尼公、陪臣ノ義時カ代ニ成ヌレハ、彼ノ跡ヲ刊テ御心ノ任ニセント思食モ一往ノ謂無キニアラネ共、白川・鳥羽ノ御代ノ比ヨリ政道ノ古キ姿タ漸ク衰ヘ、後白川ノ御時、兵革度々ヒ発テ天下ノ民、殆ト塗炭ニ落ニキ、爰ニ頼朝卿、一臂ヲ振テ其乱ヲ平ケシ事、古今類ヒ少キ忠節也、其ヨリ以来、四海浪閑カニ、九重ノ塵モ理マリ、王室モ栄ヘ、民屋モ穠テ上下堵ヲ安クシ、東ヨリ西ヨリ其徳ニ伏セシカハ、実朝卿無成テモ、背者有トハ不聞ヱ、是ニ増サル程ノ徳政無テハ、争テカ輙ク可被覆一、縦又失ナハレヌヘク共、民安カルマシクハ上天ヨモ与シ給ハシ、其上、王者ノ軍サト云ハ、過有ヲ討シテ瑕無ヲハ不亡一サト云リ、頼朝卿ノ高官ニ昇リ、守護ノ職ヲ給モ皆是法皇ノ勅裁也、私ノ義ニ非ス、仍テ後室其跡ヲ計ヒ、義時彼ノ権ヲ執テ、遂ニ人望ニ背カサリシカハ、下ニハ未タ瑕有ト云ヘカラス、而ヲ一往ノ道理許リニテ追討セラレンハ、上ノ御過トヤ申侍ム、只謀叛起シタル朝敵ノ利ヲ得タルニハ非サルヘシ、然レハ時ノ不到一ラ、天ノ許サヌ事ハ疑ヒナクソ覚ヘ侍ル、サレハ義時討勝テ武家弥繁昌セリ、▼注(7)

引用記事をABに二分したのは、記事Bが行誉の愛読書『神皇正統記』の順徳天皇条（波線部ナシ）とほぼ同文だからである。▼注(8) そして、この記事Bと隣接した一文A傍線部①の句順を替えた言葉が、『壒嚢鈔』にも見られる。

『壒嚢鈔』巻二―五「御行行幸ノ義并ニ幸ノ字ヲ用ル故如何」

シカアレトモ、後三條ノ御比マテハ、譲國ノ後、院中ニテ正シク政務アリトハ不レ見、白川ノ御時ヨリメ始テ、院ニテ政ヲ知セ給ヒケル、**是朝儀ノ癈ル、躰、政道ノ乱ル、姿タ也、サレハ此比ヨリ**②**公家癈レ武家ハ盛也**、既ニ脱屣ヲト申上ハ、古ワラクツノ足カヤリテステマホシキヲ捨ル如クコソ思食ヘキニ、結句、新主ニ禅リ給ヘル國ヲ、又立帰テ政務アルヘキ事、道理ニモ背キ、王者ノ法ニモ違ヘリ、誠ニ天下次第ニ衰テ、朝儀皆絶タルニコ

ソ、[注9]

天理本『梅松論』傍線部①と『壒嚢鈔』傍線部②に注目したい。二つの詞章は特殊な語彙を用いるわけではなく、一見ありふれた表現から成っている。しかし、両書の編者が同一人物であり、しかも傍線部①が『梅松論』諸本において天理本の独自異文である事実を考慮すれば、偶然の一致とはいいがたい。すなわち、傍線部①②はいずれも行誉が記したもので、彼の好んだ表現と考えるのが自然ではなかろうか。

ところで、『壒嚢鈔』当該記事は『神皇正統記』後三条天皇・白河天皇両条を参照している。[注10] しかも、古活字本『保元物語』にも引かれているのである。[注11]

古活字本『保元物語』鳥羽批評記事・院政批判（下・五十四オ～ウ／三八九頁・下）

後三条の御時までは、譲國の後、院中にて正しく御政務はなかりし也、されは院中のふるきためしには、白河・鳥羽を申也、脱屣とすてに中上は、ふるきわらくつの足にかゝりて捨まほしきをすつることくにおほしめすへきに、結句、新帝にゆつり給ふて後、又重祚の御望あり、それかなはねは院中にて御政務ある事、すへて道理にもそむき、王者の法にもたかへり、かやうに朝儀すたるれは、かゝるみたれも出来るなり、[注12]

『壒嚢鈔』と古活字本『保元物語』を比較すると、波線部以外の本文はほぼ一致する。波線部では、たとえば『壒嚢鈔』が「白川」とのみ記す箇所で、古活字本『保元物語』は「白河・鳥羽」の両名を挙げ、また『壒嚢鈔』の「天下次第ニ衰テ」とは直接対応しないが、古活字本『保元物語』には「天下」でなく「かゝるみだれ」すなわち保元の乱を説明する姿勢が確認できる、などの異同がある。つまり、波線部の異同は概ね『保元物語』の文脈に合わせて『壒嚢鈔』本文を改訂した跡と認められよう。『壒嚢鈔』の傍線部②を含む太字部分は古活字本『保元物語』にはないが、この記事で展開される院政批判の趣旨は、両作品とも変わらない。

この院政批判は『神皇正統記』の、院政期を公家社会から武家社会への転換期とする認識に基づく。そして、この『神皇正統記』の歴史解釈を天理本『梅松論』・『塵嚢鈔』・古活字本『保元物語』が継承しているのである。決して特異な認識ではないが、これら四作品の依拠関係や行誉という人物に注目した場合、天理本『梅松論』と古活字本『保元物語』が無関係とは思われまい。

二つ目の事例を示す。引用箇所のうち傍線部③が天理本『梅松論』の独自異文である。

天理本『梅松論』　後醍醐配流と崇徳配流とは扱いが異なるという指摘（上・二五五頁）

保元ニ崇徳院、讃岐ヘ遷サレ給シ、是ハ今度ノ事ニ准シ難シ、其故ハ、御兄弟ノ御争ソヒト云ナカラ、③故院ノ御遺誡ヲ背キ給テ乱レ出来リシカハ、御弟後白川院ノ御計トシテ、其ノ沙汰アリ、

保元の乱は崇徳・後白河兄弟の争いだが、その責任は鳥羽の「御遺誡（ごゆいかい）」に背いた崇徳にある、という歴史認識である。「故院ノ御遺誡」が何を指すのかは明記されていない。また、『兵範記（ひょうはんき）』『今鏡（いまかがみ）』『愚管抄（ぐかんしょう）』などの保元の乱に言及する箇所でも「御遺誡」の語は用いられていない。つまり、傍線部③のような天理本『梅松論』の認識を支える史料は見当たらないのである。▼注(11) しかし、この語は『保元物語』の主要伝本に見受けられる。まずは最も古態を残すとされる半井本（なからいぼん）の本文を引こう。

半井本『保元物語』　平清盛を後白河方につける美福門院の暗躍記事（上・二十一オ〜ウ／二六〜二七頁）

C鳥羽殿ヨリ右大将公教卿・藤宰相光頼卿、二人御使ニテ、八條烏丸ノ美福門院ノ御所ヘ進セテ、右少弁惟方ヲ以

テ、④故院ノ御遺誡ヲ申出ル、新院ト内裏トノ御中アシカルヘキ事ヲ兼テ御心得ヤ有リケン、兵乱出来ハ内へ可参武士ノ交名ヲ御自筆ニテ注置セ給タル故也ケリ、義朝・義康・頼政・重成・季實・惟繁・實俊・資經・信兼・光信也、

D此内、下野守源義朝・陸奥判官義康、故院ノ仰ニテ、去六月ヨリ内裏ヲ守護シ奉ル、殊ニ此程、所々ノ門ヲカタク守リ奉ル、

E安藝守清盛朝臣・兵庫頭源頼政・佐渡式部大夫同重成ハ、⑤故院ノ御遺言ノ内ナリシカハトテ、女院ヨリ内裏へ進セラル、清盛ハ多勢ノ者ニテ、一方ノ大将軍ヲモ仰付ラレヌへキナレ共、新院ノ一宮重仁親王ノ御メノト子ナレハ、法皇御心ヲ置セ給テ、御注文ニハ入サセ給ハサリケリ、然共、美福門院ヨリ、「⑥故院ノ御遺言ニ、清盛、内裏ヲ守護シ申セ」ト御使アリケレハ、清盛、内裏へ参リヌ、▼注(14)

半井本は傍線部④では「御遺誡」、傍線部⑤⑥では「御遺言」という語を用いる。この二語を使い分けることで、半井本本文は次のような文脈を生み出した。すなわち、鳥羽院は自身の死後に起こる崇徳と後白河の対立を予想し、後白河方へ加勢するべき武士の名を直筆で「御遺誡」に記しておいた。そこには崇徳方にも義理のある清盛の名を含めなかった（波線部）。しかし、美福門院は多勢の清盛を後白河方に引き込むために、遺誡そのものではなく「御遺言」を清盛に伝えた。直筆の遺誡を隠すことで鳥羽の配慮を無視し、清盛を騙って後白河方へつけたのである。▼注(15) 同記事における他本の異同だが、鎌倉本「故院の御遺命」「御遺言」（七七七～七七八頁／三二～三三頁）、根津本（ねづぼん）「故院の御遺誡」「故院の御遺言」（乾・十八オ～ウ／京図本「故院の遺戒」「古院の御遺言」二二頁）、宝徳本（ほうとくぼん）「故院の御遺命」「故院の御遺言」（三九七～三九九頁／金刀本七九～八〇頁同）とあり、▼注(16) 半井本と根津本が一致する。古活字本本文についてはひとまず措く。

右の場面で「御遺誡」と記さない宝徳本だが、これ以前の文脈には次のようにある。

宝徳本『保元物語』　崇徳方に参上した源為義の発話（上・三八九頁／金刀本七六頁同）
嫡子にて候義朝こそ坂東そたちの者にて武勇のみちにも長て候へ、それは⑦故院の御遺誡にて候とて内裏へ参候ぬ、

半ば強引に崇徳方に呼びつけられた為義が、自身の勢力をしぶしぶ藤原教長に告げる場面である。傍線部⑦は、鎌倉本で「御遺言」（七七〇頁／二八頁）となっている。よって、「御遺誡」の語を有するのは半井本・根津本・宝徳本の各系統本文ということになる。

これまでの検討を整理する。まず、天理本『梅松論』の「御遺誡」という語は他史料に見当たらないため、『保元物語』半井本・根津本・宝徳本系統本文のいずれかに拠ったと考えるのが穏当だろう。しかし、『保元物語』の「御遺誡」には「鳥羽死後における内裏守護の指示」が書かれているようだが、天理本『梅松論』の「御遺誡」には何の説明もなされていない。とすると、天理本『梅松論』編者の行誉は、『保元物語』を読んで遺誡の内容を知っていたにもかかわらず、遺誡の内容にはこだわらずに（または『保元物語』における遺誡の内容を隠して）、「御遺誡」の語のみを用いて天理本『梅松論』の編集をしたことになる。つまり、行誉は「御遺誡」の語を便宜的に用いているのである。

さて、半井本本文を基底とする古活字本は、次のような本文を有する。

古活字本『保元物語』　平清盛を後白河方につける美福門院の暗躍記事（上・三十八オ～ウ／三五五頁下）
c内裏より左大將公教卿・藤宰相光頼卿、二人御使にて、八条烏丸の美福門院へ参り、權右少弁惟方をもて、⑧故院の御遺誡を申出さる、此兵乱の出来たらんする事をは、かねてしろしめしけるにや、内裏へめさるへき武士の交名をしるしをかせ給へるなり、義朝・義康・頼政・季実・重成・惟繁・実俊・資經・信兼・光信等なり、e安藝守清盛は多勢の者なれは、尤めさるへけれとも、一宮重仁親王は、故形（刑ィカ）部卿忠盛の養君にてましませは、

清盛は御乳母子なれは、故院御心ををかせ給ひて、⑨御遺誡にもいれさせ給はさりしを、⑩女院御謀をもて、「⑪故院の御遺誡にまかせて、内裏を守護し奉るへし」と御使ありけれは、清盛、舎弟・子共引具して参けり、

古活字本には半井本Dに対応する詞章がなく、半井本の傍線部⑤⑥「御遺言」と対応する傍線部⑨⑪も傍線部⑧同様「御遺誡」に統一されている。また、古活字本のみ傍線部⑩の本文を有する。こうした異同から、古活字本は従来の『保元物語』よりも美福門院批判が明白といえよう。加えて、当該記事の美福門院批判は、古活字本下巻に増補された鳥羽批評記事のうちに展開される、『壒嚢鈔』巻六―五を典拠とした女人政道批判と軌を一にする。[注(17)]『壒嚢鈔』に拠った女人政道批判の伏線となる重要な右の記事において、行誉の編集した天理本『梅松論』の独自異文にある「御遺誡」という語が、古活字本『保元物語』には三度も用いられているのである。たとえ文脈上の遺誡の内容はどうあれ、こうした語の一致を確認できるのであれば、やはり天理本『梅松論』と古活字本『保元物語』には何かしらの関係性があるのではないか。

以上、二例ではあったが、行誉という存在を通して天理本『梅松論』・『壒嚢鈔』・古活字本『保元物語』の各本文の関係性を論じてみた。これら三作品は本来的に記述内容が大きく異なるため、事例が僅少なのはやむを得ない。しかし、それだけに、表現の類似や主張・典拠の一致が留意されるべきだろう。本調査だけでは、行誉が古活字本『保元物語』の本文改訂に関与したという仮説を補強できたとはいいがたいかもしれない。ただし、他文献の行誉奥書本を調査する際の指標は得ることができたのではないか。

【注】

(1) 福田景道氏「歴史物語としての『梅松論』」(『島根大学教育学部紀要(人文・社会科学)』二八号　一九九四・一二)及び小秋元段氏「『梅

松論』の成立―成立時期、および作者圏の再検討―」（『太平記・梅松論の研究』第四部第一章所収　汲古書院　二〇〇五・一二。初出　長谷川端氏ほか編『軍記物語研究叢書8　太平記の成立』汲古書院　一九九八・三）

（2）小川信氏「『梅松論』諸本の研究」（『日本史籍論集（下巻）』吉川弘文館　一九六九・一〇）及び釜田喜三郎氏「『梅松論』と『太平記』」（『太平記研究―民族文芸の論―』第四章所収　新典社　一九九二・一〇。初出「梅松論と太平記との関係」『心の花』六九巻六号〔八〇〇号記念号〕一九六五・六）

（3）小助川元太氏「天理図書館本『梅松論』考」（『行誉編『壒嚢鈔』の研究』第五編第一章所収　三弥井書店　二〇〇六・九。初出『唱導文学研究』三集　三弥井書店　二〇〇一・二）及び福田氏「天理本『梅松論』の歴史構想―正確性と精密性の追究―」（『島大国文』三三号　二〇〇八・三）

（4）最近は細川武稔氏「東岩倉寺と室町幕府―尊氏像を安置した寺院の実態―」（『京都の寺社と室町幕府』吉川弘文館　二〇一〇・三）により、観勝寺でなく東岩倉寺真性院の僧だったという意見が提出されている。

（5）永積安明氏「保元・平治物語の成立と展開」（『中世文学の成立』岩波書店　一九六三・六）

（6）拙稿「古活字本『保元物語』編者考―『壒嚢鈔』を用いた評論群を中心に―」（『文学・語学』二〇七号　二〇一三・一一）

（7）天理本『梅松論』本文は小助川氏「翻刻　天理大学附属天理図書館蔵『梅松論』上下」（同注3前掲書第五編第二章所収）に拠った。

（8）すでに小助川氏が注3前掲論文で指摘し、分析している。『神皇正統記』本文は岩佐正氏ほか編『日本古典文学大系（以下「旧大系」）神皇正統記・増鏡』（岩波書店　一九六五・二）の一五九・一六〇頁参照。

（9）『壒嚢鈔』本文は濱田敦氏ほか編『塵添壒嚢鈔・壒嚢鈔』（臨川書店　一九六八・三）所収の正保三年版本（十五巻十五冊）に拠った。

（10）小助川氏「『壒嚢鈔』の『神皇正統記』引用」（同注3前掲書第二編第二章所収。初出「『壒嚢鈔』の『神皇正統記』引用―政道論を中心に―」『伝承文学研究』五〇号　二〇〇〇・五）

（11）釜田氏「更に流布本保元平治物語の成立に就いて補説す」（『神戸商船大学紀要』一号　一九五三・三）

（12）古活字本『保元物語』本文は紙焼写真に拠り、永積氏ほか編『旧大系　保元物語・平治物語』（岩波書店　一九六一・七）付録での所在を掲げた。

（13）野中哲照氏「『保元物語』における〈鳥羽院聖代〉の演出―美福門院の機能をめぐって―」（『国文学研究』一一三集　一九九四・六）

（14）半井本『保元物語』本文は内閣文庫蔵本のマイクロフィルムに拠り、栃木孝惟氏ほか編『新日本古典文学大系　保元物語・

承久記』（岩波書店　一九九二・七）での所在を掲げた。

（15）注13前掲。

（16）鎌倉本・根津本・宝徳本の各本文は、順に『古典研究会叢書　保元物語』下（汲古書院　一九七四・三）、東京教育大学（筑波大学）附属図書館蔵（根津文庫旧蔵）本のマイクロフィルム、『陽明叢書国書篇第十一輯　保元物語』乙本（思文閣　一九七五・一一）に拠り、その所在を掲げた。また、鎌倉本は北川忠彦氏ほか編『伝承文学資料集第八輯　鎌倉本保元物語』（三弥井書店　一九七四・一一）でも確認し、本文の所在を掲げた。さらに、参考として京図本・金刀本の本文もそれぞれ早川厚一氏ほか編『京図本保元物語』（和泉書院　一九八二・三）、注12前掲書で確認し、本文の所在を掲げた。

（17）鳥羽批評については注6前掲論文で論じた。

ABSTRACT

Taiheiki's Poetic Expressions and Their Origin

Kitamura Masayuki

Taiheiki's prose often includes parts of old poems. Annotated works indicate that the greater part of those poems is found in imperial anthologies. In particular a high percentage of them come from *Kokin Wakashū* and *Shin Kokin Wakashū*. There is a clear difference in the frequency of poems included from the six collections beginning with *Gosen Wakashū* up through *Senzai Wakashū* and the thirteen collections following *Shin Chokusen Wakashū*. From these differences we can clearly see the internal workings of the work's production, such as what references fostered the poetic sensibility of *Taiheiki's* author.

I begin by establishing the hypothesis that *Taiheiki's* author had *Kokin Wakashū* and *Shin Kokin Wakashū* close at hand. However, in actuality there are points of discrepancy in episodes that ought to have used *Shin Kokin Wakashū*. Hence, it is doubtful whether *Taiheiki's* author actually referred directly to the original. From there, my second hypothesis is that those references came from *Hachidaishū Shūkasen*, which had a biased policy toward recording. Interestingly, Fujiwara Teika's *Teika Hachidaishō* on one hand recorded over five hundred poems from *Kokin Wakashū* and *Shin Kokin Wakashū* respectively, while on the other recorded but twenty to two hundred from the other six poetry collections. This is indicative of *Taiheiki's* tendencies regarding poetic references. While we cannot prematurely conclude that *Teika Hachidaishō* was used at the time of *Taiheiki's* authoring, it is entirely possible that similar documents will lead us to *Taiheiki's* poetic expressions.

Furthermore, aside from *Hachidaishū* excerpts, we can posit that the author also consulted poetry collections of famous places. Thus there are cases where two adjacent poems in *Utamakura Nayose* are at the same time reflected in a series of episodes in *Taiheiki*. Like *Teika Hachidaishū*, we cannot confirm that *Utamakura Nayose* was present when *Taiheiki* was written, but if we can glimpse its influence through a detailed analysis, a part of the literary environment surrounding *Taiheiki's* author will become clear.

Taiheiki's Dual Notions of Loyalty : On the Service and Retirement of Sadafusa and Fujifusa, and the Reception of the Four Books

Morita Takayuki

I will examine episodes about the service of these two courtiers via reception of the Four Books to elucidate the dual nature of loyalty in *Taiheiki*.

In war tales, the phrase "a loyal follower does not serve two lords" serves as the ideal

for loyalty. Nevertheless, in the chapter 5 episode of *Taiheiki* "The Matter of Sadafusa," an altogether different argument is developed using Chinese legends to contextualize Sadafusa's actions following Go-Daigo's exile to Oki Island. Here, eremitic attitudes such as that of Boyi and Shuqi are rejected, while the attitudes of Guan Zhong and Baili Xi, who transferred their service to despots such as Duke Huan of Qi and Duke Mu of Qin, are validated. We are thus led to Sadafusa's second service in the court of Emperor Kōgon and the conclusion that "a loyal follower does not necessarily choose his lord."

On the other hand, there are places where the eremitic attitudes of Boyi and Shuqi are validated, such as in chapter 13, "The Matter of Fujifusa's Retirement," wherein Fujifusa (the son of Sadafusa) retires after losing confidence in Go-Daigo following his rejection of Fujifusa's remonstrance. The actions of Boyi and Shuqi, and thus Fujifusa, are praised. From this perspective the actions of both father and son should be at odds, but *Taiheiki* judges both in a positive light.

Guan Zhong and Baili Xi are both dealt with in the Four Books, and the above episodes are related to *Taiheiki's* understanding thereof. For example, Mencius' ideal of the "imperial way" (*ōdō*) has strongly influenced *Taiheiki*. In particular, the chapter 1 episode "The Matter of Emperor Go-Daigo" rejects despotism. If we presuppose this understanding of *Mencius*, it should be that Sadafusa's actions, which are based in the actions of Guan Zhong and Baili Xi, should be rejected as supporting despotism. In other words, while chapter 5 appears to support Sadafusa, in the broader context, we can read it as not entirely supportive of his actions.

The Road to Gekokujō: The Kannō Disturbance as Seen in *Taiheiki* and the Myth of Ashikaga Authority

Jeremy A. Sather

Many of *Taiheiki's* episodes were written with those from *Heike monogatari* as a model. Accordingly, it is useful to consider *Taiheiki* and *Heike monogatari* as a pair when interpreting the former. For instance, *Taiheiki's* author appears to have used the *Heike monogatari's* depiction of the Genpei Wars as a structural model for the Genkō Disturbance. *Taiheiki* portrays the Genkō Disturbance up through chapter 11, and sees the conflict in terms of Genji versus Heike, with the Ashikaga playing the role of the former and the Hōjō the latter. Additionally, chapters 12 through 21 the conflict between Ashikaga Takauji and Nitta Yoshisada mimics that of Minamoto no Yoritomo and Kisō Yoshinaka. In short, *Heike monogatari* provided *Taiheiki's* author with a ready-made structural model for depicting the Nanbokuchō age.

This paper is comprised of three parts. First, I analyze *Taiheiki* as a vehicle for the

expression of unease and despair toward the transformation of imperial authority that occurred throughout the fourteenth century. Second, I use the French philosopher Michel Foucault's theory of heterotopia as a means of interpreting the term *gekokujō* that characterizes *Taiheiki's* narrative after chapter 26, otherwise known as the Kannō Disturbance arc. In part 3 I argue that that narrative, which appears to be a mythical origin story of the Ashikaga shogunate, fails to establish that origin in the way that *Heike monogatari* did for the Minamoto. I conclude that for *Taiheiki's* author, the peace that *Taiheiki* portends will not arrive until the heterotopia that is the realm of *gekokujō* is reversed and the traditional imperial order restored. In this way *Taiheiki* became a catalyst that helped regenerate the myth of imperial authority, which continued to provide the ideological basis for conflict throughout Japanese history.

Concerning the Incorporative Process of "Unkei Miraiki" in chapter 27 of *Taiheiki*

Koakimoto Dan

There are a variety of discrepancies between *Taiheiki* variants regarding the presence or absence of the Chapter 27 episode "Unkei Miraiki," which foretells the development of the Kannō Disturbance, as well as the order in which this episode appears. It does not appear in the *Jingū chōkokanbon* or *Genkyūbon* variants. In the *Kandabon* and *Seigenin'bon* variants it appears at the end of the chapter, while in others it appears at the midway point, before the episode "Sahyōei no suke, Moronao wo chū sen to hossuru koto." In the typical view, *Jingū chōkokanbon* is considered the oldest form while variants like *Kandabon* were created at a subsequent stage; other variants evince the final form.

However, there is one point of concern when reading "Unkei Miraiki" in the *Kandabon* format. In the dialogue between Tarōbō and Unkei where Myōkitsu Jisha is a topic he is called the "priest of Son'un." However, no explanation for this title is given. This is difficult to understand, and if, beginning with this episode, *Kandabon* is a revised text, then it would seem likely that there would be some previous explanation as to why Myōkichi Jisha is called "priest of Son'un."

In the chapter 26 episode of the *Kikkawakebon* variant, "Myōkitsu Jisha no koto," there is a section that includes the following passage: Myōkitsu "built a temple at the location called Ichijō Horikawa Son'un Bridge." If this is correct, it is natural to understand the "priest of Son'un" as Myōkitsu Jisha. Is it possible that the first variants to be revised using "Unkei Miraiki" had this explanation? *Kikkawabon* is not representative of old form variants (*kotaibon*), but its prose is the same as *Jingū chōkokanbon's* chapter 27. From this we can postulate that *Kikkawabon* inherited the format of a variant whose revisions began with "Unkei Miraiki." Moreover, *Kikkawabon's* "Unkei Miraiki" is placed before "Sahyōei no

suke, Moronao wo chū sen to hossuru koto." Accordingly, originally "Unkei Miraiki" was placed before this episode, and it is entirely plausible that it was included at the origin of the Kannō Disturbance narrative in order to foretell its entire development. We cannot see the *Kandabon* format, which places the episode at the end of the chapter after the Jōwa Gonen Disturbance, as the original.

Basic Problems Concerning Kandabon *Taiheiki*

Nagasaka Shigeyuki

The *Kandabon* manuscript copy was published around the end of the Meiji period, and a facsimile followed in 1972. Of the forty chapters only 26 are extant, and as a result there is some hesitation in calling it the authoritative version. And yet it is often quoted as if it were. Compared to other variants, the following characteristics are evident: first, it was copied at a relatively early stage, perhaps during the mid Muromachi period; second, the text is peculiar enough to make one think it was in fact a draft; third, it contains cut and paste (*kiritsugi*) additions, variances, and annotations from related variants. Even though these conditions exist, there has not been enough work done on this text, other than the following: Suzuki Tomie has dealt with issues such as the two categories of chapter 32 and its combinatory versions; Hasegawa Tadashi has indicated areas cut-and-paste in detail through the facsimile's bibliography; and Suzuki Takatsune has an essay based on markings in the text.

In this paper I consider the following basic issues: 1) when *Kandabon* was copied, its handwriting, and transmission; 2) contrapositive marks; 3) two-fold, three-fold, and four-fold marks; 4) corrective annotations; 5) and marks of actual names of listed characters. The number of lines and height of the characters in each work are not uniform, and there are a large number of notes in the margin. At first glance, in form *Kandabon* appears sloppy, but its contrapositive notes and annotations concerning the variations of even one or two characters suggest that a great deal of care was taken toward content and detail. In addition, the existence of *Eiwabon* copy and the two categories of chapter 32 provided a reason for me to examine it alongside earlier research. I consider the manner in which *Kandabon* was copied while comparing it with *Eiwabon* and *Jingū chōkokanbon* variants. I believe that we can see the production of a revised hybrid version, and the intention guiding the compilation of extant variants that were slightly different from the creation of mixed prose versions.

Introductory Thoughts on *Kandabon Taiheiki* : Concerning Chapter 2

Wada Takuma

This paper proposes to reexamine *Kandabon Taiheiki*, which is representative of old form variants (*kotaibon*). It has not been the subject of any real analysis since Kyūsojin Hitaku and Hasegawa Tadashi's "A Bibliographical Introduction to *Kandabon Taiheiki*." I will point out a number of problems with the oft-researched chapter 2 in order to assemble preceding research as a foundation for future inquiries. This essay is an initial attempt to grapple with the following question: to what degree does *Kandabon* possess the characteristics of old form variants?

In part 1 I collate previous research on *Kandabon* and verify the importance of the following issues, namely, that cut-and-paste additions (*kiritsugi*), originating in *Tenshōbon* line, were performed. It is possible that texts in which these splices are absent preserve the old form and can be called the "original *Kandabon*." In part 2 I examine *Ninnajizōbon*, which is a fragment consisting of chapter 2 only. It has been observed that *Ninnajibon* is close to *Kandabon*, but heretofore this claim has not been extensively studied. I make clear that parts of *Ninnajibon* and *Kandabon* bear similarities and some parts do not; there are also parts effective for comparison with *Kandabon*. In part 3 I separate *Kandabon* into its original and cut-and-paste variants and then elucidate their special characteristics. Words and sentences not included in *kotaibon* texts of a different lineage, such as *Jingū chōkokanbon* and *Seigen'inbon*, instead align more closely with later variants such as *Bonshunbon* and *Kikkawakebon*. Additionally, cut-and-paste variants are typically considered part of *Tenshōbon* lineage, but even in *Mōrikebon* and *Tenshōbon* lineages there are characteristics that have much in common with *Nojiribon*. In part four I summarize the above and discuss remaining issues.

（ジェレミー・セーザ訳）

摘　要

《太平记》的引歌表现及其出典

北村 昌幸

《太平记》经常取古歌的一节进行创作。注释书指出这些古歌大多出自敕撰和歌集。尤其是《古今和歌集》与《新古今和歌集》收录的和歌比重较高。《后撰和歌集》《千载和歌集》等六部和歌集，与《新勅撰和歌集》之后的十三代集的利用频率被认为有明显的不同。从此差别可看出，《太平记》作者的和歌教养究竟来自哪些文献，并能窥探作品成立的内情。

第一，《太平记》作者手持《古今和歌集》与《新古今和歌集》这一假说是成立的。不过从实际情况来看，使用《新古今和歌集》的记事还有值得商榷的地方，主要对作者是否直接参照于原典这一问题持有怀疑。于是脑中浮现第二个假说，会不会是参照以精选采编而成的八代集秀歌撰呢？颇有意思的是，藤原定家编撰的《定家八代抄》在《古今和歌集》与《新古今和歌集》中各选取了五百多首，而从其他六部敕撰歌集中只选取了两百首到二十首不等。这样的收录状况与《太平记》的引歌倾向是吻合的。虽然不能即刻判定《太平记》作者在执笔时有无直接参照《定家八代抄》,但可充分设想是否有同类型的文献对《太平记》的引歌表现起诱导作用。

另外，还可推定除八代集的摘要本外，《太平记》也参考过名所歌集。因为《歌枕名寄》中接连两首的和歌同时也在《太平记》的记述中一并出现。收录众多类书的《歌枕名寄》与《定家八代抄》一样，目前还不能断言其为《太平记》的参照文献，需要通过进一步分析存真去伪，才能阐明《太平记》作者所处文学环境的一隅。

《太平记》的两面性
——围绕宣房、藤房的进退与四书的影响

森田 贵之

围绕《太平记》公家二人的仕途进退的记事,从四书影响的角度出发,探讨《太平记》拥有的两面性。

军记物语中有如“忠臣不侍二君”这类描绘理想忠臣的语句。不过在《太平记》卷五“宣房卿之事”中又展开了不同议论。在那一卷中围绕后醍醐发配隐岐后万里小路宣房的进退,引用中国故事进行讨论。否定了以伯夷叔齐为代表的隐士态度，而肯定齐桓公与秦穆公的再出山的行为，同时欣赏助霸业的管仲、百里奚的态度。并针对宣房再次出任光严朝廷官职一事，得出“忠臣不能选君”的结论。

而另一方面，作品中又有称赞伯夷、叔齐为代表的隐者态度的描写。在卷十三“藤房卿遁世之事”中，宣房之子与藤房对不纳谏言的后醍醐非常失望而决定遁世。议论宣房时否定了伯夷、叔齐的行动，但却称赞了藤房的遁世。万里小路儿子的

行动，在理论上应该是相背的，但《太平记》对其两者都采取了积极的评价。

在这些讨论中所提及到的伯夷、管仲等人，均为四书之中的人物。上述两章节，都和《太平记》理解的四书有关。特别是《孟子》中否定霸道的王道思想对《太平记》有着巨大影响。具体来说,在卷一“后醍醐天皇御事”中能举出批判后醍醐“霸道”的例子。假设以《太平记》这样理解《孟子》为前提的话，作为宣房行动理论基础的管仲、百里奚的行动应当作为支持霸道的行为给予否定才是。换句话说，在卷五的记事中，虽表面上支持宣房，但从全体文脉来看，能读出并非全面肯定宣房行动的深意。

下克上之道

——从太平记看观应之乱与足利权力的神话

杰里米 · 萨瑟

太平记中有很多情节是以《平家物语》为背景创作，因此把握好《平家物语》与《太平记》之间的平行关系，对理解《太平记》是大有裨益的。太平记作者似乎把《平家物语》中的源平之争概念化成元弘之乱。这也就是所谓的源平交代论。

前 11 卷描写元弘之乱，把足利看作源氏，把北条视作平家。从 12 卷到 21 卷，基于源赖朝与木曾义仲的栋梁之争，作者又构建了足利与新田的斗争。总之，《平家物语》为《太平记》作者认识南北朝时代提供了框架。

本论由三部分构成。第一部分首先考察《太平记》，把其作为 14 世纪对王权秩序颠覆而产生的不安全感的传达装置。第二部分使用法国哲学家米歇尔·福柯的“异位空间”的概念，分析从卷 26 开始下克上的原因。第三部分，从卷 26 开始的观应之乱下克上的表现来看，说明为什么作品让室町幕府的建立以失败告终。结论是，后醍醐王权与足利尊氏相争的结果让王权分裂为积极与消极两个局面，太平记的理想是王权统一的王权秩序，但这一“太平”却没有到来。前 25 卷是下克上之道，卷 26 以后是下克上的世界。因此，我认为太平记是两部构成说。

关于《太平记》卷二十七“云景未来记事”的编入过程

小秋元 段

卷二十七“云景未来记事”是预言观应之乱的记事，围绕这段叙述的有无以及顺序的先后，各传本大不相同。该记事在神宫徵古馆本、玄玖本中没有记载，神田本、西源院本放在卷末，而其余诸本是放在卷中“左兵卫督欲杀师直之事”之前。一直以来的见解认为，神宫徵古馆本的形态最为古老，而神田本次之，其余诸本为最终的形态。

但深读神田本“云景未来记事”时，存在一个值得注意的地方。记事中的太郎坊与云景的问答中有一个话题是关于妙吉侍者之事，妙吉被称为“村云之僧”。

但有关这位村云之僧”是指妙吉之事，在神田本的本文中未作任何说明。仔细思考的话这是个不能解释的地方,如果作为第一本增补“云景未来记事”的传本的话，应提前对“村云之僧”指妙吉之事进行说明才对。

另外，吉川家本卷二十六的“妙吉侍者事”里，有“一條堀川村雲橋ト云所ニ寺ヲ立テ”的记述，由此自然得知，“村云之僧”指妙吉之事。在最初增补“云景未来记事”的传本里，不是应该在本文中加入这样类似的说明吗？虽然吉川家本并非为最古老的形态，但其卷二十七作为校准的本文与神宫徵古馆本等古态本相同。由此推测,吉川家本的“云景未来记事”才是继承了首次增补该记事的本文。并且吉川家本的“云景未来记事”是放在“左兵卫督欲杀师直之事”之前，这样编排是因为编者认为“云景未来记事”作为预言了观应之乱爆发后所有事件展开的记事而被增补。而将此记事放置卷末,叙述完贞和五年政变之后增补的神田本等，并不能见到原本的形态。

与神田本《太平记》相关的基础问题

长坂 成行

标题的写本早在明治末期被翻刻发行，于昭和四十七年出版影印本。不过全四十卷仅存二十六卷，作为底本使用稍显勉强，但其作为古态本经常被引用。此写本与其余诸本相比，可以看出以下特点。首先能看出书写的年代是在较早的室町中期。整体让人认为如草稿般，书写状态特别的异样。另外，保留有从亲本抄写时留下的删减增改，校异以及其他的注记等。即便留下上述线索，关于此写本的探讨仍旧不充分。专门论述此写本的有，铃木登美惠氏阐述对卷三十二两种本文一并记载，混合的问题，长谷川端氏从影印本说明文本的增补删改，还有铃木孝庸论关于本文添加符号的问题。

本稿对①书写的时期，笔迹以及文本流布②对偶符号③二重，三重，四重的符号④有关写有“可紦”的注记⑤列举人名时，实名部分的符号等基础问题进行考察。该写本各册的行数与字高没有统一，空白处加注多，一眼看去形式显得杂乱。但从在空白加注对偶符号，一字两字的表记，用字异同加注，内容上的细节之处来看，称得上是一本十分用心的写本。在此之上，基于存有永和年间的抄写本，以及能看出两种本文一并记载的两点理由，可对先行研究进行验证并对卷三十二的本文展开探讨。与永和本，神宫徵古馆本比较中考察其书写的态度，得出结论，即该写本是在校合之后所制作的订正本，与混和形态本的成立有所不同，作者是有意识地想集成既有的本文。

神田本『太平记』本文考序说
——以卷二为中心

和田 琢磨

自久曾神升氏，长谷川端氏「神田本太平记解题」以来，相关的深入研究甚少。本论围绕古态本代表的神田本再次进行探讨。为了今后的研究打下坚实的基础，在对先行研究进行整理分析后，以目前仍然受到研究重视的卷二为文本，指出其中若干的问题点。到底神田本具有多少“古态”性？解答此疑问便是本论的出发点。以下为各章节内容略记。

首先第一节整理神田本的研究史，再次确认其中指出的重要内容。神田本在原本的基础上实施了嫁接，嫁接文本来自天正本系的文本，并认为剔除这些嫁接内容后的本文很好地保留了“古态”，也被称为“原神田本”。在紧接的第二节中探讨仁和寺藏本（仅存卷二的残本）。先行研究有指出仁和寺本与神田本有相近的本文，但未进一步分析。因此这里要明确仁和寺本与神田本相近与不同的部分。再与神田本比较，说明其有效的部分。在第三节当中，把神田本本文分为“原神田本”本文和“嫁接”本文来考察，指出两文的特征。“原神田本”里有神宫徵古馆本，西源院本等不同系统的古态本传本中没有采用的词章，而这些词章又与之后的梵舜本，吉川家本等传本的词章有重合。另外“嫁接”本文一直都被认为出自天正本系统的本文，不过也要明白毛利家本，天正本系统当中也有与野尻本相通的特征。第四节是对以上内容的总结，并阐述今后的课题。

（鄧力　訳）

요지

『타이헤이키 (太平記)』 인용 와카 (和歌) 표현과 그 출전

키타무라 마사유키 (北村 昌幸)

『타이헤이키 (太平記)』 에는 종종 옛시가의 일부가 도입된다. 주석서가 지적하는 옛시가는 칙선와카집 (勅撰和歌集) 에 실린 것이 대부분이다. 특히 『고킨와카슈 (古今和歌集)』 와 『신고킨와카슈 (新古今和歌集)』 에 수록된 와카가 차지하는 비율은 높다. 『고센와카슈(後撰和歌集)』에서 『센자이와카슈(千載和歌集)』 에 이르는 6 편의 가집이나, 『신쵸쿠센와카슈 (新勅撰和歌集)』 이후 13 대 와카집이 이용되는 빈도에는 분명한 차이가 인정된다. 이 차이로부터 타이헤이키 작자의 와카적 소양을 키운 문헌이 어떤 것이었는지 작품 생성의 사정을 비춰볼 수 있다.

첫째로, 『고킨와카슈』 와 『신고킨와카슈』 가 타이헤이키 작자의 가까이에 있었다는 가설이 성립된다. 하지만 실제로 『신고킨와카슈』 를 이용하고 있는 기사에는 미심쩍은 점이 있다. 『타이헤이키』 작자가 원전을 직접 참조했는지가 의심스럽다. 여기에서 제 2 의 가설로, 편향적인 채록 방침을 취하고 있는 8 대집명가선 (八代集秀歌撰) 에 의한 것은 아닐까 하는 생각을 떠올릴 수 있다. 흥미롭게도 후지와라 테이카가 엮은 『테이카하치다이쇼 (定家八代抄)』 는 『고킨와카슈』 『신고킨와카슈』 에서 각각 5 수 이상을 채록하는 한편, 다른 6 편의 가집에서는 2 수 내지 2 수 정도 밖에 채택하지 않았다. 이 양상은 『타이헤이키』 의 와카 인용의 일부 경향과 부합한다. 『테이카하치다이쇼』 자체가 『타이헤이키』 집필시에 이용됐다고 속단할 수는 없지만, 동종의 자료가 『타이헤이키』 의 와카 일부 표현을 유도한 것은 충분히 생각할 만하다.

또한, 8 대집의 발췌본 이외에 명소가집(名所歌集)도 참조했을 것으로 추정된다. 왜냐하면, 『우타마쿠라나요세 (歌枕名寄)』 중에 나란히 실린 두 수가 동시에 『타이헤이키』 의 일련의 기술에 반영된 경우가 있기 때문이다. 유서가 많은 『우타마쿠라나요세』 는 『테이카하치다이쇼』 와 마찬가지로 현 시점에서 확실한 근거자료로 단정할 수 없지만 자세한 분석을 통해 그 시비를 판별할 수 있다면, 타이헤이키 작자를 둘러싼 문학 환경의 일단이 드러날 것으로 보인다.

『타이헤이키 (太平記)』 텍스트의 양의성

—노부후사 (宣房) · 후지후사 (藤房) 의 출전과 사서 (四書) 수용을 둘러싸고—

모리타 다카유키 (森田 貴之)

『타이헤이키 (太平記)』에 등장하는 두 귀족들의 처신을 둘러싼 기사를 사서 (四書) 수용의 관점에서 검토해『타이헤이키』텍스트가 갖는 양의성을 논했다. 군키모노가타리 (軍記物語) 에는 이상적 충신상을 나타내는 말로 '충신은 두 임금을 섬기지 않는다' 는 상투적인 표현이 있다. 그런데『타이헤이키』권 5 '노부후사 경 (宣房卿の事)' 에서는, 이러한 말과는 상충되는 논의가 전개되고 있다. 고다이고 (後醍醐) 천황의 오키 (隠岐) 유배 후 마데노코지 노부후사 (万里小路宣房) 의 처신을 둘러싸고 중국 고사를 인용하며 논쟁이 이루어지는 가운데, 백이 (伯夷) · 숙제 (叔斉) 와 같은 은둔자적 정도론은 부정되고, 제 (斉) 나라의 환공 (桓公) 이나 진 (秦) 나라 목공 (穆公) 에 재출사해 그 패도 (覇道) 를 도운 관중 (管仲) 과 백리해 (百里奚) 와 같은 태도가 긍정된다. 그리고 노부후사의 고콘 (光厳) 천황 조정으로 재출사, 즉 '충신은 반드시 주인을 가리지 않는다' 는 결론이 도출된다.

또 한편으로는 백이 · 숙제로 대표되는 은둔자적 태도를 칭찬하는 부분도 있다. 권 13 '후지후사 경 은거 (藤房卿遁世の事)' 에서는 노부후사의 아들 후지후사가 간언을 들어주지 않는 고다이고에 실망하고 은둔하는 모습이 그려지는데 노부후사를 둘러싼 논의에서는 부정되었던 백이 · 숙제의 행동과 함께 후지후사를 칭찬한다. 마데노코지 부자의 행동은 그 논리상으로는 상반될 수 있지만『타이헤이키』는 이 둘을 모두 호의적으로 평가하고 있는 것이다.

이런 논쟁 속에 다루어지는 백이과 관중등은 사서에 언급이 있는 인물이며 위에서 말한 두 장단은『타이헤이키』의 사서 이해와도 연관된다. 특히『맹자』에는 '패도' 를 부정하는 왕도사상이 보이는데 이것은『타이헤이키』에도 강한 영향을 미치고 있다. 구체적인 예로는 권 1 '고다이고 천황 (後醍醐天皇の御事)' 에서 고다이고의 '패도' 를 비판하는 부분을 들 수 있다. 이러한『타이헤이키』의『맹자』이해를 전제로 하면 노부후사의 행동의 논리적 근거로 여겨진 관중과 백리해의 행동은 패도를 지지하는 것으로 부정되어야 한다. 즉, 권 5 의 기사가 표면상으로는 노부후사를 지지하지만 전체적인 맥락 속에서는 노부후사의 행동을 전적으로 지지하는 것은 아니라고 해석할 수 있다는 것이다.

하극상의 길 : 타이헤이키 (太平記) 를 통해 보는 간오의 요란 (観応擾乱) 와 아시카가 (足利) 권력의 신화

제레미 세이자 (ジェレミー・セーザ)

타이헤이키의 수 많은 에피소드는 헤이케모노가타리 (平家物語) 를 배경으로 쓰여있으므로 헤이케모노가타리와 타이헤이키를 평행 관계로 이해하는 것은 타이헤이키를 해석하는데 도움이 된다 . 타이헤이키의 작자는 헤이케모노가타리의 겐페이 쟁란 (源平争乱) 을 겐코의 난 (元弘の乱) 으로 개념화했던 것 같다 . 이것이 소위 겐페이 교체론이다 . 겐코의 난을 권 11 까지 그리며 아시카가를 겐지 (源氏) , 호조 (北条) 를 헤이케 (平家) 로 이해한다 . 거기에 권 12 에서 권 21 까지는 미나모토노 요리토모 (源頼朝) 와 키소 요시나카 (木曽義仲) 의 동량 (棟梁) 다툼을 기반으로 해 아시카가대 닛타 (新田) 의 다툼으로 구성한다 . 이처럼 헤이케모노가타리는 난보쿠초 (南北朝) 시대에 대한 일반적 인식의 틀을 타이헤이키 작자에게 제공했다고 볼 수 있다 .

본론은 3 부 구성이다 . 제 1 부는 14 세기 왕권적 질서의 전복에 대한 불안감을 표현하는 '전달 장치' 로서의 타이헤이키를 고찰한다 . 제 2 부는 프랑스 철학자 미셸 푸코 의 '헤테로토피아 (heterotopia)' 라는 개념을 사용해 권 26 이후 전개되는 하극상의 원인을 분석한다 . 제 3 부는 타이헤이키에 보이는 권 26 에서 시작된 간오의 요란 (観応擾乱) 이라는 하극상의 표현이 왜 작품 상 무로마치 (室町) 막부의 창건이 실패로 끝내는지에 대한 설명을 시도한다 . 결론은 고다이고 (後醍醐) 천황과 아시카가 다카우지 (足利尊氏) 의 다툼의 결과가 왕권을 '적극적 왕권' 과 '소극적 왕권' 의 두 국면으로 분열시켜 왕권이 통일할 때까지 타이헤이키의 이상이라고 할 수있는 왕권 질서의 '태평' 이 도래하지 않는다고 맺었다 . 권 25 까지는 하극상의 길이다 , 권 26 이후는 하극상의 세계이다 . 그러므로 타이헤이키의 구성을 2 부 구성으로 볼 수 있다 .

『타이헤이키 (太平記)』 권 27 ' 운케이 미래기 (雲景未来記の事)' 의 편입 과정에 대해서

코아키모토 단 (小秋元 段)

간오의 요란 (観応擾乱) 의 전개를 예언하는 기사 권 27 '운케이 미래기 (雲景未来記の事)' 에는 기사의 유무와 배열을 둘러싸고 이본간의 대폭적인 차이가 있다 . 이 기사는 진구초코간본 (神宮徴古館本) · 겐큐본 (玄玖本) 에는 없고 , 칸다본 (神田本) · 세이겐인본 (西源院本) 에는 권말에 , 그 외 이본에는 권의 중간 '左兵衛督、師直を誅せんと欲する事 (좌병위독 모로나오를 주살하고자 하다)' 의 전에 놓여져있다 . 종래의 견해로는 진구초코간본의 형태를 가장 오래된 형태로 보고 칸다본과 같은 형태를 다음 단계 , 다른 이본들의 형태가 최종적인

모습을 나타내는 것으로 알려져 왔다.

하지만, 칸다본의 형태로 '운케이 미래기' 를 읽어 나갈 때 한가지 의문점이 존재한다. 기사 중의 타로보 (太郎坊) 와 운케이 (雲景) 의 문답 속에서 묘키츠지샤 (妙吉侍者) 를 화제로 삼고있는 부분 중, 묘키츠지샤는 '무라쿠모의 중 (村雲の僧)' 이라고 불리고 있다. 헌데 이 '무라쿠모의 중' 이 묘키츠지샤를 가리키는 것인가에 대해서 칸다본 본문에서는 일체 설명이 이루어지지 않고 있다. 생각해 보면 이것은 불가사의한 것으로 '운케이 미래기' 를 처음 증보하는 이본이라면 '무라쿠모의 중' 이 묘키츠지샤를 가리키고 있다는 설명을 사전에 적절하게 했어도 좋았을 것이다.

한편, 킷카와케본 (吉川家本) 의 권 26 '묘키츠지샤 (妙吉侍者事)' 에는 묘키츠지샤가 '이치죠 호리카와 무라쿠모바시 (一條堀川村雲橋) 라고 불리는 곳에 세운 절' 이라는 구절이 있으므로 이에 따르면 '무라쿠모의 중' 이 묘키츠지샤를 가리키는 것은 자연스럽게 양해된다. '운케이 미래기' 를 처음에 증보한 이본에는 이런 설명 설정이 본문 중에 이루어졌던 것은 아니었을까. 킷카와케본은 가장 오래된 형태의 본문을 전하지는 않지만 권 27 의 밑바탕이 된 본문은 진구초코간본등과 같은 것이다. 이 사실로부터 킷가와케본은 '운케이 미래기' 를 처음 증보한 이본의 형태를 계승하고 있는 것이 추측된다. 또, 킷카와케본의 '운케이 미래기' 는 '좌병위독, 모로나오를 주살하고자 하다' 앞에 배치되어 있다. 그렇다면 '운케이 미래기' 는 우선 '좌병위독, 모로나오를 주살하고자 하다' 앞에 두고 간오의 소요의 발단부에서 모든 사건 전개를 예언하는 기사로서 증보된 것으로 보인다. 이를 권말에 두고 조와 (貞和) 5 년의 정변을 얘기한 후에 증보하는 칸다본 등의 형태를 본래의 것으로 볼 수 없다.

칸다본 (神田本)『타이헤이키 (太平記)』에 관한 기초적 문제

나가사카 시게유키 (長坂成行)

표제의 사본은 일찍이 메이지 (明治) 말기에 번각본이 간행되고 쇼와 (昭和) 47 년 영인본이 발간된, 전 40 권 중 26 권 정도 밖에 남아있지 않아 저본으로 사용하기에는 다소 주저된다. 그러나, 고태본으로 인용되는 경우도 적지 않다. 이 사본은 다른 전본에 비해 다음과 같은 특이한 점이 보인다. 우선 서사 연대가 비교적 오래된 무로마치 (室町) 중기로 꼽히는 점, 전체적으로 초고인가 싶을 정도로 서사 방식이 매우 특이한 양상을 보인다는 점, 절계보입 (切継補入), 교이 (校異), 기타 주석 등 오야혼 (親本) 의 서사의 양상이 잔존해 있다는 점 등이다. 이러한 조건이 남아 있으나 본 사본에 대해 충분한 검토가 이루어지고 있다고 말할수 없는 상황으로 널리 알려진게 권 32 의 이종 본문 병기와 혼합체의 문제를 다룬 스즈키 토미에 (鈴木登美恵) 씨, 영인본 해제에서 본문의 접목 문제를 상

세하게 지적한 하세가와 타다시 (長谷川端) 씨, 본문에 부쳐진 부호에 대해 논한 스즈키 다카츠네 (鈴木孝庸) 씨의 이론이 전부라고 해도 될 듯하다.

본고에서는 ①서사의 시기와 필적, 전래에 관한 것 ②대우 부호 ③이중 · 삼중 · 사중 부호 ④ '가규 (可糺)' 라고 써있는 주기에 대해 ⑤인명 열거에서 실명 부분 부호 등의 기초적인 여러 문제에 대해 고찰했다. 각 책의 행 수나 글자의 높이가 정돈되어 있지 않고 글자가 많은 점 등, 형태적으로는 언뜻 보기에 조잡한 것처럼 보이는 서사이지만 대우 부호의 추가, 한자 두 글자 표기를 용례자의 차이점까지 주기하는 등 내용적으로 세세한 것에도 배려가 이루어진 결과로 보이는 사본이라고도 할 수 있다. 그 위에 에이와 (永和) 연간 서사한 사본이 남아있는 점, 2 종 본문 병기를 볼 수 있다는 점, 이 두가지의 이유를 들어, 선행 논문을 검증하면서 권 32 의 본문에 대해 검토했다. 에이와본 (永和本) · 진구초코칸본 (神宮徵古館本) 과 비교하면서 그 서사 태도를 고찰하는 이른바 교합 위의 교정본의 작성이나, 혼합체본의 생성과는 다소 다른 기존 본문을 집성하려는 의식이 엿보이는 것이 아닌가 하는 사견을 전했다.

칸다본 (神田本)『타이헤이키 (太平記)』본문고 서설

–권 2 를 중심으로–

와다 타쿠마 (和田 琢磨)

본론은 큐소진 히타쿠 (久曾神昇) 씨 · 하세가와 타다시 (長谷川端) 씨 '칸다본타이헤이키해제 (神田本太平記解題)' (1972 년 10 월) 이후 본격적인 연구가 이루어지지 않은 고태본을 대표하는 전본인 칸다본에 대해 재검토를 가하려는 것이다. 향후 연구의 기초를 다지기 위해 선행 연구를 정리 · 검증한 후에 지금까지도 종종 주목을 받아 온 권 2 를 들어 몇가지의 문제점을 지적한다. 과연 칸다본은 얼마나 '고태' 성을 가지고 있는가. 본론은 이런 의문에 맞서고자 하는 첫 논고이다. 이하, 각 절의 내용을 약기하기로 한다.

제 1 절에서는, 칸다본 연구사를 정리해 이하의 내용이 지적되고 있는 것이 특히 중요하다는 것을 확인했다. 즉, 칸다본에는 원본에 많은 접목과 보입이 이루어져 있고 그 본문은 텐쇼본 (天正本) 계통 본문이다. 또한 그 접목 부분을 제거한 본문이 고태를 잘 남기고 있다고 여겨져 '원칸다본' 이라고도 불리워 온 것이다. 이어 제 2 절에서는 닌나지 (仁和寺) 장서 (권 2 만 남아있는 영본) 를 검토했다. 이는 닌나지본이 칸다본에 가까운 본문을 갖는다는 지적이 이루어졌으나 아직까지 제대로 검토가 이루어지지 않았기 때문이다. 여기에서는, 닌나지본은 칸다본에 가까운 부분과 다른점을 갖고 있다고 밝히고 칸다본과 비교하는데 유효한 부분도 있음을 밝혔다. 제 3 절에서는, 칸다본 본문을 '원칸다본' 본문과 '접목' 본문으로 나누어 생각해 두 본문의 특징을 지적했다. '원칸다본' 에는 진구초코

간본（神宮徵古館本）과 세이겐인본（西源院本）등의 계통을 달리하는 고태본 전 본에는 인정되지 않는 대목이 인정되고, 그것들은 본슌본（梵舜本）이나 킷가와케본（吉川家本）과 같은 후출 형태로 보고있는 전본의 대목과 겹치는 부분이 있다. 또,'접목'본문은 종래, 텐쇼본 계통 본문이라는 지적에 머물렀었지만, 모리케본（毛利家本）과 텐쇼본 계통 중에서도 노지리본（野尻本）과 공통되는 특징이 인정되는 것으로 나타났다. 제 4 절에서는 이상의 내용을 정리해 향후의 과제 등을 논했다.

（李章姬　訳）

『太平記』をとらえる

第一巻

編者

『太平記』国際研究集会

［執筆者］

北村昌幸（きたむら・まさゆき）

森田貴之（もりた・たかゆき）

長谷川端（はせがわ・ただし）

山本晋平（やまもと・しんぺい）

ジェレミー・セーザ（Jeremy A. Sather）

小秋元段（こあきもと・だん）

兵藤裕己（ひょうどう・ひろみ）

長坂成行（ながさか・しげゆき）

和田琢磨（わだ・たくま）

阿部亮太（あべ・りょうた）

2014（平成26）年11月20日　初版第一刷発行

発行者

池田圭子

装　丁

笠間書院装丁室

発行所

笠間書院

〒101-0064　東京都千代田区猿楽町 2-2-3

電話　03-3295-1331　Fax 03-3294-0996

振替　00110-1-56002

ISBN978-4-305-70761-1　C0095

大日本印刷・製本

乱丁・落丁本はお取り替えいたします。

http://kasamashoin.jp/